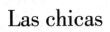

Las chicas

Emma Cline

Las chicas

Traducción de Inga Pellisa

EDITORIAL ANAGRAMA

BARCELONA

Título de la edición original:
The Girls
Random House
Nueva York, 2016

Ilustración: © Peter Mendelsund

Primera edición: septiembre 2016

Diseño de la colección: Julio Vivas y Estudio A

© De la traducción, Inga Pellisa, 2016

© Emma Cline, 2016

© EDITORIAL ANAGRAMA, S. A., 2016
  Pedró de la Creu, 58
  08034 Barcelona

ISBN: 978-84-339-7958-2
Depósito Legal: B. 14037-2016

Printed in Spain

Liberdúplex, S. L. U., ctra. BV 2249, km 7,4 - Polígono Torrentfondo
08791 Sant Llorenç d'Hortons

Volví la mirada por las risas, y seguí mirando por las chicas.

Lo primero en lo que me fijé fue en su pelo, largo y despeinado. Luego en las joyas, que relucían al sol. Estaban las tres tan lejos que sólo alcanzaba a ver la periferia de sus rasgos, pero daba igual: sabía que eran distintas al resto de la gente del parque. Las familias arremolinadas en una cola difusa, esperando las salchichas y hamburguesas de la barbacoa. Mujeres con blusas de cuadros acurrucadas bajo el brazo de sus novios, niños lanzando bayas de eucalipto a las gallinas de aspecto silvestre que invadían la franja de parque. Aquellas chicas de pelo largo parecían deslizarse por encima de todo lo que sucedía a su alrededor, trágicas y distantes. Como realeza en el exilio.

Las examiné con una mirada boquiabierta, flagrante y descarada: no parecía probable que fuesen a echar un vistazo y reparar en mí. La hamburguesa había quedado olvidada en mi falda, la brisa traía consigo el tufo a pescado del río. En aquella época, analizaba y puntuaba de inmediato a las demás chicas, y llevaba un registro constante de todas mis carencias. Vi al momento que la de pelo negro era la más guapa. Ya me lo esperaba, antes incluso de distinguir sus caras. Un atisbo de ensueño flotaba en torno a ella; llevaba un vestido ancho que apenas le tapaba el culo. Iba flanqueada por una pelirroja flacucha y una chica algo mayor, vestidas ambas con la misma improvisada dejadez. Como si acabasen de rescatarlas del fondo de un lago. Sus sortijas baratas eran como una segunda hilera de nudillos. Jugaban con una línea muy frágil, belleza y fealdad al mismo tiempo; una oleada de atención las siguió por el parque. Las madres buscaron con la mirada a sus hijos, llevadas por algún sentimiento que no sabrían identificar. Las mujeres cogieron a sus novios de la mano. El sol despuntaba entre los árboles, como siempre –los sauces soñolientos, las rachas de viento cálido soplando sobre las mantas de pícnic–, pero la familiaridad del día quedó perturbada por el camino que trazaban las chicas a través del mundo corriente. Gráciles y despreocupadas, como tiburones cortando el agua.

Todo empieza con el Ford subiendo al ralentí por el estrecho camino; el dulce murmullo de la madreselva espesa el aire de agosto. Las chicas van en el asiento de atrás, cogidas de la mano, con las ventanillas del coche bajadas para que entre la humedad de la noche. La radio suena hasta que el conductor, nervioso de repente, la apaga.

Escalan la verja, de la que cuelgan todavía las luces de Navidad. Se encuentran, primero, con la calma silenciosa de la casita del guarda: está echando una siesta tardía en el sofá, con los pies descalzos recogidos uno al lado del otro como barras de pan. Su novia está en el baño, limpiando las brumosas medialunas de maquillaje de sus ojos.

Y luego la casa principal, donde sorprenden a la mujer, que está leyendo en el cuarto de invitados. El vaso de agua vibrando en la mesilla, el algodón húmedo de sus bragas. Su hijo de cinco años, al lado, murmurando crípticos sinsentidos para combatir el sueño.

Los hacen ir a todos al salón. El momento en que esa gente asustada comprende que la dulce cotidianidad de sus vidas —el trago de zumo de naranja de la mañana, la curva empinada que cogieron con una bicicleta— se ha esfumado ya. Las caras cambian como si se abriera un postigo; el pasador se descorre tras sus ojos.

Había imaginado esa noche muy a menudo. La oscura carretera de montaña, el mar sin sol. Una mujer cayendo en el césped nocturno. Y aunque los detalles se habían ido desvaneciendo con el paso de los años y les había crecido una segunda y una tercera piel, cuando oí abrirse el cerrojo cerca de la medianoche, fue lo primero en que pensé.

Un desconocido en la puerta.

Esperé a que el sonido delatara su procedencia. El hijo de un vecino, que había volcado un cubo de basura en la acera. Un ciervo revolviendo entre los arbustos. Sólo podía ser eso, me dije, ese golpeteo distante en la otra parte de la casa, y traté de visualizar lo inofensivo que parecería ese espacio cuando fuese otra vez de día, qué tranquilo y fuera de peligro.

Pero el ruido continuó, y entró radicalmente en la vida real. Ahora se oyeron risas en el otro cuarto. Voces. El soplido presurizado de la nevera. Empecé a buscar explicaciones, pero no dejaba de ponerme en lo peor. Así era como iba a terminar, después de todo. Atrapada en una casa que no era la mía, rodeada de los hechos y costumbres de la vida de otro. Con las piernas desnudas, cruzadas de varices... Qué débil parecería cuando viniesen a por mí, una mujer de mediana edad buscando frenética y a tientas los rincones.

Me quedé tumbada en la cama, respirando superficialmente con los ojos clavados en la puerta cerrada. Esperando a los intrusos, los horrores que imaginaba tomando forma humana y llenando la habitación: sin heroísmos, eso lo tenía claro. Sólo el terror sordo, el dolor físico que habría que sufrir. No intentaría escapar.

12

No me levanté de la cama hasta que oí a la chica. Su voz era aguda e inocua. Aunque eso no debería haberme reconfortado: Suzanne y las otras eran chicas, y no fue de ninguna ayuda para nadie.

Estaba en una casa prestada. El oscuro ciprés costero apretujado al otro lado de la ventana, el respingo del aire salado. Comía a la manera brusca en que solía hacerlo de niña; un atracón de espaguetis, cubiertos por una capa musgosa de queso. El burbujeo insignificante del refresco en la garganta. Regaba las plantas de Dan una vez a la semana; cargaba cada una hasta la bañera y pasaba la maceta por debajo del grifo hasta que la tierra borboteaba de humedad. Más de una vez me había duchado con un lecho de hojas muertas en la bañera.

La herencia que había quedado de las películas de mi abuela –horas sonriendo con su sonrisa maliciosa y su impecable casquete de rizos– la había gastado diez años atrás. Tendí a los espacios intermedios de la existencia de otra gente, me puse a trabajar de asistente interna. Cultivé una refinada invisibilidad vistiendo ropa asexuada; mi cara se empañó con la expresión ambigua y agradable de un adorno de jardín. Lo de agradable era importante; el truco de la invisibilidad sólo resultaba posible cuando parecía satisfacer el orden correcto de las cosas. Como si aquello fuese algo que yo también quisiera. Mis responsabilidades variaban. Un niño con necesidades especiales, con miedo a los enchufes y a los semáforos. Una mujer mayor que veía programas de entrevistas mientras yo contaba puñados de píldoras, unas cápsulas rosa claro que parecían delicados caramelos.

Cuando se terminó mi último trabajo y no apareció

otro, Dan me ofreció su casa de veraneo –el acto de generosidad de un viejo amigo– como si yo le estuviese haciendo un favor. La luz del cielo inundaba las habitaciones con la oscuridad brumosa de un acuario; la madera se hinchaba y abotagaba por la humedad. Como si la casa respirara.

La playa no era muy popular. Demasiado fría, nada de ostras. La única carretera que cruzaba el pueblo estaba bordeada de casas móviles, agrupadas en caóticas parcelas; molinillos chasqueando al viento, porches atestados de boyas descoloridas y salvavidas: adornos de gente humilde. A veces me fumaba un poco de la marihuana lanosa y acre de mi antiguo casero y luego iba a la tienda del pueblo. Ésa era una tarea que podía llevar a cabo, tan definida como fregar un plato. O estaba sucio o estaba limpio, y yo agradecía esas situaciones binarias, la forma en que apuntalaban el día.

Rara vez veía a alguien de fuera. Los pocos adolescentes del pueblo parecían matarse de maneras truculentamente rústicas: me llegaban noticias de choques de todoterrenos a las dos de la mañana, de fiestas de pijamas en caravanas que terminaban en intoxicación por monóxido de carbono, con un quarterback muerto. No sabía si el problema tenía que ver con la vida en el campo, con el exceso de tiempo, aburrimiento y vehículos de recreo, o si era una cosa de California, una cualidad de la luz que incitaba al riesgo y a peligrosas y absurdas escenas de especialista.

No me había acercado al mar para nada. Una camarera de la cafetería me había dicho que era zona de cría del tiburón blanco.

Levantaron la vista del halo brillante de las luces de la cocina como mapaches sorprendidos escarbando en las basuras. La chica soltó un gritito. El chico se alzó en toda su desgarbada estatura. Había sólo dos. Yo tenía el corazón disparado, pero eran muy jóvenes; chicos del pueblo, supuse, que se colaban en las casas de veraneo. No iba a morir.

—¿Qué cojones...?

El chico dejó la botella de cerveza en la mesa, y la chica se pegó a su costado. Él debía de tener unos veinte años o así, llevaba pantalones militares cortos y calcetines blancos altos; un acné rosáceo bajo un velo de barba. Pero ella era una chiquilla. Quince, dieciséis, con las piernas pálidas y azuladas.

Traté de reunir toda la autoridad que pude, agarrándome el bajo de la camiseta contra los muslos. Cuando dije que iba a llamar a la policía, el chico rió por la nariz.

—Venga. —Acercó a la chica hacia sí—. Llama a la poli. ¿Sabes qué? —Se sacó el móvil del bolsillo—. A la mierda, ya llamo yo.

El panel de miedo que había estado reteniendo en el pecho se disolvió de repente:

—¿Julian?

Me entraron ganas de reír: la última vez que lo había visto tenía trece años y estaba delgaducho y sin formar. Era el único hijo de Dan y Allison. Un consentido al que llevaban a competiciones de violonchelo por todo el oeste de Estados Unidos. Profesor de mandarín los jueves, pan integral y vitaminas de gominola: parapetos paternos contra el fracaso. Todo aquello había resultado un fiasco, y Julian había terminado en el campus de Long Beach o de Irvine de la universidad pública de California. Allí había habido algún problema, me parecía recordar. Lo habían expulsado, o puede que una versión más leve de eso. Le sugirieron que se marchase un año al colegio universitario. Julian había sido un niño tímido, irritable, al que asustaban las radios de los coches y las comidas extrañas. Ahora tenía los rasgos duros, tatuajes deslizándose bajo la camiseta. No se acordaba de mí, ¿por qué iba a acordarse? Yo era una mujer que quedaba fuera de su radio de intereses eróticos.

–Voy a estar aquí unas semanas –le dije, consciente de mis piernas al aire y avergonzada por aquel melodrama y la mención de la policía–. Soy amiga de tu padre.

Vi cómo se esforzaba por situarme, por otorgarme significado.

–Evie –le dije.

Todavía nada.

–Vivía en aquel apartamento de Berkeley... Al lado de la casa de tu profesor de chelo.

A veces Dan y Julian pasaban a verme después de las clases. Julian se bebía la leche con avidez y me dejaba marcadas las patas de la mesa con sus patatitas robóticas.

–Ah, joder –respondió Julian–. Sí.

No sabía decir si de verdad se había acordado de mí o si era que yo había invocado suficientes detalles tranquilizadores.

La chica se volvió hacia él, con la cara tan inexpresiva como una cuchara.

–No pasa nada, nena –le dijo, y la besó en la frente, con una ternura inesperada.

Julian me sonrió y comprendí que estaba borracho, o puede que sólo colocado. Tenía los rasgos borrosos, una humedad insana en la piel, pero su educación de clase alta se activó como una lengua materna.

–Ésta es Sasha –dijo, dando un codazo a la chica.

–Hola –pió ella, incómoda. Había olvidado esa parte boba de las chicas adolescentes: el ansia de amor se reflejaba en su cara de un modo tan evidente que me dio apuro.

–Y, Sasha, ésta es...

16

Los ojos de Julian se esforzaron por enfocarme.

–Evie –le recordé.

–Eso. Evie, tío.

Dio un trago de cerveza; la botella ambarina reflejó el fulgor de las luces. Tenía la mirada perdida a mi espalda. Echó un vistazo a los muebles, a los contenidos de las estanterías, como si aquélla fuera mi casa y él un extraño.

–Dios, debes de haber pensado que entrábamos como a robar o algo.

–Creía que seríais chicos del pueblo.

–Una vez entraron. Cuando era pequeño. Nosotros no estábamos. Sólo se llevaron los trajes de neopreno y un puñado de orejas de mar del congelador. –Dio otro trago.

Sasha no apartaba los ojos de Julian. Iba con unos vaqueros cortados, mala elección para el frío de la costa, y un suéter que le venía grande y que debía de ser de él. Los pantalones raídos y mojados. El maquillaje hecho un desastre, pero era más bien algo simbólico, supongo. Me di cuenta de que la ponía nerviosa mi mirada. Entendí la preocupación. A su edad, yo no estaba segura de cómo moverme, de si caminaba demasiado rápido, de si los otros notaban la incomodidad y la rigidez que había en mí. Como si todo el mundo estuviese evaluando constantemente mi actuación y la encontrara deficiente. Me di cuenta de que Sasha era muy joven. Demasiado joven para estar ahí con Julian. Parecía saber lo que yo estaba pensando; me miraba con un desafío sorprendente.

–Siento que tu padre no te avisara de que estaba aquí –le dije–. Puedo dormir en el otro cuarto si queréis la cama grande. O, si queréis estar solos, ya me arreglaré...

–Nah –respondió Julian–. Sasha y yo podemos dormir en cualquier parte, ¿verdad, nena? Además sólo estamos

17

de paso. De camino al norte. Un envío de hierba. Hago la ruta de Los Ángeles a Humboldt al menos una vez al mes.

Julian debía de creer que eso me dejaría impresionada.

–Yo no vendo, ni nada –continuó, reculando–. Sólo el transporte. Lo único que hace falta en realidad son un par de mochilas estancas y un detector de policía.

Sasha parecía preocupada. ¿No los metería en problemas?

–¿De qué conocías a mi padre, perdona? –preguntó Julian, mientras apuraba la cerveza y se abría otra. Habían traído unos cuantos packs de seis. Otras provisiones a la vista: la gravilla crocante de una mezcla de frutos secos. Un paquete sin abrir de gusanitos de goma ácidos, una bolsa de comida rápida hecha una bola rancia.

–Nos conocimos en Los Ángeles. Vivimos juntos un tiempo.

Dan y yo habíamos compartido un apartamento en Venice Beach a finales de los setenta; Venice, con sus callejones tercermundistas, las palmeras que golpeaban las ventanas con los cálidos vientos nocturnos. Yo vivía del dinero de las películas de mi abuela mientras me sacaba el título de enfermera. Dan estaba intentando ser actor. No llegó nunca su momento. En lugar de eso se casó con una mujer de una familia de dinero y montó una empresa de congelados. Ahora tenía una casa de las de antes del terremoto en Pacific Heights.

–Ah, espera, ¿su amiga de Venice? –Julian parecía de pronto más receptivo–. ¿Cómo has dicho que te llamabas?

–Evie Boyd –le dije, y la súbita expresión que invadió su cara me sorprendió: reconocimiento, en parte, pero también un interés real.

–Espera. –Apartó el brazo de la chica, y ella pareció vaciarse con su ausencia–. ¿Tú eres aquella mujer?

A lo mejor Dan le había contado lo mal que me habían ido las cosas. La idea me hizo sentir incómoda, y me llevé la mano a la cara por reflejo. Un viejo tic de vergüenza adolescente, para esconder algún grano. Una mano a la barbilla, de pasada, jugueteando con la boca. Como si eso no llamara la atención, como si no lo empeorara.

Julian parecía excitado.

–Estaba en la secta esa –le dijo a la chica–. ¿Verdad? –preguntó, volviéndose hacia mí.

Una cuenca de miedo se me abrió en el estómago. Julian no dejaba de mirarme, con una expectación cortante. La respiración quebrada y sobresaltada.

Yo tenía catorce años aquel verano. Suzanne tenía diecinueve. El incienso que quemaban a veces y que nos dejaba mansas y adormiladas. Suzanne leyendo en voz alta un número atrasado de *Playboy*. Las Polaroids obscenas y bien iluminadas que escondíamos e intercambiábamos como cromos de béisbol.

Sabía la facilidad con la que podía ocurrir. El pasado ahí mismo, como el lapsus cognitivo involuntario de una ilusión óptica. La tonalidad del día ligada a algo concreto: el pañuelo de gasa de mi madre, la humedad de una calabaza cortada. Ciertas disposiciones de sombras. Hasta un destello de luz en el capó de un coche blanco podía generar en mí una oleada momentánea y abrir una estrecha rendija de retorno. Había visto brillos de labios de Yardley de aquel entonces –el maquillaje convertido en un grumo ceroso– a la venta en internet por casi cien dólares. Para que las mujeres maduras pudieran olerlo de nuevo, ese tufillo químico y floral. Así de desesperada estaba la gente: por saber que sus vidas *habían* sucedido, que las personas que habían sido una vez seguían existiendo dentro de ellos.

Había muchas cosas que me hacían volver. El sabor de

la soja, el humo en el pelo de alguien, las colinas cubiertas de hierba dorándose en junio. Una agrupación de robles y rocas podía, cuando la veía por el rabillo del ojo, desatar algo en mi pecho, las palmas de las manos resbalosas de adrenalina.

Había esperado repugnancia por parte de Julian, puede que incluso miedo. Ésa era la respuesta lógica. Pero me desconcertó la forma en que me miraba. Con algo parecido a respeto.

Su padre debía de habérselo explicado. El verano de la casa ruinosa, los niños con la piel quemada por el sol. La primera vez que intenté contárselo a Dan, una noche de cortes de electricidad en Venice que invocó una intimidad apocalíptica, a la luz de las velas, se echó a reír. Confundió la quietud de mi voz con un toque de comicidad. Aun después de convencerlo de que decía la verdad, siguió hablando del rancho con el mismo tono paródico y bobalicón. Como una película de miedo con malos efectos especiales, con el micrófono de pértiga asomando en el plano y tiñendo de comedia la carnicería. Y fue un alivio exagerar mi distancia, acomodar mi implicación en el ordenado bloque de anécdotas.

Ayudó que no me mencionasen en la mayoría de los libros. Ni en los de bolsillo, con el título sangriento y goteante y las fotografías de la escena del crimen en papel satinado, ni en el volumen, no tan popular pero más fiel, que escribió el fiscal jefe, lleno de detalles desagradables, como los espaguetis a medio digerir que encontraron en el estómago del niño. El único par de líneas que sí me mencionaban quedaron enterradas en un libro descatalogado escrito por un antiguo poeta, pero se había equivocado con mi nombre y no había establecido ninguna conexión con mi abuela. Ese mismo poeta afirmaba también que la CIA producía películas porno protagonizadas por Marilyn Monroe drogada, películas que luego vendían a políticos y a jefes de Estado extranjeros.

–Fue hace mucho tiempo –le dije a Sasha, pero ella tenía una expresión vacía en la cara.

–Aun así –dijo Julian, iluminándose–. Siempre me pareció bonito. Retorcido pero bonito. Una forma jodida de expresarse, pero una forma, ya sabes. Un impulso artístico. Hay que destruir para crear, todo ese rollo hindú.

Me di cuenta de que interpretaba mi asombrado desconcierto como aprobación.

–Dios, no me lo puedo ni imaginar. Estar en medio de algo así.

Esperó a que respondiese. Yo estaba atontada por aquella emboscada de luces de la cocina: ¿no veían que había demasiada luz en aquel cuarto? Me pregunté si la chica era guapa siquiera. Tenía los dientes amarillentos.

Julian le dio un codazo.

–Sasha no sabe ni de qué estamos hablando.

Casi todo el mundo conocía al menos algún detalle horripilante. Los universitarios se disfrazaban a veces de Russell en Halloween, con las manos salpicadas de kétchup que habían gorreado en el comedor. Una banda de black metal había usado el corazón en la portada de un disco, el mismo corazón anguloso que había dejado Suzanne en la pared de la casa de Mitch. Con la sangre de la mujer. Pero Sasha parecía tan joven, ¿cómo iba a haber oído hablar de eso? ¿Cómo le iba a importar? Estaba perdida en esa noción profunda y segura de que no había nada más allá de su propia experiencia. Como si las cosas pudieran seguir un solo camino, como si los años te llevasen por un pasillo hasta la sala en la que aguardaba tu yo inevitable: embrionario, listo para ser revelado. Qué triste era descubrir que a veces nunca llegábamos hasta allí. Que a veces vivíamos la vida entera deslizándonos por la superficie mientras pasaban los años, desdichados.

Julian le acarició el pelo.

—Hubo un jaleo de la hostia. Los hippies mataron a una gente en Marin.

El ardor en su cara me era familiar. El mismo fervor que el de esa gente que poblaba los foros online, que no parecían aflojar ni desaparecer nunca. Se disputaban la autoridad, adoptando todos el mismo tono experto, un barniz de erudición que enmascaraba la morbosidad fundamental de la empresa. ¿Qué era lo que buscaban entre todas aquellas banalidades? Como si importara el tiempo que hacía aquel día. Cualquier migaja parecía significativa si se analizaba lo suficiente: la emisora de radio que sonaba en la cocina de Mitch, el número y la profundidad de las puñaladas. Cómo debieron de oscilar las sombras en aquel coche en concreto al subir por aquella carretera en concreto.

—Sólo me junté unos meses con ellos. Nada del otro mundo.

Julian parecía decepcionado. Imaginé a la mujer que veía cuando me miraba: el pelo descuidado, los ojos cercados por comas de preocupación.

—Pero sí —dije—. Pasé mucho tiempo allí.

La respuesta me devolvió firmemente a su ámbito de interés.

Y dejé que pasara el momento.

No le dije que desearía no haber conocido nunca a Suzanne. Que ojalá me hubiese quedado en mi cuarto de las áridas colinas de Petaluma, con los lomos de pan de oro de mis libros infantiles favoritos apretujados en las estanterías. Y lo deseaba de verdad. Pero algunas noches, cuando no podía dormir, me pelaba una manzana lentamente en el fregadero, y dejaba que la espiral se alargase bajo el reflejo del cuchillo. Con la casa oscura rodeándome. Y a veces no era pesar lo que sentía. Sentía que me faltaba algo.

Julian metió a Sasha en el otro dormitorio como un pacífico cabrero adolescente. Me preguntó si necesitaba algo antes de darme las buenas noches. Me dejó desconcertada, y me recordó a aquellos chicos del colegio que se volvían más educados y funcionaban mejor cuando tomaban drogas. Fregaban obedientemente los platos de la cena en pleno colocón, fascinados por la magia psicodélica de la espuma.

–Que duermas bien –dijo Julian con una pequeña reverencia de geisha, y luego cerró la puerta.

Las sábanas de mi cama estaban arrugadas, la punzada del miedo flotaba todavía en el cuarto. Qué ridícula. Asustarme tanto. Pero hasta el imprevisto de otra gente inofensiva en la casa me perturbaba. No quería que mi podredumbre interior quedara expuesta, ni siquiera por accidente. Vivir sola era aterrador en ese sentido. Nadie que vigilara tus escapes, las formas en que delatabas tus deseos primitivos. Como una crisálida tejida en torno a ti, hecha de tus propias inclinaciones, tal cual eran, y que no había que acomodar nunca a las normas de la vida humana.

Seguía en estado de alerta, y tuve que hacer un esfuerzo por relajarme, por controlar la respiración. La casa era segura, me dije, yo estaba bien. De repente parecía ridículo, aquel torpe encuentro. A través de la fina pared, oí cómo Sasha y Julian se instalaban en el otro cuarto. El crujido del suelo, las puertas del armario abriéndose. Estarían poniendo sábanas en el colchón. Sacudiendo años de polvo acumulado. Imaginé a Sasha mirando las fotos de familia de la repisa. Julian de bebé, con un teléfono rojo enorme. Julian con once o doce años, en un barco de avistamiento de ballenas, con la cara asombrosa y azotada por la sal. Debía de estar proyectando toda esa inocencia y dulzura en el hombre casi adulto que se había quitado los pantalones y daba palmaditas en la cama para que fuese a su lado. Con los restos borrosos de tatuajes de amateur extendiéndose ondulantes por sus brazos.

Oí el quejido del colchón.

No me sorprendió que follasen. Pero luego oí la voz de Sasha, gimiendo como una actriz porno. Unos gemidos chillones y ahogados. ¿No sabían que estaba en el cuarto de al lado? Me tumbé de espaldas a la pared y cerré los ojos.

Julian gruñendo.

—Eres una puta, ¿a que sí? —dijo. El cabecero de la cama chocando contra la pared—. ¿A que sí?

Más tarde pensé que Julian debía de saber que yo lo estaba oyendo todo.

1969

1

Era el final de los sesenta, o el verano antes del fin, y eso era lo que parecía: un verano sin forma y sin fin. El Haight estaba lleno de fieles de la Iglesia del Proceso vestidos de blanco repartiendo folletos de color de avena, y los jazmines que flanqueaban las carreteras habían rebrotado aquel año especialmente embriagadores y floridos. Todo el mundo saludable, bronceado y cargado de adornos; y si no, también era una opción: puede que fueses una criatura lunar, con las lámparas cubiertas de gasa, y siguieras una dieta desintoxicante kitchari que te dejaba todos los platos manchados de cúrcuma.

Pero todo eso ocurría en otra parte, no en Petaluma, con sus chalés de tejados bajos a cuatro aguas y la carreta aparcada permanentemente delante del restaurante Hi-Ho. Los pasos de peatones chamuscados por el sol. Yo tenía catorce años, pero parecía mucho más pequeña. A la gente le gustaba decírmelo. Connie juraba que podría pasar por una chica de dieciséis, pero ella y yo nos decíamos muchas mentiras. Habíamos sido amigas todo el primer ciclo; Connie me esperaba en la puerta de clase con la paciencia de una vaca, toda nuestra energía invertida en el teatrillo de la amistad. Estaba rechoncha, pero no se vestía como si lo estuviese; se ponía blusas de algodón con bordados mexicanos que le dejaban la tripa al aire, faldas demasiado ajustadas que le estampaban una furiosa marca en los muslos. Siempre me había caído bien de un modo que no necesitaba plantearme, como el hecho de tener manos.

Cuando llegara septiembre, me iban a mandar al mismo internado al que había ido mi madre. Habían construido un campus muy cuidado en torno a un viejo convento en Monterey, las cuestas cubiertas de césped recortado. Jirones de niebla por la mañana, breves caladas de la proximidad del agua salada. Era una escuela sólo para chicas, y tendría que llevar uniforme: zapatos de tacón bajo y cero maquillaje, blusa de marinero con lazo azul. Era un centro de retención, tal cual, rodeado por un muro de piedra y poblado de chicas sosas y carapanes. Jóvenes Exploradoras y Futuras Maestras enviadas allí para aprender a teclear a 160 palabras por minuto, taquigrafía. Para hacerse promesas soñadoras e inflamadas de que serán las damas de honor en las bodas de unas y otras en el Royal Hawaiian.

Mi inminente partida forzó una nueva distancia crítica en mi amistad con Connie. Empecé a reparar en ciertas cosas, casi contra mi voluntad. La forma en que decía «La mejor manera de olvidar a uno es tirarse a otro», como si fuésemos dependientas londinenses y no un par de adolescentes inexpertas del cinturón agrícola del condado de Sonoma. Lamíamos pilas para sentir el calambre metálico en la lengua, que según los rumores era la decimoctava parte de un orgasmo. Me dolía imaginar la impresión que debía de darles a los demás la pareja que formábamos, esa clase de chicas hechas la una para la otra. Las típicas asexuadas de los institutos.

Cada día al salir del colegio empalmábamos sin interrupción con el curso familiar de las tardes. Malgastábamos las horas en alguna tarea laboriosa: seguir las recomendaciones de Vidal Sassoon para fortalecer el pelo con batidos de huevo crudo o sacarnos las espinillas con la punta de una aguja de coser esterilizada. Como chicas, el proyecto constante de nuestra persona parecía requerir atenciones extrañas y precisas.

Ahora, de adulta, me maravilla el mero volumen de tiempo que malgasté. Ese todo o nada que se nos enseñó a esperar del mundo, las cuentas atrás de las revistas, que nos exhortaban a prepararnos con un mes de antelación para el primer día de colegio.

Día 28: Aplícate una mascarilla de aguacate y miel.

Día 14: Haz pruebas de maquillaje con luces distintas (natural, oficina, noche).

Por aquel entonces, yo estaba siempre pendiente de la atención de los demás. Me vestía para generar amor, me bajaba un poco el escote, adoptaba una mirada melancólica cuando me mostraba en público, una mirada que insinuaba muchos pensamientos profundos y prometedores, por si acaso a alguien le daba por echar un vistazo. De niña, había participado una vez en una exhibición canina con fines benéficos, y había desfilado llevando del collar a un bonito collie con un pañuelo de seda atado al cuello. Qué ilusión me hizo aquella actuación autorizada: la forma en que me acerqué a los desconocidos y los dejé admirar al perro; mi sonrisa, tan permanente y obsequiosa como la de una dependienta, y lo vacía que me sentí cuando todo terminó, cuando ya nadie necesitaba mirarme.

Esperaba que alguien me dijese qué había de bueno en mí. Más tarde me pregunté si sería por eso por lo que había muchas más mujeres que hombres en el rancho. Todo el tiempo que había dedicado a prepararme, esos artículos que enseñaban que la vida no era más que una sala de espera, hasta que alguien se fijara en ti... Los chicos habían dedicado ese tiempo a convertirse en ellos mismos.

Aquel día en el parque fue la primera vez que vi a Suzanne y a las otras. Había ido hasta allí en bici, guiada por el humo que salía de la barbacoa. Nadie me dirigió la palabra salvo el hombre que colocaba las hamburguesas en la rejilla con un chisporroteo húmedo y aburrido. Las sombras de los robles moviéndose por mis brazos desnudos, la bicicleta tumbada en la hierba. Cuando un chico mayor con sombrero de vaquero chocó conmigo, aflojé el paso a propósito para que chocásemos otra vez. El tipo de flirteo que pondría en práctica Connie, ensayado como una maniobra del ejército.

—¿Qué pasa contigo? —masculló. Yo abrí la boca para disculparme, pero el chico ya se había marchado. Como si supiera que no merecía la pena escuchar lo que yo pudiese decir.

El verano se abría ante mí: la dispersión de días, el paso de las horas, mi madre paseándose por la casa como una desconocida. Había hablado varias veces por teléfono con mi padre. Daba la impresión de que también era difícil para él. Me hacía preguntas extrañamente formales, como un tío lejano que sólo me conociese por una serie de datos de segunda mano: Evie tiene catorce años, Evie es bajita. Los silencios entre nosotros habrían sido mejores si hubiesen estado teñidos de tristeza o de remordimiento, pero aquello era peor: notaba lo feliz que era de haberse ido.

Me senté sola en un banco, con servilletas desplegadas sobre las rodillas, y me comí la hamburguesa.

Era la primera vez que comía carne en mucho tiempo.

Mi madre, Jean, había dejado de comer carne en los cuatro meses que habían pasado desde el divorcio. Había dejado de hacer muchas cosas. Adiós a la madre que se aseguraba de que comprara ropa interior nueva cada temporada, a la madre que doblaba mis calcetines tobilleros con la misma delicadeza que si fuesen huevos. Que les cosía a mis muñecas pijamas a juego con los míos, hasta con los mismos botones nacarados. Ahora estaba dispuesta a ocuparse de su propia vida con el entusiasmo de una colegiala frente a un problema de matemáticas complicado. En cualquier momento libre, hacía estiramientos. Se ponía de puntillas para trabajar las pantorrillas. Quemaba un incienso que venía envuelto en papel de aluminio y que me hacía llorar los ojos. Empezó a beber un té nuevo, hecho de corteza aromática, y arrastraba los pies por la casa dando sorbos y acariciándose abstraída la garganta como si se estuviese recuperando de una larga enfermedad.

La dolencia era imprecisa, pero la cura era específica. Sus nuevos amigos le recomendaron masajes. Le recomendaron baños de sal en tanques de privación sensorial. Le recomendaron el electropsicómetro, la Gestalt, comer sólo alimentos con alto contenido mineral que se hubiesen plantado en luna llena. No me podía creer que mi madre aceptara esos consejos, pero ella escuchaba a todo el mundo. Ansiosa por tener un objetivo, un plan; creyendo que la respuesta podía llegar desde cualquier dirección en cualquier momento si se esforzaba lo suficiente.

Buscó hasta que lo único que quedó fue la búsqueda. El astrólogo de Alameda que la hizo llorar hablándole de la sombra poco propicia que proyectaba su ascendente. Esas terapias que consistían en lanzarse dando vueltas por una sala acolchada llena de desconocidos y girar hasta que chocara con algo. Volvió a casa con sombras difusas bajo la piel, moratones que se tornaron de un vívido rojo carne. La vi tocarse los moratones con algo parecido a cariño. Cuando levantó la vista y me encontró mirándola se sonrojó. Llevaba el pelo recién decolorado, apestaba a productos químicos y rosas artificiales.

–¿Te gusta? –me preguntó, acariciando entre los dedos las puntas recortadas.

Asentí, aunque aquel color hacía que su piel pareciese teñida de ictericia.

Siguió cambiando, día tras día. Cosas pequeñas. Compró pendientes hechos a mano por las mujeres del grupo con el que se reunía, volvió a casa con primitivos trocitos de madera colgando de las orejas, pulseras esmaltadas del color de pastillas de menta temblequeándole en las muñecas. Comenzó a perfilarse los ojos con un lápiz que calentaba en la llama del mechero. Giraba la punta hasta que ésta se ablandaba y luego se pintaba unos rayajos en los ojos que la hacían parecer egipcia y soñolienta.

Se detuvo en la puerta de mi cuarto antes de salir aquella noche, vestida con una blusa rojo tomate con los hombros al aire. No dejaba de bajarse las mangas. Tenía los hombros cubiertos de purpurina.

–¿Quieres que te pinte los ojos a ti también, cariño?

Pero yo no tenía ningún sitio al que ir. ¿A quién le iba a importar si los ojos se me veían más grandes o más azules?

–Puede que vuelva tarde. Así que que duermas bien. –Mi madre se inclinó para darme un beso en la cabeza–. Estamos bien, ¿verdad?, tú y yo.

Me dio unas palmaditas y sonrió de tal modo que su cara pareció resquebrajarse y revelar todo el ímpetu de su necesidad. Parte de mí sí se sentía bien, o confundía la familiaridad con felicidad. Porque eso estaba ahí aun cuando no estuviese el amor: la red de la familia, la pureza de la costumbre y el hogar. Era una cantidad de tiempo tan inabarcable, la que pasábamos en casa..., y quizás eso era lo mejor a lo que podíamos aspirar: esa sensación de cerco infinito, como cuando buscamos el borde del rollo de celo y no hay manera de encontrarlo. No había ningún salto, ninguna interrupción: sólo los momentos importantes de tu vida, que habían quedado tan incorporados a ti que ya ni siquiera eras capaz de verlos. El plato descascarillado de porcelana willow que prefería por motivos ya olvidados. El papel pintado del pasillo, que me conocía tan bien que se había vuelto completamente incomunicable a otra persona: cada hilera descolorida de palmeras color pastel, la personalidad concreta que atribuía a cada hibisco en flor.

Mi madre dejó de imponer un horario regular de comidas: dejaba uvas en un colador en el fregadero, o traía a casa tarros de vidrio con sopa de miso con eneldo de su curso de cocina macrobiótica. Ensaladas de algas que goteaban un nauseabundo aceite ambarino. «Come esto para desayunar todos los días —me dijo— y no te volverá a salir un solo grano.»

Me entró vergüenza, y aparté los dedos del grano que tenía en la frente.

Mi madre había tenido muchas sesiones nocturnas de planificación con Sal, una mujer mayor que había conocido en el grupo. Sal estaba infinitamente disponible para mi madre, se pasaba por casa a horas intempestivas, ávida de drama. Llevaba una túnica con cuello mao, y las orejas le asomaban por entre el pelo gris, muy corto, lo que la hacía parecer un niño viejo. Mi madre hablaba con ella de acupuntura, del movimiento de energías en torno a los meridianos. De los diagramas.

–Sólo quiero algo de espacio –dijo mi madre– para mí. Este mundo te deja sin fuerzas, ¿verdad?

Sal se removió sobre su ancho trasero, asintió. Obediente como un poni embridado.

Mi madre y ella estaban bebiendo té de corteza en bol, una nueva afectación que mi madre había adoptado. «Es algo europeo», me había dicho a la defensiva, pese a que yo no le había hecho ningún comentario. Cuando crucé la cocina, las dos mujeres dejaron de hablar, pero mi madre ladeó la cabeza.

—Nena —dijo, haciendo un gesto para que me acercase. Aguzó los ojos—. Hazte la raya del flequillo a la izquierda. Te queda mejor.

Yo me lo había peinado así para tapar el grano; se había hecho costra al reventármelo. Lo había untado de aceite de vitamina E, pero no hacía más que toqueteármelo y ponerme papel higiénico para absorber la sangre.

Sal estuvo de acuerdo con ella.

—Con la cara redondeada... —dijo con autoridad—. Puede que lo del flequillo no sea buena idea.

Imaginé cómo sería volcarle la silla, lo rápido que la haría caer su peso. El té de corteza derramándose sobre el linóleo.

Enseguida perdieron el interés en mí. Mi madre estaba reviviendo su relato familiar, como la superviviente aturdida de un accidente de coche. Con los hombros encorvados, como para hundirse todavía más en la miseria.

—¿Y sabes qué es lo más divertido de todo? —prosiguió mi madre—, ¿lo que de verdad me saca de quicio? —Sonrió mirándose las manos—. Que Carl esté ganando dinero. Con ese rollo de las divisas. —Rió de nuevo—. Al fin. Funcionó. Pero el sueldo de esa chica salía de mi dinero. El dinero de las películas de mi madre, gastado en ella.

Mi madre hablaba de Tamar, la asistente que había contratado mi padre para la más reciente de sus empresas. Tenía algo que ver con el cambio de divisas. Comprar dinero extranjero y comerciar con él de aquí para allá, cambiarlo tantas veces que sólo quedara el beneficio puro, insistía mi padre, un juego de manos a gran escala. Para eso eran aquellas cintas de francés que llevaba en el coche: estaba intentando sacar adelante un trato con francos y liras.

Ahora Tamar y él vivían juntos en Palo Alto. Yo la había visto muy pocas veces: me recogió del colegio un día, antes del divorcio. Me saludó perezosamente con la mano desde su Plymouth Fury. De veintitantos, delgada y jovial; no dejaba de hablar de planes de fin de semana, de su apartamento, que ojalá fuese más grande; su vida tenía una textura que yo no alcanzaba a imaginar. Su pelo era tan rubio que casi parecía gris, y lo llevaba a su aire, no como los rizos suaves de mi madre. A esa edad yo miraba a las mujeres con un ojo brutal e impasible. Evaluaba la curva de sus pechos, imaginaba la pinta que tendrían en diversas posturas ordinarias. Tamar era muy guapa. Se recogió el pelo con una pinza de plástico, crujió el cuello y me fue sonriendo mientras conducía.

−¿Quieres un chicle?

Retiré el envoltorio plateado de un par de turbias láminas. Y mientras lo hacía sentí algo contiguo al amor, al lado de Tamar, con los muslos resbalando en el asiento de vinilo. Sólo las chicas pueden prestarse unas a otras verdadera atención, la clase de atención que equiparamos con ser amadas. Se fijan en lo que queremos que se fijen. Eso es lo que hice por Tamar: respondí a sus símbolos, al estilo de su pelo y de su ropa y al olor de su perfume, L'Air du Temps, como si ésos fueran datos importantes, señales que reflejaban algo de su ser interior. Me tomé su belleza como algo personal. Cuando llegamos a casa, con la gravilla crujiendo bajo las ruedas del coche, me preguntó si podía ir al baño.

–Por supuesto –le respondí, vagamente encantada de tenerla en mi casa, como si fuese la visita de un dignatario. La llevé al lavabo bonito, el que estaba junto al dormitorio de mis padres. Tamar echó un vistazo a la cama y arrugó la nariz.

–Qué colcha más fea –dijo entre dientes.

Hasta ese momento, no había sido más que la colcha de mis padres, pero de pronto sentí una vergüenza indirecta por mi madre, por esa colcha hortera que había escogido, y de la que estaba hasta satisfecha, así de tonta era. Me senté a la mesa del comedor y oí el ruidito amortiguado de Tamar meando, del agua del grifo. Estuvo dentro un buen rato. Cuando por fin salió, algo había cambiado. Tardé un momento en ver que llevaba el pintalabios de mi madre, y cuando se dio cuenta de que me daba cuenta, fue como si hubiese interrumpido la película que estaba pasando ante sus ojos, con la cara embelesada por el presentimiento de otra vida.

Mi fantasía favorita era la cura de sueño sobre la que había leído en *El valle de las muñecas*. La única respuesta para la pobre y escandalosa Neely, trastornada por el Demerol, a la que el médico inducía un largo sueño en una habitación de hospital. Sonaba perfecto: unas máquinas fiables y apacibles mantendrían mi cuerpo con vida mientras mi cerebro descansaba en un espacio acuoso, tan tranquilo como un pececillo en una pecera de cristal. Me despertaría semanas después. Y aunque la vida se colaría de nuevo en su decepcionante lugar, aquella franja de nada almidonada seguiría estando ahí.

El internado pretendía ser un correctivo, el empujón que yo necesitaba. Mis padres, aun en sus mundos separados y absorbentes, estaban decepcionados conmigo, afligidos por mis notas mediocres. Yo era una chica del montón, y ésa era la mayor decepción de todas: no había en mí ningún destello de grandeza. No era tan guapa como para sacar aquellas notas; la balanza no se inclinaba con suficiente decisión del lado de la belleza o del de la inteligencia. A veces me sobrevenían unos impulsos piadosos de hacerlo mejor, de esforzarme con más ahínco, pero por supuesto no cambiaba nada. Otras fuerzas misteriosas parecían entrar en acción. La ventana junto a mi pupitre se quedaba abierta y me pasaba la clase de matemáticas contemplando el temblor de las hojas. Mi pluma perdía tinta y no podía tomar apuntes. Las cosas que se me daban bien no tenían ninguna aplicación real: escribir la dirección en los sobres con letra hueca y dibujar criaturas sonrientes en la solapa; preparar un café fangoso que bebía con gesto grave; encontrar la canción deseada en la radio, como una médium haciendo un barrido en busca de noticias de los muertos.

Mi madre decía que me parecía a mi abuela, pero eso resultaba sospechoso, una mentira piadosa con la que darme falsas esperanzas. Me sabía la historia de mi abuela, repetida como una plegaria maquinal. Harriet, la hija del plantador de dátiles, arrancada del abrasador y recóndito Indio y llevada a Los Ángeles. El mentón delicado y los ojos brillantes. Los dientes pequeños, rectos y ligeramente puntiagudos, como una gata hermosa y extraña. Mimada por los estudios, alimentada con huevos y leche merengada, o con hígado asado y cinco zanahorias, la misma cena que tomó mi abuela todas las noches de mi infancia. La familia refugiándose en el enorme rancho de Petaluma cuando se retiró, mi abuela cultivando rosas de concurso con esquejes de Luther Burbank y cuidando caballos.

Después de la muerte de mi abuela, vivíamos de su dinero y éramos como un país aparte en aquellas colinas, aunque se podía ir hasta el pueblo en bicicleta. Era más bien una distancia psicológica. Ya adulta, me maravillaba aquel aislamiento. Mi madre andaba de puntillas en torno a mi padre, igual que yo: sus miradas de reojo hacia nosotras, su insistencia en que comiésemos más proteína, leyésemos a Dickens o respirásemos más profundamente. Él comía huevos crudos y entrecot a la sal, y tenía siempre en la nevera un plato de tartar de ternera al que metía cucharada cinco o seis veces al día. «El cuerpo exterior es un reflejo del ser interior», decía, y hacía sus ejercicios en una esterilla japonesa al borde de la piscina, cincuenta flexiones conmigo sentada en la espalda. Era una forma de magia, que me elevaran así en el aire, con las piernas cruzadas. La hierba de avena, el olor de la tierra fresca.

Cuando bajaba algún coyote de las montañas y se peleaba con el perro –aquel bufido corto y fiero que me hacía estremecer–, mi padre lo mataba de un tiro. Todo parecía así de simple. Los caballos que copiaba de un manual de dibujo, a los que sombreaba las crines con carboncillo. Encontrar la foto de un lince con un ratón de campo entre los dientes, los colmillos afilados de la naturaleza. Más tarde vería que el miedo había estado siempre ahí. El nerviosismo que sentía cuando mi madre me dejaba sola con la niñera, Carson, que olía a humedad y se sentaba siempre en la silla equivocada. Que me dijeran que estaba todo el día pasándomelo bien y que no hubiese forma de explicar que no era así. Y hasta los momentos de felicidad daban paso siempre a alguna desilusión: la risa de mi padre, y luego las carreras para alcanzarlo cuando se alejaba de mí dando zancadas. Las manos de mi madre en mi frente ardiendo, y luego la soledad desesperada de mi cuarto de enferma; mi madre se esfumaba en el resto de la casa, hablando por teléfono con alguien en una voz que yo no reconocía. Una bandeja de galletitas Ritz y una sopa de fideos con pollo que se había enfriado; la carne amarillenta abriendo una brecha en la película de grasa. Un vacío estrellado que me parecía, ya de niña, algo similar a la muerte.

No me preguntaba cómo pasaba mi madre los días. Cómo debía de sentarse en la cocina vacía, con la mesa despidiendo aquel hogareño olor a podrido de la esponja, y esperar a que yo volviera haciendo ruido del colegio, a que mi padre llegase a casa.

Mi padre, que la besaba con una formalidad que nos incomodaba a todos, que dejaba en los escalones botellas de cerveza donde quedaban atrapadas las avispas y se golpeaba el pecho desnudo por las mañanas para mantener los pulmones fuertes. Se aferraba a la cruda realidad de su cuerpo; los calcetines gruesos de canalé asomando por encima de los zapatos, con motas de las bolsitas de cedro que metía en sus cajones. Cómo miraba en broma su reflejo en el capó del coche. Yo intentaba guardarme cosas que contarle, repasaba mis días en busca de algo que despertase un atisbo de interés. No se me pasó por la cabeza, hasta que crecí, que era raro que yo supiera tanto de él y que él no pareciese saber nada de mí. Saber que amaba a Leonardo da Vinci porque había inventado la energía solar y había nacido pobre. Que sabía identificar cualquier modelo de coche sólo por el ruido del motor, y que pensaba que todo el mundo tendría que conocerse los nombres de los árboles. Le gustó cuando estuve de acuerdo con él en que la escuela de negocios era un timo, o cuando dijo que el adolescente del pueblo que le había pintado signos de la paz en el coche era un traidor y yo asentí. En una ocasión mencionó que debería aprender a tocar la guitarra clásica, aunque yo jamás lo había visto escuchar otra música que no fuera la de esas bandas de vaqueros tan teatrales, taconeando con sus botas color esmeralda y cantando sobre rosas amarillas. Estaba convencido de que su altura era lo único que le había impedido triunfar.

«Robert Mitchum también es bajito —me dijo una vez—. Le hacen subirse a cajas de naranjas.»

Tan pronto vi a las chicas cruzando el parque, ya no despegué los ojos de ellas. La chica del pelo negro y su séquito; sus risas eran un reproche a mi soledad. Esperaba algo sin saber qué. Y entonces sucedió. Muy rápido, pero aun así lo vi: la chica del pelo negro se bajó el escote del vestido un segundo y dejó al descubierto el pezón rojo de su pecho desnudo. Justo en mitad de un parque plagado de gente. Antes de que me lo acabase de creer, la chica se subió el vestido de nuevo. Estaban todas riendo, atrevidas y despreocupadas; ninguna de ellas echó el más mínimo vistazo a su alrededor para ver si alguien las miraba.

Se metieron en el callejón contiguo al restaurante, pasada la barbacoa. Con práctica y soltura. Seguí mirando. La mayor de ellas levantó la tapa de un contenedor. La pelirroja se arrodilló y la del pelo negro usó su rodilla de peldaño y saltó por encima del borde. Estaba buscando algo dentro, pero no imaginaba qué podía ser. Me puse de pie para tirar las servilletas y me quedé parada junto a la papelera, mirando. La chica del pelo negro iba cogiendo cosas del contenedor y se las pasaba a las otras: una bolsa de

40

pan, todavía en su envase; una calabaza de aspecto anémico que olisquearon y volvieron a tirar adentro. Parecía un procedimiento instaurado: ¿de verdad se iban a comer esa comida? La chica del pelo negro emergió por última vez; se encaramó al borde y dejó caer su peso al suelo con algo entre las manos. Tenía una forma extraña, del mismo color que mi piel, y me acerqué un poco más para ver.

Cuando me di cuenta de que era un pollo crudo, reluciente, envuelto en plástico, debí de fijarme con más insistencia, porque la chica del pelo negro se dio la vuelta y me pilló mirándolas. Sonrió, y el estómago me dio un vuelco. Pareció que algo ocurría entre nosotras, un cambio sutil en la disposición del aire. La franqueza, el orgullo con que sostuvo mi mirada. Pero el ruido de la puerta del restaurante la sacó de golpe del ensimismamiento. Salió un hombretón, ya soltando gritos. Espantándolas como a perros. Las chicas agarraron la bolsa de pan y el pollo y echaron a correr. El hombre se quedó allí parado y las observó un minuto mientras se limpiaba las manos en el delantal, el pecho agitándose con esfuerzo.

Las chicas estaban ya a una manzana de distancia, con el pelo ondeando tras ellas como banderas. Un autobús escolar de color negro llegó resoplando y se detuvo, y las tres desaparecieron en su interior.

Ellas; la apariencia espantosamente fetal del pollo, el rojo de ese único pezón de la chica. Era todo muy estridente, y puede que por eso no dejara de pensar en ellas. No era capaz de encontrarle el sentido a nada. Por qué necesitaban aquellas chicas comida del contenedor. Quién conducía el autobús, qué clase de gente lo pintaría de un color como ése. Había visto que se querían unas a otras, esas chicas, que habían pasado a tener un contrato familiar: estaban seguras de lo que eran juntas. La larga noche que se extendía por delante, mi madre fuera con Sal, parecía de repente insoportable.

Ésa fue la primera vez que vi a Suzanne: el pelo negro que la señalaba, incluso de lejos, como a alguien distinto; su sonrisa directa y examinadora. No sabía explicarme a mí misma la sacudida que me había provocado mirarla. Parecía tan extraña y tan salvaje como esas flores que se abren con un estallido fulgurante una vez cada cinco años, con esa provocación escandalosa y turbadora que era casi lo mismo que belleza. ¿Y qué habría visto ella cuando me miró a mí?

Entré en el cuarto de baño del restaurante. *Sigue dándole,* garabateado con un rotulador. *¡Tess Pyle es una chupapollas!* Habían tachado la ilustración adjunta. Las huellas, crípticas, estúpidas, de los humanos que se resignaban a quedar retenidos en un lugar, empujados contra el orden automático de las cosas. Que querían lanzar una pequeña protesta. La más triste: *Joder,* escrito a lápiz.

Mientras me lavaba las manos y me las secaba con una toalla acartonada, me examiné en el espejo que había sobre la pila. Por un momento, intenté verme con los ojos de la chica del pelo negro, o incluso con los del chico del sombrero vaquero; escudriñé mis rasgos en busca de una vibración bajo la piel. El esfuerzo se hizo visible en mi cara y me avergoncé. No era de extrañar que el chico pareciera asqueado: debió de ver el ansia que había en mí. Lo evidente que era la necesidad en mi cara, como el plato vacío de un huérfano. Y ésa era la diferencia entre la chica del pelo negro y yo: su cara respondía todas sus preguntas.

Yo no quería saber esas cosas sobre mí. Me salpiqué la cara con agua, agua fría, como me había dicho Connie una vez. «El agua fría cierra los poros», y puede que fuese verdad: sentí cómo se tensaba la piel, cómo me goteaba el agua por la cara y el cuello. Con cuánta desesperación creíamos Connie y yo que si llevábamos a cabo esos rituales –si nos lavábamos la cara con agua fría, nos cepillábamos el pelo hasta el frenesí electrostático con un cepillo de cerdas de jabalí antes de acostarnos– se resolvería alguna prueba y una nueva vida se desplegaría ante nosotras.

2

Cha-ching, sonaba la máquina tragaperras del garaje de Connie, como un dibujo animado, los rasgos de Peter bañados en su resplandor rosáceo. Era el hermano mayor de Connie, tenía dieciocho años y los antebrazos del color del pan tostado. Su amigo Henry revoloteaba alrededor. Connie había decidido que estaba colada por él, así que íbamos a dedicar el viernes noche a quedarnos sentadas en el banco de pesas, con la moto naranja de Henry aparcada al lado como un poni de concurso. Veríamos cómo los chicos jugaban a la máquina tragaperras mientras nos bebíamos la cerveza de marca barata que el padre de Connie guardaba en la nevera del garaje. Luego dispararían a los botellines vacíos con una pistola de perdigones y se pavonearían con cada estallido de cristales.

Sabía que iba a ver a Peter esa noche, así que llevaba una blusa bordada y el pelo apestado de laca. Me había pintado un grano que tenía en la barbilla con un corrector beige de Merle Norman, pero éste se había acumulado en el borde y lo resaltaba todavía más. Mientras el peinado aguantara en su sitio, estaría guapa, o al menos eso pensaba yo, y me remetí la blusa para enseñar la parte de arriba

44

de mis pequeños pechos, el canalillo artificial que me hacía el sujetador. Sentirme expuesta generó un placer ansioso que me llevó a enderezarme, a colocar la cabeza sobre el cuello como un huevo en una taza. A esforzarme por ser más como la chica de pelo negro del parque, ese aspecto relajado de su cara. Connie afiló la mirada al verme; un músculo le tembló junto a la boca, pero no dijo nada.

En realidad, Peter no me había hablado por primera vez hasta un par de semanas antes. Yo estaba esperando a Connie abajo. Su cuarto era mucho más pequeño que el mío, su casa más humilde, pero pasábamos allí la mayor parte del tiempo. La casa estaba decorada con temática marinera, el errado intento de su padre de aproximarse al interiorismo femenino. Me sentía mal por el padre de Connie: los turnos de noche en la planta lechera, esas manos artríticas que abría y cerraba nerviosamente. La madre de Connie vivía en algún punto de Nuevo México, cerca de unas fuentes termales; tenía gemelos, y otra vida de la que nadie hablaba nunca. Una vez, por Navidad, le había enviado a Connie una polvera de colorete roto y un jersey Fair Isle tan pequeño que ni ella ni yo pudimos pasar la cabeza por el cuello.

«Los colores son bonitos», le dije yo con optimismo. Connie se encogió de hombros: «Es una zorra.»

Peter irrumpió en la cocina y tiró un libro sobre la mesa. Me saludó con la cabeza a su manera tranquila y empezó a hacerse un sándwich; sacó unas rebanadas de pan blanco y un tarro de mostaza que irradiaba un brillo ácido.

–¿Dónde está la princesa? –preguntó. Tenía la boca agrietada de un rosa violento. Cubierta por una fina película de resina de maría, imaginé.

–Cogiendo una chaqueta.

–Ah. –Plantó una rebanada sobre la otra y pegó un bocado. Me miró mientras masticaba–. Estás guapa últimamente, Boyd –me dijo, y luego tragó con fuerza. Su valoración me dejó tan descolocada que creí que lo había imaginado. ¿Se suponía que tenía que responder? Ya había memorizado la frase.

Se dio la vuelta al oír un ruido en la puerta, una chica con cazadora vaquera, con la cara oculta tras la mosquitera. Pamela, su novia. Eran una pareja fija, permeables el uno al otro; llevaban ropa parecida, se pasaban el periódico en silencio sentados en el sofá y veían juntos *El agente de C.I.P.O.L.* Se quitaban la pelusa de la ropa como si se la quitaran a ellos mismos. Había visto a Pamela en el instituto, alguna vez que había pasado en bici por el edificio de color pardo. Los rectángulos de hierba medio seca, los escalones anchos y bajos en los que estaban siempre sentadas las chicas mayores, con suéter ajustado de canalé, cogidas del meñique, con paquetes de Kent entre las manos. El olorcillo de la muerte entre ellas, los novios en junglas húmedas. Eran como adultas, hasta en la forma en que tiraban la ceniza del cigarrillo con un cansado golpe de muñeca.

–Eh, Evie –dijo Pamela.

Para algunas chicas era fácil ser amables. Acordarse de tu nombre. Pamela era guapa, cierto, y sentí hacia ella esa atracción soterrada que sentía todo el mundo por los guapos. Llevaba las mangas de la cazadora arremangadas hasta el codo, los ojos parecían drogados por el perfilador. Tenía las piernas morenas y limpias. Las mías estaban salpicadas de picaduras de mosquito que yo convertía en heridas de tanto tocármelas, y en las pantorrillas se veía la sombra de unos pelos claros.

46

–Nena –la saludó Peter con la boca llena. Fue corriendo a darle un abrazo y enterró la cara en el cuello de ella. Pamela soltó un chillido y lo apartó de un empujón. Cuando reía se le veían los dientes torcidos.

–Qué asco –masculló Connie, entrando en la sala. Pero yo me quedé callada, intentando imaginar cómo sería eso: que alguien te conociera tan bien que os hubieseis convertido casi en la misma persona.

Estábamos arriba, más tarde, fumando algo de hierba que Connie le había robado a Peter. Habíamos tapado la rendija de la puerta con una toalla enrollada. Connie tenía que estar todo el rato pegando el papel del porro con los dedos, y las dos fumábamos en un silencio solemne y caldeado. Veía el coche de Peter por la ventana, mal aparcado, como si hubiese tenido que abandonarlo ahí bajo una extrema presión. Siempre había tenido presente a Peter, igual que me gustaba cualquier chico mayor, a esa edad: su mera existencia exigía atención. Pero mis sentimientos eran de pronto más intensos y acuciantes, tan exagerados e inevitables como parecían los sucesos en los sueños. Me atiborré de banalidades sobre él: las camisetas que llevaba en rotación, la delicadeza de la piel de la nuca donde ésta desaparecía bajo el cuello. Los saxos de Paul Revere & the Raiders que salían en bucle de su cuarto, la forma en que a veces iba dando traspiés por ahí, con un orgulloso y declarado aire de misterio, para que yo supiese que había tomado ácido. Cómo llenaba y volvía a llenar un vaso de agua en la cocina con extravagante cuidado.

Había entrado en el dormitorio de Peter mientras Connie se duchaba. Apestaba a lo que más tarde identificaría como masturbación, una brecha húmeda en el aire. Todas sus posesiones impregnadas de una trascendencia

47

enigmática. El futón. Una bolsa de plástico llena de cogollos cenicientos junto a la almohada. Manuales para sacarse el título de mecánico. Un vaso en el suelo, pringado de manchas de dedos, medio lleno de agua viciada. Una hilera de guijarros de río en lo alto del armario. Una pulsera de cobre barato que le había visto puesta alguna vez. Lo absorbí todo como si pudiese descifrar el significado particular de cada objeto, encajar las piezas de la arquitectura interior de su vida.

Gran parte del deseo, a esa edad, era un acto deliberado. Nos empeñábamos en difuminar los bordes toscos y decepcionantes de los chicos para darles la forma de alguien a quien pudiéramos amar. Decíamos que los necesitábamos desesperadamente con las palabras típicas, repetidas de memoria, como si estuviésemos leyendo una obra de teatro. Más tarde lo vería: lo impersonal y rapaz que era nuestro amor, enviando su señal por todo el universo con la esperanza de encontrar un depositario que diera forma a nuestros deseos.

Cuando era pequeña, había visto revistas en un cajón del baño, las revistas de mi padre, con las páginas hinchadas por la humedad. Dentro estaban plagadas de mujeres. La tirantez de la gasa que cubría la entrepierna, esa luz vaporosa que daba a su piel un tono pálido e iluminado. Mi chica favorita llevaba una cinta de guingán atada con un lazo en torno al cuello. Era de lo más extraño y excitante que alguien pudiera ir desnuda pero llevar una cinta en torno al cuello. Hacía que su desnudez pareciese formal.

Visitaba la revista con la regularidad de un penitente, y la dejaba cuidadosamente en su sitio cada vez. Corría el pestillo de la puerta del baño con un placer jadeante y angustioso que pronto me llevaría a frotarme la entrepierna con las costuras de las alfombras, con el borde del colchón. Con el respaldo de un sofá. ¿Cómo funcionaba eso siquiera? Que reteniendo la imagen flotante de la chica en mi mente pudiera construir esa sensación, una capa de placer que crecía hasta hacerse compulsiva, el deseo de sentirme así una y otra vez. Resultaba extraño que me imaginase a una chica, y no a un chico. Y que esa sensación pudiera reavivarse con otras rarezas: la litografía en color de una chica atrapada en una telaraña que aparecía en mi libro de cuentos de hadas. Los ojos de insecto de criaturas malignas, observándola. El recuerdo de mi padre tocándole el culo a una vecina por encima del bañador mojado.

Yo ya había hecho alguna cosa; sin llegar al final, pero casi. Los manoseos en los pasillos en los bailes del colegio. La asfixia achicharrante del sofá de unos padres, con los pliegues de las rodillas sudados. Alex Posner escurriendo la mano por debajo de mis pantalones con un estilo exploratorio, frío, y apartándola bruscamente cuando oíamos pasos. Nada de eso —los besos, la mano clavándose en mi ropa interior, el ansia pura de un pene entre mis dedos— se parecía ni de lejos a lo que hacía yo sola, a ese aumento de presión, como si subiera unas escaleras. Me imaginaba a Peter casi como un correctivo a mis deseos, cuya compulsión a veces me asustaba.

Me tumbé de espaldas sobre el fino tapiz que cubría la cama de Connie. Se había quemado con el sol; vi cómo se frotaba la piel suelta y traslúcida del hombro y la enrollaba en forma de bolitas grisáceas. Mi leve repugnancia quedó atemperada al pensar en Peter, que vivía en la misma casa que Connie, que respiraba el mismo aire. Que comía con los mismos cubiertos. Estaban unidos de un modo esencial, como dos especies distintas criadas en un mismo laboratorio.

Desde abajo, llegó la risa ligera de Pamela.

–Cuando tenga novio, voy a hacer que me saque a cenar –dijo Connie con autoridad–. Ni siquiera le importa que Peter sólo la traiga aquí para echar un polvo.

Peter no llevaba nunca calzoncillos, se había quejado Connie. El dato creció en mi mente; me asqueaba de un modo no desagradable. Las arrugas soñolientas de sus ojos por el colocón permanente. Connie palidecía en comparación: yo no creía realmente que la amistad fuese un fin en sí mismo, algo más que esa bruma que servía de fondo al teatrillo de los chicos que te amaban o no te amaban.

Connie se plantó frente al espejo y trató de hacerle la segunda voz a uno de los discos de cuarenta y cinco, tristes, dulces, que escuchábamos con fanática repetición. Canciones que inflamaban mi propia y justificada tristeza; me imaginaba alineada con la naturaleza trágica del mundo. Cómo me gustaba machacarme de esa forma, atizar mis sentimientos hasta volverlos insoportables. Quería que todo en la vida fuera así de desesperado y henchido de augurios, de modo que hasta los colores y el tiempo y los sabores estuviesen más saturados. Eso era lo que prometían las canciones, lo que sacaban de mí.

Había una canción que parecía resonar con un eco especial, como si estuviese señalada. Unos versos sencillos sobre una mujer, sobre la forma de su espalda al alejarse del hombre por última vez. Las cenizas que dejan en la cama sus cigarrillos. La canción sonó entera, y Connie se levantó para darle la vuelta al disco.

–Ponla otra vez –le dije.

Traté de imaginarme a mí misma como el cantante veía a la mujer: el balanceo de su pulsera de plata, con un brillo verdoso; la caída del pelo. Pero sólo conseguí sentirme estúpida, y al abrir los ojos vi a Connie en el espejo, separándose las pestañas con un imperdible, con los pantalones cortos metidos en el culo. Buscar esas cosas en ti no tenía gracia. Pero sólo ciertas chicas despertaban esa clase de atención. Como la chica que había visto en el parque. O Pamela y las chicas de los escalones del instituto, esperando la perezosa agitación de los coches de sus novios al ralentí, la señal para ponerse en pie de un salto. Para sacudir el polvo de su asiento y partir camino del horizonte mientras decían adiós con la mano a las que quedaban atrás.

Poco después de ese día, entré en el cuarto de Peter mientras Connie dormía. El comentario que me había hecho en la cocina me parecía una invitación con fecha de caducidad que tenía que usar antes de que se escapara la ocasión. Connie y yo habíamos bebido cerveza antes de acostarnos, apoyadas contra las patas de mimbre de sus muebles y comiendo requesón de una tarrina con los dedos. Yo había bebido mucho más que ella. Quería que algún impulso tomase los mandos, me empujara a la acción. No quería ser como Connie, que no cambiaba nunca nada, esperando que algo ocurriese; que se comía un paquete entero de galletitas de sésamo y luego hacía diez saltos de tijera en su cuarto. Aguanté despierta hasta que se sumió en un sueño profundo e intranquilo. Atenta a los pasos de Peter en los escalones.

Entró ruidosamente en su cuarto, por fin, y esperé lo que pareció un buen rato antes de seguirlo. Avancé con sigilo por el pasillo como un espectro en pijama de verano, el brillo de poliéster encajado en algún punto del taciturno camino que iba de los disfraces de princesa a la lencería. El silencio de la casa era un ente vivo, opresivo y presente, pero también lo coloreaba todo con una libertad exótica y llenaba las habitaciones, como un aire más denso.

La forma de Peter bajo las sábanas estaba inmóvil; sus pies huesudos de hombre asomaban. Escuché su respiración, enmarañada por los efectos de las drogas que hubiese tomado. El cuarto parecía acunarlo. Podría haber bastado con eso, con mirarlo mientras dormía como haría un padre, consentirme el privilegio de imaginar unos sueños felices. Sus respiraciones eran como cuentas de rosario: cada inspiración y espiración, un consuelo. Pero yo no quería que bastara con eso.

Cuando me acerqué su cara se definió, sus rasgos se fueron completando a medida que me acostumbraba a la oscuridad. Me permití mirarlo sin pudor. Peter abrió los ojos de repente, y de algún modo no pareció sobresaltarlo mi presencia junto a la cama. Me dedicó una mirada tan tibia como un vaso de leche.

–Boyd –me dijo, con la voz todavía errática por el sueño; pero parpadeó, y había una resignación en la forma en la que dijo mi nombre que me hizo sentir que me estaba esperando. Que sabía que iría.

Me dio vergüenza estar allí plantada de esa manera.

–Puedes sentarte –me dijo.

Me puse en cuclillas junto al futón, vacilando estúpidamente. Las piernas ya me estaban empezando a arder por el esfuerzo. Peter alargó la mano y tiró de mí hacia el colchón, y yo sonreí, aunque no estaba segura de que pudiera verme la cara. Se quedó callado y yo también. El cuarto era extraño, visto desde el suelo; la mole del armario, el marco astillado de la puerta. No era capaz de imaginar a Connie unas habitaciones más allá. Connie murmurando en sueños, como hacía a menudo, algunas veces anunciando un número, como una aturdida binguera.

–Puedes taparte con las sábanas si tienes frío –me dijo, levantándolas de forma que vi su pecho descubierto, su desnudez. Me metí en la cama con él en un silencio ritual. Fue tan sencillo como eso: me adentré en una posibilidad que había estado siempre ahí.

No dijo nada después de eso, y yo tampoco. Me atrajo hacia sí para que mi espalda quedara pegada a su pecho, y sentí su polla levantándose contra mis muslos. No quería respirar, sentía que sería como una imposición; hasta el hecho de que mis costillas subiesen y bajasen supondría demasiada molestia. Iba cogiendo sorbos de aire por la nariz, un mareo me invadió. Su olor penetrante en la oscuridad, sus mantas, sus sábanas: eso era lo que Pamela tenía siempre, esa sencilla ocupación de su presencia. Me tenía rodeada con el brazo, un peso que yo no dejaba de identificar como el peso de un brazo de chico. Peter actuaba como si se fuese a dormir, suspirando y moviéndose de rato en rato, pero eso era lo que mantenía todo el asunto en pie. Había que hacer como si no pasara nada raro. Cuando me rozó el pezón con el dedo, me quedé muy quieta. Notaba su respiración constante en el cuello. Su mano impersonal tomando medidas. Me retorció el pezón y yo cogí aire audiblemente. Dudó un momento pero luego continuó. Su polla me pringaba los muslos desnudos. Comprendí que me vería arrastrada por lo que fuera que pasase. Cualquiera que fuese el camino que él marcara. Y no sentía miedo, sólo algo próximo a la excitación, una vista desde las alas. ¿Qué le ocurriría a Evie?

Cuando los tablones del suelo crujieron en el pasillo, el hechizo se rompió. Peter apartó la mano y se tumbó de espaldas con gesto brusco. Clavó la mirada en el techo para que pudiera verle los ojos.

—Tengo que dormir un poco —dijo con una voz estudiadamente vacía. Una voz que era como un borrador, una apatía insistente pensada para hacerme dudar si había pasado algo. Y me costó ponerme de pie, estaba algo aturdida, pero también extática de alegría, como si sólo ese poco ya me hubiese bastado.

Los chicos estuvieron jugando a la máquina tragaperras durante lo que parecieron horas. Connie y yo estábamos sentadas en el banco, palpitando con forzado desinterés. Yo seguía esperando alguna señal de reconocimiento por parte de Peter. Un titubeo en los ojos, una mirada con el relieve dentado de nuestra historia. Pero no me miró. El garaje húmedo olía a cemento frío y al tufo de tiendas de campaña que habían plegado sin esperar a que se secasen. El calendario de gasolinera en la pared: una mujer en un jacuzzi enseñando los dientes con ojos apagados, como un animal disecado. Me alegraba de que no estuviese Pamela. Peter y ella habían tenido una discusión, me había dicho Connie. Quise pedirle más detalles, pero vi una advertencia en su mirada: mejor que no me interesara demasiado.

—¿No tenéis otro sitio al que ir, niñas? —preguntó Henry—. ¿Alguna fiesta de helados en alguna parte?

Connie se sacudió el pelo y se levantó a coger más cerveza. Henry observó divertido su acercamiento.

—Dame eso —se quejó Connie cuando Henry apartó de su alcance un par de botellines.

Recuerdo que me di cuenta por primera vez de lo chillona que era, de la estúpida agresividad que resonaba en su voz. Connie, con sus quejas y sus estratagemas, esa risa chirriante que parecía, y era, ensayada. Una distancia fue abriéndose entre nosotras en cuanto empecé a notar esas cosas, a catalogar sus defectos como lo haría un chico. Me arrepiento de haber sido tan poco generosa. Como si poniendo distancia entre ella y yo pudiera curarme de esa misma enfermedad.

–¿Qué me das por ellas? –le dijo Henry–. No hay nada gratis en esta vida, Connie.

Ella se encogió de hombros y luego se lanzó a por las cervezas. Henry apretó la masa maciza de su cuerpo contra ella, sonriendo mientras Connie bregaba. Peter puso los ojos en blanco. A él tampoco le gustaban esas cosas, ese vodevil estridente. Él tenía amigos mayores que habían desaparecido en junglas letárgicas, en ríos cargados de sedimentos. Que habían vuelto a casa balbuceando y enganchados a unos diminutos cigarrillos negros; sus novias de aquí se escondían tras ellos como pequeñas sombras nerviosas. Intenté sentarme más recta, darle a mi cara la compostura del aburrimiento adulto. Deseé que Peter me mirara. Quería para mí esas partes de él que estaba segura de que Pamela no veía, el aguijonazo de tristeza que captaba a veces en sus ojos, o la secreta generosidad hacia Connie cuando nos llevó al lago Arrowhead, aquella vez que su madre se olvidó por completo de su cumpleaños. Pamela no sabía esas cosas, y yo me aferraba a esa certeza, a cualquier ventaja que me perteneciera sólo a mí.

Henry pellizcó la piel blanda que asomaba por la cinturilla de los pantalones cortos de Connie.

–Tenemos hambre últimamente, ¿eh?

–No me toques, salido –le dijo ella, y lo apartó de un manotazo. Soltó una risita–. Que te follen.

–Perfecto –respondió él, y la cogió por las muñecas–. Fóllame.

Ella intentó zafarse sin muchas ganas, quejándose hasta que Henry la soltó por fin. Se frotó las muñecas.

–Imbécil –masculló, pero no estaba realmente enfadada. Eso era parte de ser chica: conformarse con cualquier respuesta que una obtuviera. Si te enfadabas, estabas loca; si no reaccionabas, eras una zorra. Lo único que podías hacer era sonreír desde la esquina en la que te hubiesen arrinconado. Sumarte a la broma aun cuando siempre fuese a tu costa.

A mí no me gustaba el sabor de la cerveza, su amargura granulosa no tenía nada que ver con el frescor agradable e higiénico de los martinis de mi padre, pero me bebí una y luego otra. Los chicos fueron echando en la máquina monedas de cinco centavos que sacaban de una bolsa de la compra hasta que apenas quedaron más.

–Necesitamos las llaves de la máquina –dijo Peter, encendiendo un porro fino que se sacó del bolsillo–. Para abrirla.

–Voy a buscarlas –respondió Connie–. No me eches demasiado de menos –le dijo a Henry con un canturreo, y le lanzó un saludo antes de salir. A mí sólo me levantó las cejas. Entendí que era parte de algún plan que había maquinado para hacerse con la atención de Henry. Salir, y luego volver. Seguramente lo habría leído en alguna revista.

Ése era nuestro error, creo. Uno de tantos. Pensar que los chicos actuaban con una lógica que algún día comprenderíamos. Creer que sus acciones tenían algún sentido más allá del impulso irreflexivo. Éramos como teóricas de la conspiración, veíamos augurios e intenciones en cada detalle, ansiábamos importar tanto como para ser el objeto de sus maniobras y especulaciones. Pero sólo eran chicos. Tontos y jóvenes y directos: no escondían nada.

Peter dejó la palanca en posición de inicio y se apartó para dejarle un turno a Henry, mientras se iban pasando el porro el uno al otro. Los dos llevaban camisetas blancas, desgastadas de tanto lavarlas. Peter sonrió ante el ruido carnavalesco con el que la máquina tragaperras soltó repiqueteando una pila de monedas, pero parecía distraído. Apuró otra cerveza, dando caladas al porro hasta que éste acabó aplastado y correoso. Hablaban en voz baja. Yo iba cogiendo algún que otro pedazo.

Estaban hablando de Willie Poteracke: todos lo conocíamos, el primer chico de Petaluma que se alistó. Su padre lo había llevado en coche al registro. La última vez que lo vi fue en el Hamburger Hamlet con una morena menuda a la que le goteaba la nariz. Se empeñaba en llamarlo por su nombre completo, Will-*iam,* como si esa sílaba extra fuese la contraseña secreta que lo iba a transformar en un hombre adulto y responsable. Se pegaba a él como una lapa.

–Está siempre delante de su casa –dijo Peter–. Lavando el coche como si no hubiese cambiado nada. Ni siquiera puede conducir ya, no creo.

Eran noticias de otro mundo. Me sentí avergonzada, al ver la cara de Peter, por mi pantomima de sentimientos reales, por tratar de acceder al mundo a través de canciones. A Peter podían mandarlo allí, podía morir de verdad. No tenía que obligarse a sentir eso, a hacer esos ejercicios emocionales en los que Connie y yo ocupábamos el tiempo: ¿qué harías si muriese tu padre? ¿Qué harías si te quedases embarazada? ¿Qué harías si un profesor quisiera follar contigo, como el señor Garrison y Patricia Bell?

–Lo tenía todo arrugado, el muñón. Rosa.

–Qué asco –respondió Henry desde la máquina. No apartó la vista de las cerezas que giraban en bucle delante de él–. Si quieres matar gente, más te vale aceptar que esa gente puede reventarte las piernas.

–Pero es que está orgulloso, además –le dijo Peter, alzando la voz y tirando la colilla del porro al suelo del garaje. Miró cómo se apagaba–. Quiere que la gente lo vea. Ésa es la chaladura.

La teatralidad de su conversación me puso teatral también a mí. Estaba excitada por el alcohol, un ardor en el pecho que exageré hasta que pasó a guiarme una autoridad que no era la mía. Me levanté. Los chicos no se dieron cuenta. Estaban hablando de una película que habían visto en San Francisco. Me sonaba el título; no la habían echado en el pueblo porque se suponía que era inmoral, pero no recordaba por qué.

Cuando por fin la vi, de mayor, me sorprendió la inocencia palpable de las escenas de sexo. El modesto pliegue de grasa encima del vello púbico de la actriz. Cómo se reía mientras le cogía la cara al capitán del yate y se la llevaba a los pechos, preciosos y colgones. Lo picante tenía un toque simpático, como si la diversión fuese todavía algo erótico. No como en las películas que vinieron después, con esas chicas haciendo muecas de dolor mientras las piernas les colgaban a los lados como cosas muertas.

Henry aleteaba las pestañas, la lengua en un gesto obsceno, imitando alguna escena de la película.

Peter se reía.

–Estás enfermo.

Se preguntaron en voz alta si se estarían follando a la actriz de verdad. No parecía importarles que yo estuviese allí mismo.

–Se notaba que le gustaba –dijo Henry–. Ahh... –gritó con una chillona voz femenina–. Aah, sí, mmm. –Sacudió la máquina tragaperras con las caderas.

–Yo también la vi –dije sin pensar. Quería una vía de entrada en la conversación, aunque fuese mentira. Los dos me miraron.

58

–Bueno, por fin habla el fantasma –dijo Henry.

Me puse roja.

–¿La viste? –Peter parecía dudar. Me dije que estaba siendo protector.

–Sí –respondí–. Qué pasada.

Intercambiaron una mirada. ¿De verdad pensaba que se iban a creer que había conseguido que alguien me llevase a la ciudad? ¿Que había ido a ver lo que era, básicamente, una película porno?

–Bueno... –A Henry le centellearon los ojos–. ¿Y qué parte te gustó más?

–La parte de la que hablabais. La de la chica.

–¿Pero qué parte de ésa te gustó más? –insistió Henry.

–Déjala en paz –dijo Peter con tono amable. Ya aburrido.

–¿Te gustó la escena navideña? –continuó Henry. Su sonrisa me engatusó y me hizo creer que estábamos teniendo una conversación de verdad, que estaba haciendo progresos–. El árbol enorme. Toda esa nieve.

Asentí, casi creyéndome mi propia mentira.

Henry se echó a reír.

–La película es en Fiyi. Todo pasa en una isla. –Henry soltó una risotada tras otra, desternillándose, y le lanzó una mirada a Peter, que parecía avergonzado por mí, como lo estaría uno por un desconocido que tropieza en la calle, como si nunca hubiese pasado nada entre nosotros.

Le di un empujón a la moto de Henry. No esperaba que se volcara, en verdad: tal vez sólo que se tambalease, lo justo para que Henry dejara de reírse y se asustase un segundo, para que se pusiera a protestar con chistosa consternación y se olvidara de mi mentira. Pero la empujé con demasiada fuerza. La moto cayó y se estrelló ruidosamente contra el suelo de cemento.

Henry me clavó los ojos.

–Serás cabrona.

Corrió hasta la moto volcada como si fuera una mascota que hubiese recibido un disparo. Prácticamente la acunó entre sus brazos.

–Estás como una puta cabra –masculló. Pasó las manos por la chapa de la moto y le enseñó a Peter un fragmento de metal naranja–. ¿Te puedes creer esta mierda?

Cuando Peter me miró, había en su cara una lástima petrificada que de algún modo era peor que la rabia. Yo era como una niña, no merecía más que emociones abreviadas.

Connie apareció en la puerta.

–Toc, toc –llamó, con las llaves colgando del dedo curvado. Asimiló la escena: Henry de rodillas junto a la moto, Peter con los brazos cruzados.

Henry soltó una áspera risotada.

–Tu amiga es una auténtica zorra –le dijo, echándome una mirada.

–Evie la ha volcado de un empujón –le explicó Peter.

–Putas niñatas –continuó Henry–. La próxima vez buscaos una canguro, no vengáis con nosotros. Joder.

–Lo siento –dije con un hilo de voz, pero nadie escuchaba.

Incluso después de que Peter lo ayudase a levantar la moto y examinara de cerca el golpe –«Es sólo superficial –anunció–, lo podemos arreglar fácilmente»–, comprendí que algo más se había roto. Connie me escudriñó con frío asombro, como si la hubiese traicionado, y puede que así fuera. Había hecho lo que se suponía que no teníamos que hacer. Había alumbrado una parcela de debilidad secreta, había expuesto el nervioso corazón de conejo.

3

El dueño del Flying A estaba bastante gordo; el mostrador se le hincaba en la barriga. Se apoyó en los codos para controlar mis movimientos por los pasillos, que yo recorría con el bolso rebotándome en los muslos. Tenía un periódico abierto delante, aunque no parecía que pasara nunca la página. Flotaba en torno a él un aire hastiado de responsabilidad, tanto burocrático como mitológico, como el de alguien condenado a custodiar una caverna por el resto de la eternidad.

Aquella tarde había ido sola. Connie estaría echando humo en su pequeño cuarto, escuchando «Positively 4th Street» con una dolida y justa complacencia. Pensar en Peter me dejaba devastada: quería pasar de largo por aquella noche, sedimentar mi vergüenza en forma de algo difuso y manejable, como un rumor acerca de un desconocido. Había intentado pedirle disculpas a Connie, mientras los chicos seguían sufriendo por la moto como un par de médicos de campaña. Hasta me ofrecí a pagar la reparación, a darle a Henry todo lo que llevaba en el bolso. Ocho dólares, que aceptó con la mandíbula apretada. Al cabo de un rato, Connie me dijo que sería mejor que me marchase a casa.

Había vuelto unos días después; el padre de Connie me abrió la puerta casi al instante, como si me estuviese esperando. Solía trabajar en la planta lechera hasta pasada la medianoche, así que me resultó raro verlo en casa.

—Connie está arriba —me dijo.

Detrás de él, sobre la encimera, vi un vaso de whisky, acuoso y centelleante. Estaba tan centrada en mis planes que no reparé en el ambiente de crisis que flotaba en la casa, el dato inusual que suponía su presencia.

Connie estaba tumbada en la cama, con la falda arremangada de tal modo que se le veía la entrepierna de las bragas blancas y los muslos moteados al completo.

—Qué bien maquillada —me dijo—. ¿Te has puesto así sólo por mí? —Se tiró de espaldas sobre la almohada—. Esto te va a gustar. Peter se ha ido. Pero ido del todo. Con Pamela, menuda sorpresa. —Puso los ojos en blanco, pero pronunció el nombre de Pamela con una felicidad perversa. Lanzándome una miradita.

—¿A qué te refieres con eso de «se ha ido»? —El pánico empezaba a desencajarme la voz.

—Es tan *egoísta*. Papá nos dijo que a lo mejor teníamos que mudarnos a San Diego. Y al día siguiente, Peter coge y se larga. Se ha llevado algo de ropa y unas cuantas cosas. Yo creo que se han ido a casa de la hermana de Pamela, en Portland. O sea, estoy bastante segura de que están ahí. —Se sopló el flequillo—. Es un cobarde. Y Pamela es el tipo de chica que se pondrá gorda cuando tenga un niño.

—¿Está embarazada?

Connie me lanzó una mirada.

—Sorpresa... ¿Es que te da igual que a lo mejor me tenga que mudar a San Diego?

Sabía que tendría que empezar a enumerar todos los

motivos por los que la quería, lo triste que me quedaría si se iba, pero estaba hipnotizada por la imagen de Pamela sentada al lado de Peter en el coche, quedándose dormida con la cabeza apoyada en su hombro. Mapas de Avis en el suelo, traslúcidos por el aceite de hamburguesa; el asiento trasero lleno de ropa y de manuales de mecánica. Peter bajaría la mirada y vería la línea de piel blanca que formaba la raya del pelo. Puede que la besara, llevado por una ternura hogareña, pese a que ella estaba dormida y nunca lo sabría.

–A lo mejor sólo está haciendo el tonto –le dije–. Es decir, ¿no puede ser que aparezca?

–Que te den –me dijo Connie. Aquellas palabras parecieron sorprenderle también a ella.

–¿Pero yo a ti qué te he hecho?

Por descontado, las dos lo sabíamos.

–Creo que ahora mismo prefiero estar sola –anunció, remilgada, y clavó los ojos en la ventana.

Peter había escapado al norte con la novia que a lo mejor hasta tenía un hijo suyo; no había manera de obviar la biología, las proteínas multiplicándose en la tripa de Pamela. Pero Connie estaba allí, tumbada en la cama con esa figura regordeta que me era tan familiar que podría señalar el lugar exacto de cada peca, la marca de varicela que tenía en el hombro. Connie, tan querida de repente, siempre estaba allí.

–Vamos a ver una peli o algo –le dije.

Ella se sorbió la nariz y examinó el borde blanco de sus uñas.

–Peter ya no está, así que la verdad es que no hay motivo para que vengas. Además, te marchas al internado.

El zumbido de mi desesperación era evidente.

–¿Y si vamos al Flying A?

Se mordió el labio.

—Dice May que no me tratas demasiado bien.

May era la hija del dentista. Iba siempre con pantalones de cuadros y chalecos a juego, como una auxiliar de contabilidad.

—Decías que May era aburrida.

Connie se quedó callada. Antes nos daba pena May, que era rica pero ridícula; y comprendí que ahora a Connie le daba pena yo, allí suspirando por Peter, que debía de llevar semanas, meses, planeando irse a Portland.

—May es maja. Muy maja.

—Podríamos ir a ver una peli las tres.

Ahora estaba dándole a los pedales, buscando cualquier clase de impulso, un baluarte contra el verano vacío. May no estaba tan mal, me dije, a pesar de que no le dejaban comer dulces ni palomitas por los aparatos, y sí, podía imaginármelo, lo de ir las tres juntas.

—Te ve muy vulgar —dijo Connie.

Se volvió de nuevo hacia la ventana. Yo miré fijamente las cortinas de encaje; le había ayudado a hacer el dobladillo con pegamento cuando teníamos doce años. Había esperado demasiado rato, mi presencia en el cuarto era un error evidente, y estaba claro que lo único que podía hacer era marcharme, decirle adiós con un nudo en la garganta al padre de Connie —que me respondió con un gesto distraído— y echarme a la calle con mi bici.

¿Me había sentido así de sola alguna vez, con el día entero por delante y nadie por quien preocuparme? Casi era capaz de imaginar que ese dolor en el estómago era placer. Todo consistía en mantenerme ocupada, me decía, en matar el tiempo sin fricciones. Preparé un Martini tal como me había enseñado mi padre, me eché el vermut por la mano y dejé sin limpiar las salpicaduras en la mesa. Siempre había detestado las copas de Martini: aquel pie y aquella forma extraña me parecían penosos, como si los adultos se estuviesen esforzando demasiado en ser adultos. Así que lo puse en un vaso de zumo, con el borde dorado, y me obligué a beber. Y luego me preparé otro y me lo bebí también. Era divertido sentirme libre, y divertirme con mi propia casa al caer en la cuenta, con una efusión de hilaridad, de que los muebles habían sido siempre feos, y las sillas, tan pesadas y cursis como gárgolas. De que el aire estaba escarchado de silencio, las cortinas siempre corridas. Las descorrí y bregué por abrir una ventana. Hacía calor fuera —me imaginé a mi padre, que saltaría si viera que entraba aire caliente—, pero dejé la ventana abierta de todos modos.

Mi madre iba a estar fuera todo el día; el alcohol ayudaría a taquigrafiar mi soledad. Era raro que fuese tan fácil cambiar de ánimo, que hubiese una forma segura de ablandar la roña de mi tristeza. Podía beber hasta que mis problemas pareciesen algo compacto y bonito, algo digno de admirar. Me obligaba a disfrutar del sabor, a respirar despacio cuando me entraban náuseas. Escupí un vómito acre en las sábanas, y luego lo limpié hasta que en el aire sólo quedó un toque ácido, agriado, que casi me gustaba. Se me cayó una lámpara al suelo y me pinté los ojos con inexperto pero ferviente esmero. Me senté frente al espejo iluminado de mi madre con sus distintos ajustes: Oficina. Día. Noche. Filtros de luz coloreada, mis rasgos espectrales o desvaídos según pulsara el interruptor de aquel sol artificial.

Intenté leer algunas partes de los libros que me gustaban de pequeña. Destierran a una niña consentida al subsuelo, a una ciudad gobernada por duendes. Las rodillas de la niña con su vestido infantil, los grabados de bosques oscuros. Las ilustraciones en las que salía atada me conmovían hasta tal punto que tuve que fraccionar el tiempo que era capaz de mirarlas. Me habría encantado dibujar algo así, como el interior terrorífico de la mente de alguien. O dibujar la cara de la chica de pelo negro que había visto en el pueblo; estudiarla el tiempo suficiente para ver cómo combinaban los rasgos. La de horas que perdí masturbándome, con la cara hundida en la almohada, hasta que dejó de importar. Al rato me entraba dolor de cabeza, me daban espasmos en los músculos, las piernas me temblaban, doloridas. Las bragas mojadas, igual que la cara superior de los muslos.

Otro libro: a un orfebre le cae plata fundida en la mano. Seguramente el brazo y la mano se le quedaron desollados una vez se le curó la costra de la quemadura. La piel tirante, rosada, nueva, sin pelos ni pecas. Pensé en Willie y en su muñón, en el agua templada de la manguera que echaba sobre el coche. En cómo se irían evaporando lentamente los charcos del asfalto. Probé a pelar una naranja como si tuviera el brazo quemado hasta el codo y me hubiese quedado sin uñas.

La muerte me parecía el vestíbulo de un hotel. Una estancia civilizada e iluminada en la que uno podía entrar y salir fácilmente. Un chico del pueblo se había pegado un tiro en su sótano amueblado después de lo que pillasen vendiendo papeletas falsas para una rifa: no pensé en las tripas húmedas y sanguinolentas, sino sólo en la paz un instante antes de apretar el gatillo, en lo limpio y tamizado que debió de parecer el mundo. Todo el sobrante de desengaños, toda la vida normal, con sus castigos y humillaciones, retirados con un movimiento ordenado.

Los pasillos de la tienda me parecían nuevos, los pensamientos amorfos por la bebida. El parpadeo constante de las luces, los caramelos de limón reblandecidos en el tarro, el maquillaje colocado en formaciones agradables y fetichistas. Le quité el capuchón a un pintalabios para probar el color en la muñeca, tal como había leído. La puerta hizo sonar las campanillas al abrirse. Miré hacia allí. Era la chica de pelo negro del parque, con unas zapatillas de tela vaquera y un vestido con las mangas cortadas a la altura de los hombros. Me recorrió la excitación. Ya estaba tratando de imaginar qué le diría. Su aparición repentina hizo que el día pareciese fuertemente envuelto en sincronía, el ángulo del sol recién recalibrado.

La chica no era guapa; me di cuenta al verla otra vez. Era otra cosa. Como las fotos que había visto de la hija de John Huston. Su cara tal vez fuese un error, pero había otro proceso actuando allí. Y era mejor que la belleza.

El hombre del mostrador le puso mala cara.

–Ya te lo he dicho. No podéis entrar aquí, se acabó. Largo.

La chica le lanzó una sonrisa perezosa y levantó las manos. Vi pelos despuntando en sus axilas.

–Eh –le dijo–. Sólo quiero comprar papel de váter.

–Me robasteis –replicó el hombre, poniéndose rojo–. Tú y tus amigas. Descalzas, corriendo por ahí con los pies sucios. Para despistarme.

Yo estaría aterrorizada si hubiese sido el blanco de su ira, pero la chica parecía tranquila. Hasta burlona.

–No creo que eso sea cierto. –Ladeó la cabeza–. Debieron de ser otras.

Él cruzó los brazos.

–Me acuerdo de ti.

En la cara de la chica hubo un cambio; algo se endureció en sus ojos, pero no dejó de sonreír.

–Pues vale. Lo que tú digas.

Se volvió hacia mí, con una mirada fría y distante. Como si apenas me viese. El ansia me recorrió: me sorprendí al ver cuánto deseaba que no desapareciera.

–Sal de aquí –le dijo el hombre–. Venga.

Antes de irse, la chica le sacó la lengua. Apenas un segundo, como un gatito gracioso.

Sólo vacilé un instante antes de seguirla afuera, pero cuando salí ya estaba cruzando el aparcamiento, con paso enérgico. Corrí tras ella.

–Eh –la llamé. Siguió caminando.

La llamé de nuevo, más alto, y se detuvo. Dejó que la alcanzara.

–Qué imbécil –le dije. Yo debía de brillar como una manzana. Tenía las mejillas encendidas por aquel esfuerzo semietílico.

Ella echó una mirada de odio en dirección a la tienda.

–Gordo de mierda –masculló–. No puedo ni comprar papel de váter.

Por fin pareció reconocerme, y examinó un buen rato mi cara. Estaba claro que me veía pequeña. Que mi camisa con pechera, regalo de mi madre, le parecería cara. Quería hacer algo que pesara más que esos dos hechos. Lancé el ofrecimiento sin pensar.

–Yo lo mango –dije, con entusiasmo forzado–. El papel de váter. Es fácil. Robo cosas ahí cada dos por tres.

Me preguntaba si me estaría creyendo. Debía de saltar a la vista el poco cuidado que había puesto en la mentira. Pero a lo mejor ella respetaba eso. La desesperación de mi anhelo. O a lo mejor quería ver cómo terminaba el asunto. La niña rica jugando a la ladrona de guante blanco.

—¿Estás segura? —me preguntó.

Me encogí de hombros, con el corazón aporreándome el pecho. Si yo le daba pena, no lo vi.

Mi regreso inexplicado alteró al hombre.

—¿Otra vez aquí?

Aun si realmente hubiese planeado robar algo, habría sido imposible. Me entretuve por los pasillos, esforzándome por borrar cualquier atisbo de criminalidad de mi cara, pero él no me quitaba ojo. Me siguió con mirada de odio hasta que cogí el papel de váter y lo llevé a la caja, avergonzada de la facilidad con la que me acoplaba a la costumbre. Por supuesto que no iba a robar nada. Nunca robaría nada.

Le dio un arranque mientras introducía el precio del papel.

—Una buena chica como tú no debería ir con chicas como ésa —me dijo—. Son unos guarros, ese grupo. Hay un tío con un perro negro. —Parecía afligido—. En mi tienda, no.

Por el cristal picado vi a la chica paseándose lentamente por el aparcamiento. Haciendo visera con las manos. Qué suerte tan repentina e inesperada: me estaba esperando a mí.

Después de pagar, el hombre me miró fijamente.

—No eres más que una cría. ¿Por qué no te vas a casa?

Hasta ese momento, me había sentido mal por él.

—No necesito bolsa —le dije, y me metí el papel de váter en el bolso. Me quedé callada mientras el hombre me daba el cambio, lamiéndose los labios como para ahuyentar un mal sabor.

La chica espabiló cuando me acerqué.

–¿Lo tienes?

Asentí, y ella me hizo girar la esquina medio agazapada, con un brazo en mi espalda para apresurarme. Yo casi me creí que había robado algo; la adrenalina avivó mis venas mientras le enseñaba el bolso.

–Ja –dijo, echando un vistazo dentro–. Le está bien empleado, a ese gilipollas. ¿Ha sido fácil?

–Bastante fácil –le respondí–. Está en las nubes, además.

Estaba encantada con nuestra confabulación, con cómo nos habíamos convertido en un equipo. Le asomaba un triángulo de tripa por entre los botones del vestido sin abrochar. Qué fácilmente invocaba una especie de sexualidad descuidada, como si hubiesen vestido a toda prisa un cuerpo que aún estuviera enfriándose después de sudar.

–Me llamo Suzanne, por cierto.

–Evie.

Le tendí la mano. Suzanne se rió de una forma que me hizo comprender que estrecharse la mano no era lo apropiado, sino un símbolo vacío del mundo convencional. Me ruboricé. Era difícil saber cómo actuar prescindiendo de todas las formalidades y muestras de educación habituales. No estaba segura de qué debía ocupar su lugar. Hubo un silencio: me apuré por llenarlo.

–Creo que te vi el otro día. Cerca del Hi-Ho.

Ella no respondió, no me dio nada a lo que agarrarme.

–Estabas con otras chicas. Y llegó un autobús...

–Ah –dijo, y su cara se reanimó–. Sí, ese idiota estaba cabreado de verdad. –Se acomodó en el recuerdo–. Tengo que mantener a las otras chicas a raya, ya sabes, o pierden los papeles. Y entonces nos pillan.

Yo la miraba con un interés que debía de ser evidente, y ella me dejaba mirarla sin la más mínima inhibición.

–Me acordaba de tu pelo –le dije.

Suzanne pareció satisfecha. Se tocó las puntas, distraídamente.

–No me lo corto nunca.

Más adelante descubriría que Russell les había dicho que no lo hicieran.

Suzanne abrazó el papel higiénico contra el pecho, de pronto orgullosa.

–¿Quieres que te pague algo por esto?

No tenía bolsillos, ni tampoco llevaba bolso.

–Nah... Tampoco es que me haya costado nada.

–Bueno, gracias –respondió, con notorio alivio–. ¿Vives por aquí?

–Bastante cerca. Con mi madre.

Suzanne asintió.

–¿En qué calle?

–En la vía Lucero del Alba.

Soltó un murmullo de sorpresa.

–Qué elegante.

Vi que significaba algo para ella, que yo viviese en la parte buena del pueblo, pero no tenía ni idea de qué, más allá de la aversión difusa hacia los ricos que sentían todos los jóvenes. Mezclaban a los ricos, a los medios y al gobierno en una vaga encarnación de la maldad: los perpetradores del gran engaño. Yo todavía estaba empezando a aprender cómo disfrazar de disculpa ciertas informaciones. Cómo burlarme de mí misma antes de que pudieran hacerlo otros.

–¿Y tú?

Ella aleteó los dedos.

–Ah, ya sabes. Tenemos algunas cosas en marcha. Pero somos mucha gente –sostuvo el papel en alto–, y eso son muchos culos que limpiar. Vamos justos de dinero ahora mismo, pero ya aparecerá algo; pronto, estoy segura.

Somos. La chica formaba parte de un *somos,* y yo envidiaba esa paz, que estuviese tan segura de adónde ir después de ese aparcamiento. Con esas dos chicas con las que la había visto en el parque, con quienquiera que viviese con ella. Gente que repararía en su ausencia y que exclamaría a su regreso.

–Te has quedado callada –dijo Suzanne al cabo de un momento.

–Perdona.

Contuve las ganas de rascarme las picaduras de mosquito, a pesar de que la piel se me retorcía del picor. Di vueltas a la cabeza buscando un tema de conversación, pero todas las posibilidades que se me aparecían eran cosas que no podía decir. No debía decirle cuán repetida y ociosamente había pensado en ella aquel día. No debía decirle que no tenía amigos, que me iban a mandar a un internado, esa perpetua comunidad para hijos que estorbaban. Que no era ni una mota de polvo para Peter.

–No pasa nada –dijo con un gesto de la mano–. Cada uno es como es, ¿sabes? Me di cuenta cuando te vi. Eres una persona pensativa. Estás a tu rollo, metida en tu cabeza.

Yo no estaba acostumbrada a ese tipo de atención directa. Y menos de una chica. Normalmente era sólo una forma de disculparse por haber concentrado todos los esfuerzos en el chico de turno. Me permití imaginar que yo era alguien a quien los demás veían pensativa. Suzanne cambió de postura: entendí que era un preludio a su partida, pero no se me ocurría cómo alargar la conversación.

–Bueno, voy para allá –dijo, señalando un coche aparcado a la sombra, un Rolls Royce cubierto de un manto de polvo. Sonrió al ver mi confusión–. Nos lo han prestado –dijo. Como si eso lo explicara todo.

La vi alejarse sin tratar de detenerla. No quería ser avariciosa: podía estar contenta de haber conseguido al menos algo.

4

Mi madre volvía a salir con hombres. Primero fue uno que se presentó como Vismaya y que no dejaba de masajearle la cabeza con sus dedos de uñas afiladas. Que me dijo que, por mi fecha de nacimiento, en la cúspide de Acuario y Piscis, las dos frases que me definían eran «Yo creo» y «Yo sé».

—¿A ti qué te parece? —me preguntó—. ¿Crees que sabes, o sabes que crees?

Luego, un hombre que pilotaba avionetas plateadas y que me dijo que se me transparentaban los pezones a través de la camisa. Lo dijo tal cual, como si fuera una información útil. Hacía retratos al pastel de nativos americanos, y quería que mi madre lo ayudase a montar un museo de su obra en Arizona. Luego, un promotor inmobiliario de Tiburon que nos llevó a un restaurante chino. No dejaba de animarme a que conociese a su hija. Repitió una y otra vez cuán seguro estaba de que haríamos buenas migas. Su hija tenía once años, comprendí al final. Connie se lo habría pasado muy bien diseccionando los pegotes de arroz que se le hacían en los dientes, pero no hablaba con ella desde aquel día en su casa.

–Yo tengo catorce –le dije. El hombre miró a mi madre, que asintió.

–Pues claro –respondió, con un fuerte aliento a salsa de soja–. Ahora me doy cuenta de que eres prácticamente una adulta.

«Lo siento», me dijo mi madre moviendo los labios desde el otro lado de la mesa, pero cuando el hombre se volvió para darle una judía de aspecto viscoso de su tenedor, ella abrió la boca obediente, como un pájaro.

La lástima que me inspiraba mi madre en estas situaciones era algo nuevo y desagradable, pero también sentía que merecía cargar con ella: un deber severo e individual, como una enfermedad.

Mis padres habían organizado un cóctel un año antes del divorcio. Fue idea de mi padre: hasta que se marchó, mi madre no era sociable, y en las fiestas y reuniones yo notaba en ella una profunda agitación, un acceso de incomodidad que domeñaba en una rígida sonrisa. La fiesta era para celebrar que mi padre había encontrado inversor. Era la primera vez, creo, que obtenía dinero de alguien que no fuese mi madre, y la exaltación lo hizo crecerse aún más y empezar a beber antes de que llegasen los invitados. El pelo saturado del denso aroma de padre del tónico Vitalis; el aliento surcado de alcohol.

Mi madre había hecho costillas con kétchup al estilo chino, y tenían un brillo glandular, como lacadas. Aceitunas de lata, nueces fritas. Palitos de queso. Un postre fangoso hecho de mandarinas: una receta que había visto en *McCall's*. Antes de que llegaran los invitados me preguntó qué tal estaba. Alisándose la falda de damasco. Recuerdo que me desconcertó la pregunta.

–Muy bien –le dije, descolocada de un modo extraño.

Me habían dejado tomar un poco de jerez en una copa de cristal tallado rosa. Me gustó su agrura putrefacta y robé otra copa.

Los invitados eran amigos de mi padre, en su mayor parte, y me sorprendió la amplitud de su otra vida, una vida que yo sólo veía desde los márgenes. Porque allí había gente que parecía conocerlo, que parecía tener una visión de él compuesta de almuerzos y visitas al hipódromo de Golden Gate Fields y discusiones sobre Sandy Koufax. Mi madre revoloteaba nerviosa en torno al bufet: había puesto palillos chinos, pero no los usaba nadie, y me di cuenta de que lo vivía como una decepción. Intentó convencer a un hombretón y a su mujer, pero ellos negaron con la cabeza, y el hombre hizo alguna broma que no alcancé a oír. Vi algo desesperado cruzando la cara de mi madre. Ella también estaba bebiendo. Era el tipo de fiesta en la que todo el mundo se emborrachaba enseguida, una bruma colectiva balbucía por encima de las conversaciones. Un rato antes, un amigo de mi padre había encendido un porro, y vi cómo la expresión de mi madre mudaba de la desaprobación a una paciente tolerancia. Ciertos límites se estaban desdibujando. Las mujeres levantaron la vista al paso de un avión, que trazaba un arco hacia el aeropuerto de San Francisco. Alguien tiró una copa a la piscina. Vi cómo se hundía lentamente hasta el fondo. O a lo mejor era un cenicero.

Yo flotaba por la fiesta, y me sentía mucho más pequeña de lo que era; el deseo de hacerme invisible iba unido al afán de participar de un modo adyacente. Estaba más que contenta de indicar dónde estaba el baño cuando me preguntaban, o de envolver nueces fritas en una servilleta y comérmelas junto a la piscina una a una, mientras la sal arenosa se me pegaba a los dedos. La libertad de ser tan joven que nadie esperara nada de mí.

76

No había visto a Tamar desde el día que me llevó a casa después del colegio, y recuerdo que me decepcionó verla aparecer: ahora que estaba ahí de testigo tendría que actuar como una adulta. Venía con un hombre, algo mayor que ella. Lo fue presentando a los demás, dos besos, un apretón de manos. Todo el mundo parecía conocerla. Me puso celosa la forma en que el novio de Tamar dejaba la mano apoyada en su espalda mientras ella hablaba, en la franja de piel entre la falda y el top. Quería que viese que estaba bebiendo: me acerqué a la mesa bar al mismo tiempo que ella y me serví otra copa de jerez.

–Me gusta el conjunto –le dije, empujada por el ardor en el pecho. Ella estaba de espaldas y no me oyó. Repetí la frase y se sobresaltó.

–Evie –dijo, muy amable–. Me has asustado.

–Lo siento.

Me sentí idiota, sosa, con aquel vestido recto. Su conjunto era de colores vivos y parecía nuevo, con rombos ondulantes en lila, verde y rojo.

–Qué fiesta tan divertida –dijo, mientras sus ojos examinaban la multitud.

Antes de que se me ocurriera una réplica, alguna salida con la que dejar claro que sabía que aquellas antorchas tiki eran una ridiculez, se nos unió mi madre. Dejé rápidamente la copa en la mesa. Detestaba sentirme así: toda la comodidad previa a la llegada de Tamar se había transformado en una conciencia dolorosa de cada objeto que había en la casa, de cada detalle acerca de mis padres, como si fuese yo la responsable de todo ello. Me avergonzaba la falda larga de mi madre, anticuada al lado de la ropa de Tamar, y también el entusiasmo con el que la saludó. El cuello se le llenó de rojeces por los nervios. Yo me escabullí mientras ellas se distraían con su cháchara de cortesía.

Revuelta y sofocada de incomodidad, quería sentarme en alguna parte sin tener que hablar con nadie, sin tener que estar controlando la mirada de Tamar ni ver a mi madre usando los palillos y anunciando alegremente que no era tan difícil, aun cuando un gajo de mandarina se le resbalase de nuevo al plato. Deseé que Connie estuviese allí; por aquel entonces aún éramos amigas. Mi rincón junto a la piscina ahora estaba ocupado por una avalancha cotilla de señoras; desde el otro lado del jardín me llegó la risa explosiva de mi padre, rodeado de un grupo de gente que reía también. Me alisé el vestido; me sentía fuera de lugar, echaba de menos el peso de la copa en las manos. El novio de Tamar estaba allí cerca, comiendo costillas.

—Tú eres la hija de Carl, ¿verdad?

Recuerdo que pensé que era extraño que Tamar y él se hubiesen ido cada uno por su lado, que estuviese allí solo, afanándose por apurar el plato. Era raro que quisiese hablar conmigo siquiera. Yo asentí.

—Bonita casa —dijo, con la boca llena. Los labios brillantes y húmedos por las costillas. Era guapo, me fijé, pero tenía un aire caricaturesco: la nariz respingona, una gola extra de piel en la papada—. Cuánto terreno —añadió.

—Era la casa de mis abuelos.

Sus ojos cambiaron de foco.

—He oído hablar de ella —dijo—. De tu abuela. De pequeño la veía siempre. —No me había dado cuenta de lo borracho que estaba hasta ese momento. De cómo la lengua se rezagaba en la comisura de la boca—. Aquel episodio en el que encuentra el cocodrilo en el manantial. Un clásico.

Estaba acostumbrada a que la gente hablase de mi abuela con cariño. Les encantaba mostrar su admiración, contarme que habían crecido con ella en la pantalla de la tele, radiada a sus salones como un miembro más, un miembro mejor, de la familia.

–Tiene sentido –dijo el novio, mirando alrededor–, que ésta fuese su casa. Porque tu viejo no se la podría permitir, ni por asomo.

Comprendí que estaba insultando a mi padre.

–Es raro –dijo, secándose los labios con la mano–, lo que llega a aguantar tu madre.

Yo debí poner cara de perplejidad: movió los dedos en dirección a Tamar, todavía en la mesa de las bebidas. Ahora mi padre estaba con ella. A mi madre no la vi por ninguna parte. Las pulseras de Tamar tintinearon mientras meneaba la copa. Mi padre y ella sólo estaban hablando. No estaba pasando nada. No entendía por qué su novio tenía esa sonrisa furibunda, por qué esperaba que yo dijese algo.

–Tu padre se folla todo lo que pilla.

–¿Me permite su plato? –le pregunté, demasiado atónita para inmutarme. Era algo que había aprendido de mi madre: revertir a la educación. Atajar el dolor con un gesto de cortesía. Como Jackie Kennedy. Era una virtud de esa generación, un talento para eludir la incomodidad, apisonarla con ceremonia. Pero ahora había pasado de moda, y vi algo parecido a desdén en los ojos del hombre cuando me tendió el plato. Aunque puede que me lo imaginara.

La fiesta terminó a altas horas. Unas cuantas antorchas tiki se habían quedado encendidas, y sus llamas ondulantes se infiltraban en la noche azul marino. Los coches, enormes y de colores vivos, bajaban pesadamente por el camino. Mi padre iba lanzando adioses mientras mi madre apilaba servilletas y recogía huesos de aceituna, mojados de saliva de otra gente, en la palma de la mano. Mi padre puso el disco desde el principio otra vez; yo estaba mirando por la ventana de mi cuarto y vi cómo intentaba hacer bailar a mi madre. «I'll be looking at the moon», cantaba; la cara oculta de la luna estaba en el centro de muchos anhelos por aquel entonces.

Sabía que debería odiar a mi padre. Pero sólo me sentía idiota. Avergonzada: no por él, sino por mi madre. Alisándose la falda larga, preguntándome qué tal estaba. Cómo se ponía roja cuando le quedaban restos de comida entre los dientes y se lo decía. Las veces que se plantaba junto a la ventana cuando mi padre llegaba tarde a casa, tratando de descifrar un significado nuevo en la entrada desierta.

Ella debía de saber lo que estaba ocurriendo –tenía que saberlo–, pero lo quería de todos modos. Como Connie, que saltaba para coger la cerveza aun sabiendo que quedaría como una tonta. Como el novio de Tamar, incluso, comiendo con aquella ansia frenética y sin fondo. Masticando más rápido de lo que podía tragar. Él sabía cuán en evidencia podía dejarte el hambre.

Se me estaba pasando la borrachera. Tenía sueño y me sentía vacía, devuelta incómodamente a mi ser. Todo me inspiraba desprecio: mi cuarto lleno de desechos de la infancia, el borde de encaje en torno al escritorio. El tocadiscos de plástico con su asa gruesa de baquelita, el puf de aspecto brillante que se me quedaba pegado a las piernas. La reunión, con sus entusiastas canapés, y los hombres vestidos con camisas hawaianas en un festivo clamor textil. Todo ello parecía venir a explicar por qué mi padre querría otra cosa. Me imaginé a Tamar con una cinta atada al cuello, tumbada en la alfombra de un apartamento pequeñísimo de Palo Alto. Y a mi padre allí... ¿mirándola?, ¿sentado en una silla? El voltaje perverso del pintalabios rosa de Tamar. Intenté odiarla pero no pude. Ni siquiera fui capaz de odiar a mi padre. La única que quedaba era mi madre, que había dejado que ocurriera, que había sido tan blanda y maleable como la masa de pan. Repartiendo dinero, preparando la cena cada noche; no me extrañaba que mi padre hubiese buscado otra cosa: las opiniones desmesuradas de Tamar, esa vida suya que era como un programa de televisión sobre el verano.

En aquella época yo me imaginaba lo de casarse de un modo simple y deseoso. Como el momento en que alguien prometía cuidarte, prometía darse cuenta de si estabas triste, o cansada, o de si detestabas la comida con sabor a frío de la nevera. Que prometía que su vida iría paralela a la tuya. Mi madre debía de saberlo y se había quedado de todas formas, ¿qué decía eso del amor? Nunca sería algo seguro; todos aquellos estribillos lastimeros de las canciones que lamentaban desesperados *tú no me amabas como yo te amaba a ti.*

Y lo más aterrador: era imposible localizar el origen, el instante en que las cosas cambiaban. La visión de la espalda de una mujer con vestido escotado se mezclaba con la realidad de la esposa en otro cuarto.

Cuando terminó la música, sabía que mi madre vendría a darme las buenas noches. Había estado temiendo ese momento: tener que ver cómo habían decaído sus rizos, el borrón de pintalabios en torno a la boca. Cuando llamó a la puerta, pensé en hacerme la dormida. Pero tenía la luz encendida: la puerta se abrió poco a poco.

Hizo un mohín:

—Aún estás vestida del todo.

Yo la habría ignorado, o habría hecho alguna broma,

pero no quería causarle ningún dolor. No en ese momento. Me senté.

—Ha estado bien, ¿verdad? —me dijo. Se apoyó en el marco de la puerta—. Las costillas han quedado buenas, creo.

Puede que pensara de veras que mi madre querría saberlo. O tal vez esperaba que me calmara, que me ofreciese una síntesis adulta y tranquilizadora.

Me aclaré la garganta.

—Ha pasado una cosa.

Sentí cómo se tensaba en la puerta.

—¿Ah, sí?

Más tarde me avergonzaría al recordarlo. Mi madre ya debía de saber lo que iba a decirle. Seguramente deseó que me quedase callada.

—Papá estaba hablando. —Volví a concentrarme en los zapatos, y me apliqué a conciencia en la hebilla—. Con Tamar.

Ella soltó aire.

—¿Y? —Sonreía un poco. Una sonrisa despreocupada.

Yo estaba confusa: tenía que saber a qué me refería.

—Nada más.

Mi madre miró a la pared.

—Lástima del postre. La próxima vez haré macarons, macarons de coco. Esas mandarinas eran muy difíciles de comer.

Yo estaba callada; la impresión me había dejado recelosa. Me quité los zapatos y los metí debajo de la cama, uno al lado del otro. Murmuré un buenas noches y ladeé la cabeza para recibir su beso.

—¿Quieres que apague la luz? —preguntó mi madre, deteniéndose en la puerta.

Yo negué con la cabeza. Cerró con suavidad. Qué meticulosa era, girando el pomo hasta que hizo clic. Yo me quedé mirándome los pies rojos, con la marca de los zapatos. Pensé en lo apretujados y raros que se veían, en lo desproporcionados, y en cómo me iba a querer nunca alguien con unos pies como ésos.

Mi madre hablaba de los hombres con los que salía, después de mi padre, con el optimismo desesperado de los cristianos renacidos. Y yo era testigo de la labor devota que requería aquello: hacía ejercicios en el salón sobre una toalla de baño, con las mallas manchadas de sudor. Se lamía la palma de la mano y la olfateaba para comprobar si le olía el aliento. Salía con hombres que tenían forúnculos en el cuello allí donde se habían cortado al afeitarse, hombres que hacían un torpe amago de coger la cuenta pero parecían agradecidos cuando ella sacaba su tarjeta Air Travel. Encontraba hombres así y parecía contenta al respecto.

Durante nuestras cenas con estos hombres, yo me imaginaba a Peter. Durmiendo con Pamela en un sótano amueblado en algún pueblo desconocido de Oregón. Los celos se entremezclaban de un modo extraño con un sentimiento protector hacia los dos, hacia el niño que estaba creciendo dentro de Pamela. Sólo ciertas chicas, comprendí, estaban señaladas para el amor. Como la tal Suzanne, que generaba esa respuesta por el simple hecho de existir.

El hombre que más le gustaba a mi madre era minero de oro. O así se había presentado el propio Frank, entre risas, con un salpicón de baba en la comisura de la boca.

—Encantado de conocerte, cariño —me dijo la primera noche, mientras con su mano enorme me arrastraba hacia él en un torpe abrazo. Mi madre parecía atolondrada y algo ebria, como si la vida fuese un mundo en el que había pepitas de oro ocultas en los lechos de los ríos o arracimadas al pie de los precipicios y no hubiera más que arrancarlas como melocotones del árbol.

Había oído a mi madre decirle a Sal que Frank seguía casado, pero que no lo estaría por mucho tiempo. Yo no sabía si eso era verdad. Frank no parecía el tipo de hombre que abandonaba a su familia. Llevaba una camisa de botones color crema y unas peonías bordadas en relieve con hilo rojo en los hombros. Mi madre actuaba con nerviosismo; se llevaba las manos al pelo, deslizaba el meñique por entre los dientes. Nos miraba a uno y a otro.

–Evie es una chica muy lista –le dijo. Hablaba demasiado alto. Aun así, era agradable oírselo decir–. Va a progresar muchísimo en Catalina. –Ése era el internado al que iba a ir, aunque septiembre parecía a siglos de distancia.

–Un buen coco –vociferó Frank–. Con eso no te puede ir mal, ¿verdad?

No entendí si bromeaba o no, y mi madre tampoco parecía saberlo.

Cenamos un guiso en silencio en el comedor, y yo fui separando los tristes trozos de tofu y haciendo una pila en el plato. Noté que mi madre optaba por no decir nada.

Frank era bien parecido, pese a llevar una camisa extraña, demasiado recargada y femenina, y hacía reír a mi madre. No era tan guapo como mi padre, pero aun así lo era. Ella no dejaba de alargar la mano para acariciarle el brazo con las puntas de los dedos.

–Catorce años, ¿eh? –dijo Frank–. Apuesto a que tienes un montón de novios.

Los adultos siempre estaban tomándome el pelo con lo de los novios, pero había una edad a la que dejaba de ser una broma, esa idea de que los chicos en verdad te desearan.

–Oh, a montones –respondí, y mi madre se puso alerta al percibir la frialdad de mi voz.

Frank no pareció darse cuenta; le lanzó a mi madre una sonrisa de oreja a oreja, le dio unas palmaditas en la mano. Ella también sonreía, como una máscara; sus ojos saltaban de un lado a otro de la mesa.

Frank tenía minas de oro en México.

—Ahí abajo no hay reglas. Mano de obra barata. Es una cosa casi segura.

—¿Cuánto oro has encontrado? —le pregunté—. Hasta ahora, quiero decir.

—Bueno, en cuanto todo el equipo esté en marcha, encontraré una tonelada.

Bebía de una copa de vino; sus dedos dejaban sombras grasientas. Mi madre se ablandó bajo su mirada; relajó los hombros, separó los labios. Parecía joven, esa noche. Me sobrevino una extraña punzada maternal hacia ella, tan desagradable que me hizo estremecer.

—Podría llevaros para allá —dijo Frank—. A las dos. Un viajecito a México. Con flores en el pelo. —Soltó un eructo entre dientes y se lo tragó. Mi madre se sonrojó; el vino se movía en su copa.

A mi madre le gustaba ese hombre. Hacía ejercicios estúpidos para parecerle guapa sin ropa. Se había acicalado y echado aceite, la cara hambrienta de amor. Dolía pensar que mi madre necesitara algo, y yo la miraba, queriendo sonreír, para que viese que estábamos bien, ella y yo. Pero no me miraba. Estaba atenta a Frank, a la espera de cualquier cosa que éste quisiera darle. Enlacé las manos en un puño bajo la mesa.

—¿Y qué hay de tu mujer? —le pregunté.

—Evie —susurró mi madre.

—No pasa nada —dijo Frank, levantando las manos—. Es justo que lo pregunte. —Se frotó los ojos con fuerza, dejó el tenedor—. Es un tema complicado.

–No es tan complicado –respondí.

–Eres una maleducada –dijo mi madre.

Frank le puso la mano en el hombro, pero ella ya se estaba levantando para recoger los platos, con una expresión de sombría diligencia grabada en la cara, y Frank le tendió el suyo con una sonrisa de preocupación. Se restregó las manos secas en los vaqueros. Yo no los miraba ni a ella ni a él. Estaba toqueteándome los pellejos de las uñas, tirando hasta que quedó una herida satisfactoria.

Cuando mi madre salió del comedor, Frank se aclaró la garganta.

–No deberías hacer enfadar tanto a tu madre –me dijo–. Es una buena mujer.

–No es asunto tuyo. –La cutícula me sangraba un poco. Apreté para sentir el pinchazo.

–Eh –siguió, con voz calmada, como si estuviera intentando ser mi amigo–. Ya lo pillo. Quieres largarte de casa. Estás cansada de vivir con mami, ¿eh?

–Patético –musité.

Frank no entendió lo que había dicho, pero sí que no había respondido como él quería.

–Morderse las uñas es una costumbre muy fea –dijo con tono vehemente–. Una costumbre fea y sucia para gente sucia. ¿Tú eres una persona fea?

Mi madre reapareció en la puerta. Estaba segura de que nos había oído, y ahora ya debía saber que Frank no era un buen hombre. Se habría llevado una decepción, así que decidí que sería más amable con ella, la ayudaría más en casa. Pero mi madre se limitó a fruncir el ceño.

–¿Qué está pasando?

–Sólo le estaba diciendo a Evie que no debería morderse las uñas.

–Yo también se lo digo –convino mi madre. La voz

nerviosa, los labios crispados–. Podría ponerse mala, tragando tantos gérmenes.

Recorrí en círculos las posibilidades. Mi madre sólo estaba postergándolo. Se estaba tomando un momento para dar con la mejor manera de sacar a Frank de nuestras vidas, de decirle que yo no era asunto de nadie más que de ella. Pero cuando se sentó y dejó que le acariciase el brazo, cuando se inclinó hacia él, incluso, comprendí cómo iría la cosa.

Cuando Frank se levantó para ir al baño, imaginé que mi madre se disculparía de algún modo.

–Esa camisa es demasiado ceñida –me susurró con aspereza–. Es inapropiada a tu edad.

Yo abrí la boca para responder.

–Hablaremos mañana –me dijo–. Y tanto que hablaremos.

Cuando oyó los pasos de Frank me lanzó una última mirada, y luego se levantó para reunirse con él. Me dejaron sola en la mesa. La luz del techo caía severa y desangelada sobre mis brazos y manos.

Salieron a sentarse al porche; mi madre iba echando las colillas de cigarrillo en una lata de conserva. Desde mi cuarto oí su charla intermitente hasta bien entrada la noche, la risa de mi madre, simple y despreocupada. El humo de los cigarrillos colándose por la mosquitera. La noche me hervía dentro. Mi madre creía que la vida era tan fácil como recoger oro del suelo, como si las cosas pudieran ser así para ella. No había ninguna Connie que calmase mi disgusto, sólo la constancia asfixiante de mi propio ser, esa compañía entumecida y desesperada.

Hay aspectos en los que he entendido a mi madre más adelante. Quince años con mi padre habían dejado en su vida enormes espacios en blanco que estaba aprendiendo a rellenar, como esas víctimas de un derrame cerebral que reaprenden las palabras para coche, mesa o lápiz. La timidez con la que se miraba en el oráculo del espejo, tan crítica y esperanzada como una adolescente. Metiendo barriga para subirse la cremallera de los vaqueros nuevos.

Por la mañana, entré en la cocina y me encontré a mi madre sentada a la mesa, con el bol de té ya vacío; el poso moteaba el fondo. Tenía los labios tensos, la mirada herida. Pasé por su lado sin decir nada y abrí un paquete de café molido, púrpura y embriagador: el sustituto de mi madre para el Sanka que le gustaba a mi padre.

–¿A qué vino eso? –Se notaba que estaba intentando conservar la calma, pero las palabras le salieron apresuradas.

Eché el café en la cafetera, encendí el fuego. Mantuve una expresión de calma budista en la cara mientras iba haciendo mis tareas, inmutable. Ésa era mi mejor arma, y vi que mi madre empezaba a alterarse.

–Vaya, ahora te quedas callada... Fuiste muy grosera con Frank anoche.

Yo no contesté.

–¿Quieres que sea desgraciada? –Se puso de pie–. Estoy hablando contigo –dijo, alargando el brazo para apagar el fogón.

–Eh –protesté, pero su cara me hizo callar.

–¿Por qué no me dejas tener algo? Sólo una cosa de nada.

–No la va a dejar. –La intensidad de mi sentimiento me sobresaltó–. Nunca estará contigo.

–No sabes nada de su vida. Ni lo más mínimo. Te crees que lo sabes todo.

–Ah, sí. Oro. Es verdad. Se va a hacer rico con eso. Igualito que papá. Apuesto a que te ha pedido dinero.

Mi madre se estremeció.

–Yo lo intento, contigo –me dijo–. Lo he intentado siempre, pero no te esfuerzas en absoluto. Mírate. No haces nada. –Negó con la cabeza, se ciñó la bata–. Ya lo verás. La vida te pasará volando, y adivina qué, te quedarás atrapada con la persona que eres ahora. Sin ambición, sin iniciativa. En Catalina vas a tener oportunidades de verdad, pero hay que esforzarse. ¿Sabes lo que estaba haciendo mi madre a tu edad?

–¡Tú no has hecho nunca nada! –Algo dio un vuelco en mi interior–. Lo único que has hecho ha sido cuidar de papá. Y se marchó. –Me ardía la cara–. Siento decepcionarte. Siento ser tan horrible. Debería pagarle a la gente para que me digan que soy genial, como haces tú. ¿Por qué mierda se fue papá si tan genial eres?

Ella alargó la mano y me abofeteó, no muy fuerte, pero lo bastante para que resonara. Yo sonreí, como una loca, enseñando demasiados dientes.

–Vete de aquí. –Tenía el cuello lleno de ronchas, las muñecas delgadas–. Vete de aquí –susurró de nuevo, con voz débil, y yo salí como una flecha.

Bajé con la bicicleta por el camino de tierra. El corazón golpeándome el pecho, la tirantez de la presión detrás de los ojos. Me gustaba sentir la punzada del cachete de mi madre; esa aura de bondad que había cultivado tan cuidadosamente durante el último mes –el té, los pies descalzos–, agriada en un instante. Bien. Que pasara vergüenza. Tantas clases, purificaciones y lecturas no habían servido para nada. Era la floja de siempre. Pedaleé más rápido, un subidón en la garganta. Podía ir al Flying A y comprar una bolsa de estrellas de chocolate. Podía ver qué echaban en el cine o pasear junto a la sopa caldosa del río. El pelo se me levantó un poco en aquel calor seco. Sentía cómo el odio se endurecía en mi interior, y era casi agradable, lo grande que era, lo puro e intenso.

Mi pedaleo furioso se destensó bruscamente: se había salido la cadena. La bici perdía velocidad. Fui dando bandazos hasta pararme junto al cortafuego. Me sudaban las axilas, los pliegues de las rodillas. El sol ardía por entre las ramas engarzadas de una encina. Estaba intentando no llorar. Me arrodillé en el suelo para recolocar la cadena, con las lágrimas resbalándome de los ojos contra la brisa afilada, los dedos resbaladizos de grasa. Costaba demasiado agarrarla, se caía.

–Mierda –dije, y luego lo repetí más alto. Quería pegarle una patada a la bicicleta, hacer callar algo, pero sería demasiado penoso, un teatro del disgusto escenificado para nadie. Intenté encajar la cadena en el piñón una vez más, pero no se enganchaba, volvía a soltarse. Dejé caer la bicicleta y me desplomé a su lado. La rueda delantera giró un poco, y luego fue aflojando hasta pararse. Me quedé mirando la bici, tumbada e inútil: el cuadro era «verde campus», un color que en la tienda me había parecido que invocaba a un saludable universitario acompañándote a casa después de una clase vespertina. Una ñoñería, una bicicleta estúpida; dejé que la retahíla de decepciones fuese creciendo hasta cerrarse en una elegía de mediocridad. Connie debía de estar con May Lopes. Peter y Pamela, comprando plantas de interior para un apartamento de Oregón y poniendo lentejas en remojo para la cena. ¿Qué tenía yo? Las lágrimas gotearon de mi barbilla y cayeron al suelo, como una grata prueba de mi sufrimiento. Esa ausencia en mi interior en torno a la que podía aovillarme como un animal.

90

Lo oí antes de verlo: el autobús negro subiendo pesadamente por el camino, levantando el polvo a su paso. Las ventanillas estaban picadas y grises, y se veían las formas difusas de la gente en el interior. Llevaba pintado en el capó un corazón rudimentario coronado por unas pestañas cursilonas, como un ojo.

Una chica con camisa de hombre y chaleco de punto bajó del autobús, echándose atrás el pelo, de un naranja apagado. Me llegaron otras voces, ajetreo tras las ventanillas. Apareció una cara redonda y clara como la luna, mirándome.

La voz cantarina de la chica.

–¿Qué ha pasado? –me preguntó.

–La bici –respondí–. Se ha estropeado la cadena.

La chica tocó la rueda con la punta de la sandalia. Antes de que pudiese preguntarle quién era, Suzanne bajó los escalones, y el corazón se me disparó. Me puse de pie y traté de sacudirme la tierra de las rodillas. Suzanne sonrió, pero parecía distraída. Comprendí que iba a tener que recordarle mi nombre.

–De la tienda de East Washington –le dije–. El otro día.

–Ah, sí.

Esperaba que hiciese algún comentario sobre la extraña casualidad de encontrarnos de nuevo, pero se la veía algo aburrida. Seguí lanzándole miradas. Quería recordarle nuestra conversación, recordarle que me había dicho que yo era pensativa. Pero no acababa de mirarme a los ojos.

–Te hemos visto aquí sentada y hemos pensado, ay, mierda, pobrecita –dijo la pelirroja. Era Donna, sabría después. Tenía un aire chiflado y unas cejas invisibles que dotaban a su cara de una inexpresividad alienígena. Se agachó a examinar mi bicicleta–. Suzanne ha dicho que te conocía.

Intentamos poner la cadena en su sitio entre las tres. El olor de su sudor cuando pusimos la bici de pie. Había torcido los platos al tirarla al suelo, y ahora los eslabones no encajaban en los piñones.

—Joder —suspiró Suzanne—. Esto está hecho polvo.

—Necesitas unos alicates o algo —dijo Donna—. No la vas a poder arreglar ahora. Métela en el autobús y vente con nosotras un rato.

—La llevamos al pueblo y ya está —atajó Suzanne.

Lo dijo en tono expeditivo, como si yo fuera un desastre del que hubiera que ocuparse. Aun así, yo estaba contenta. Me había acostumbrado a pensar en gente que no pensaba nunca en mí.

—Vamos a montar una fiesta por el solsticio —me explicó Donna.

Yo no quería volver con mi madre, volver a la melancólica custodia de mi propio yo. Tenía la sensación de que si dejaba marchar a Suzanne, no la vería nunca más.

—Evie quiere venir —dijo Donna—. Está claro que tiene ganas. Te gusta pasarlo bien, ¿a que sí?

—Venga ya —intervino Suzanne—. Es una niña.

Me invadió la vergüenza.

—Tengo dieciséis —mentí.

—Tiene *dieciséis* —repitió Donna—. ¿No crees que Russell querría que fuésemos hospitalarias? Me parece a mí que se disgustaría si le contara que no hemos sido hospitalarias.

No percibí ninguna amenaza en la voz de Donna, sólo sorna.

Suzanne tenía la boca tensa; al fin sonrió.

—Vale. Pon la bici detrás.

Vi que habían vaciado y reconstruido el autobús; el interior mugriento y recargado a la manera de entonces: el suelo cubierto por un entrecruzamiento de alfombras orientales, grises de polvo; los cojines medio huecos de tiendas de segunda mano. El tufo de una varilla de incienso en el aire, prismas tintineando contra las ventanillas. Cartones garabateados con frasecitas tontas.

Había otras tres chicas en el autobús, y se volvieron hacia mí con entusiasmo, una atención salvaje que yo interpreté como un halago. Los cigarrillos se movían en sus manos mientras me examinaban de pies a cabeza, había un aire festivo y atemporal. Un saco de patatas verdes, panecillos pastosos para perritos calientes. Una caja de tomates húmedos y pasados.

—Venimos de una incursión a por comida —explicó Donna, aunque no acabé de entender qué significaba eso.

Mi mente estaba concentrada en aquel súbito giro de la fortuna, en controlar el hilillo de sudor que corría lentamente por mis axilas. Seguía esperando que me descubrieran, que me señalasen como a una intrusa que no debía estar ahí. El pelo demasiado limpio. Pequeños guiños a la compostura y el decoro que no parecían preocupar a nadie más. Mi pelo atravesaba de un modo desquiciado la imagen que me llegaba por las ventanillas bajadas, lo que intensificaba la desorientación, lo repentino de estar en aquel autobús desconocido. Una pluma colgando del retrovisor con un racimo de cuentas. Algo de lavanda seca en el salpicadero, descolorida por el sol.

—Se viene al solsticio —canturreó la chica—, al solsticio de verano.

Estábamos a principios de junio, y yo sabía que el solsticio era a final de mes: no dije nada. El primero de tantos silencios.

–Será nuestra ofrenda –le dijo Donna a las otras entre risitas–. La vamos a sacrificar.

Busqué la mirada de Suzanne –nuestra relación, aunque breve, parecía justificar mi presencia entre ellas–, pero estaba sentada a un lado, absorta en la caja de tomates. Presionando las pieles, separando los podridos. Espantando a las abejas. Más tarde pensé que Suzanne era la única que no parecía encantada de haberse encontrado conmigo en el camino. Había algo formal y distante en su afecto. Sólo puedo verlo como una actitud protectora. Suzanne vio la debilidad en mí, clara y evidente: y ella sabía lo que les pasaba a las chicas débiles.

Donna me presentó a todo el mundo, y yo traté de retener los nombres. Helen, una chica que parecía más o menos de mi edad, aunque tal vez fuese por las coletas. Era bonita a la manera juvenil de las bellezas de provincias, nariz chata, rasgos accesibles, aunque con clara fecha de caducidad. Roos. «Diminutivo de Roosevelt –me dijo–. Como Franklin D.» Era mayor que las otras chicas, con la cara tan redonda y rosada como un personaje de cómic.

No conseguía recordar el nombre de la chica alta que iba al volante: no la volví a ver después de ese día.

Donna hizo sitio y dio unas palmaditas en el bulto de un cojín bordado.

–Ven aquí –dijo, y yo me senté sobre aquella pila rasposa.

Donna parecía rara, algo zafia, pero me caía bien. Toda su avaricia y mezquindad estaban ahí a flor de piel.

El autobús avanzaba a sacudidas: las tripas se me revolvieron y tensaron, pero cogí la jarra de tinto barato cuando la pasaron, y me salpiqué las manos. Se las veía felices, sonrientes; sus voces se arrancaban de vez en cuando con trozos de canciones, como campistas en torno a una fogata. Yo iba captando las particularidades: el modo en que se cogían de la mano sin rastro de inhibición y dejaban caer palabras como «harmonía», «amor» y «eternidad». El modo en que Helen se hacía la niña, tirándose de las coletas, hablando con voz infantil, o hundiéndose de pronto en la falda de Roos como si pudiera engatusarla para que cuidase de ella. Roos no se quejaba: parecía impasible, agradable. Con las mejillas sonrosadas, y el pelo rubio y lacio cayéndole sobre los ojos. Aunque luego acabaría pensando que tal vez no era tanto afabilidad como un vacío mudo que ocupaba el espacio de ésta. Donna me hizo preguntas sobre mí, y también las demás, en una corriente continua. No podía contener el placer de ocupar el centro de su atención. Inexplicablemente, parecía caerles bien, y ésa era una sensación extraña y alentadora, un regalo misterioso en el que no quería profundizar demasiado. Era capaz incluso de arrojar sobre el silencio de Suzanne una luz acogedora e imaginar que sólo era tímida, como yo.

–Qué bonita –dijo Donna, acariciándome la blusa. Helen también frotó una manga entre los dedos–. Eres como una muñequita. A Russell le vas a encantar.

Dejó caer su nombre así sin más, como si fuera inconcebible que yo pudiese no saber quién era Russell. Helen soltó una risita al oír su nombre, y encogió los hombros con placer, como si estuviese lamiendo un caramelo. Donna vio mi pestañeo de incertidumbre y se echó a reír.

–Te va a encantar –me dijo–. Es distinto a todos. En serio. Es como un colocón natural, estar cerca de él. Como el sol, o algo. Así de grande y de perfecto.

Me miró para asegurarse de que la estaba escuchando, y pareció satisfecha de que así fuera.

Dijo que el sitio al que íbamos era una forma de vida. Russell les estaba enseñando a encontrar el camino a la verdad, a liberar sus auténticos yos, enroscados en su interior. Habló de alguien llamado Guy, que antes adiestraba halcones, pero que se había unido al grupo y ahora quería ser poeta.

—Cuando lo conocimos, estaba metido en una movida rara, sólo comía carne. Se creía que era el demonio o algo. Pero Russell lo ayudó. Le enseñó a amar. Todo el mundo puede amar, puede trascender las gilipolleces, pero hay muchas cosas que nos tienen bloqueados.

No sabía cómo imaginarme a Russell. Sólo tenía la referencia limitada de hombres como mi padre, o de los chicos por los que me había colado. Pero la forma en la que estas chicas hablaban de Russell era distinta, su veneración más práctica, ni rastro del anhelo pueril y juguetón que yo conocía. Su certeza era inquebrantable: invocaban el poder y la magia de Russell igual que si fueran hechos tan comúnmente aceptados como el efecto de la luna en las mareas o la órbita terrestre.

Donna dijo que Russell era distinto de cualquier otro humano. Que era capaz de entender los mensajes de los animales. Que podía sanar a un hombre con las manos, arrancar la podredumbre que había en ti tan limpiamente como un tumor.

—Lo ve todo de ti —añadió Roos. Como si eso fuera bueno.

La posibilidad de ser sometida a juicio reemplazó cualquier otra preocupación o duda que pudiera tener acerca de Russell. A esa edad, yo era, por encima de todo, algo a juzgar, y eso desplazaba el poder hacia la otra persona en toda interacción.

El rastro de sexo que cruzaba sus caras cuando hablaban de Russell, ese atolondramiento como de baile de graduación: entendí, sin que nadie llegara a decirlo, que todas se acostaban con él. Ese arreglo me hizo sonrojar, me dejó interiormente estupefacta. Ninguna parecía celosa de las demás.

–El corazón no posee nada –dijo Donna con voz cantarina–. El amor no consiste en eso –añadió, estrechando la mano de Helen, intercambiando miradas con ella.

Pese a que Suzanne estuvo la mayor parte del tiempo en silencio, sentada a un lado, vi cómo se transformaba su cara al oír mencionar a Russell. Una ternura conyugal en sus ojos que yo también quise sentir.

Puede que sonriera para mí mientras veía pasar los contornos familiares del pueblo y el autobús cruzaba por entre luces y sombras. Había crecido en ese lugar, tenía un conocimiento tan profundo de él que ni siquiera me sabía los nombres de la mayoría de las calles, sino que me guiaba por puntos de referencia, visuales o vitales. La esquina en la que mi madre se había torcido el tobillo vestida con un traje de chaqueta malva. Aquel soto en el que siempre me había parecido notar una vaga presencia maligna. El drugstore con el toldo roto. Por la ventanilla de aquel autobús desconocido, con la aspereza de alfombra vieja bajo las piernas, mi pueblo parecía limpio de todo rastro de mi presencia. Fue fácil dejarlo atrás.

Estuvieron comentando los planes para la fiesta del solsticio. Helen erguida sobre las rodillas, estirando sus coletas con hábito alegre y enérgico. Todas describiendo emocionadas los vestidos que se iban a poner y una cancioncilla sobre el solsticio que se había inventado Russell. Alguien llamado Mitch les había dado dinero suficiente

97

para comprar alcohol: Donna dijo su nombre con un confuso énfasis.

–Ya sabes –repitió–. Mitch. ¿Mitch Lewis?

No había reconocido el nombre, pero sí que me sonaba su banda: los había visto en la tele, actuando bajo los focos de un estudio, el sudor aguijoneándoles la frente. El fondo era una maraña de espumillón, y el escenario daba vueltas, de modo que los miembros de la banda giraban como las bailarinas de las cajas de música.

Yo fingía despreocupación, pero ahí estaba: el mundo que yo siempre había sospechado que existía, el mundo en el que llamabas a músicos famosos por su nombre de pila.

–Mitch hizo una sesión de grabación con Russell –me explicó Donna–. Russell lo dejó alucinado.

Y ahí estaba de nuevo: su asombro ante Russell, su certeza. Yo tenía celos de esa confianza, del hecho de que alguien pudiese coger con unas puntadas las partes vacías de tu vida y hacerte sentir que había una red bajo tus pies, que cada día enlazaba con el siguiente.

–Russell se va a hacer famoso, ya mismo –añadió Helen–. Le han hecho un contrato.

Era como si estuviese contando un cuento de hadas, sólo que todavía mejor, porque sabía que se haría realidad.

–¿Sabes cómo llama Mitch a Russell? –Donna desplegó las manos con gesto ensoñador–. El Mago. No me digas que no es un flipe.

Después de un tiempo en el rancho, vi cómo hablaba todo el mundo de Mitch. Del inminente contrato de grabación de Russell. Mitch era su santo patrón, mandaba remesas de lácteos Clover al rancho para que los niños tomasen calcio, financiaba el lugar. No oiría la historia completa hasta mucho más tarde. Mitch había conocido a

Russell en Baker Beach, en una especie de festival del amor. Russell acudió con sus ropas de ante y una guitarra mexicana colgada a la espalda. Flanqueado por sus chicas y mendigando calderilla con aires de pobreza bíblica. La arena fría y oscura, una hoguera, Mitch en un descanso entre disco y disco. Alguien con un sombrero porkpie repartiendo almejas al vapor de una olla.

Mitch, supe después, había pasado una crisis –disputas de dinero con un mánager amigo de la infancia, un arresto por posesión de marihuana que había quedado anulado, pero aun así–, y Russell debió de parecerle un habitante de un mundo más real y atizarle el sentimiento de culpa por sus discos de oro, por las fiestas en las que cubría la piscina con metacrilato. Russell ofrecía una salvación mística, reforzada por esas jovencitas que agachaban la vista con adoración cuando él hablaba. Mitch invitó a todo el grupo a su casa de Tiburon, y dejó que se atracaran con los contenidos de su nevera, que durmieran en el cuarto de invitados. Vaciaron botellas de zumo de manzana y de champán rosado y mancharon la cama de barro, tan desconsiderados como un ejército de ocupación. Por la mañana, Mitch los llevó de vuelta al rancho: para entonces ya estaba seducido por Russell, que le hablaba con voz suave de la verdad y el amor, invocaciones especialmente potentes para los buscadores ricos.

Yo me creí todo lo que las chicas me contaron aquel día, ese orgullo que bullía, palpitante, cuando hablaban de la genialidad de Russell. Que muy pronto no podría ir por la calle sin que se le echasen encima. Que así le explicaría al mundo cómo ser libre. Y era verdad que Mitch había organizado una sesión de grabación para Russell con la idea de que tal vez a su sello discográfico el rollo de Russell le parecería interesante y moderno. No lo supe hasta mucho después, pero la sesión había ido fatal, un fracaso legendario. Eso fue antes de que pasara nada más.

Los relatos de los supervivientes de desastres no empiezan nunca con una alerta de tornado o con el capitán anunciando un fallo del motor, sino siempre mucho antes: con la insistencia en que percibieron una extraña cualidad en la luz aquella mañana, o un exceso de electricidad estática en las sábanas. Una discusión sin sentido con un novio. Como si el presentimiento de la catástrofe se entretejiera con todo lo que había venido antes.

¿Se me pasó alguna señal? ¿Alguna punzada interior? ¿Las abejas lanzando destellos y deslizándose por la caja de tomates? ¿Una escasez inusual de coches en la carretera? La pregunta que recuerdo que me hizo Donna en el autobús, de pasada, casi como si se le acabase de ocurrir.

–¿Has oído hablar de Russell alguna vez?

No le vi el sentido a la pregunta. No entendí que estaba intentando calcular cuántos rumores me habrían llegado: sobre orgías, desenfrenados viajes de ácido y chicas adolescentes huidas de casa y obligadas a acostarse con hombres mayores que ellas. Perros sacrificados en playas a la luz de la luna, cabezas de cabra pudriéndose en la arena. De haber tenido otros amigos aparte de Connie, puede que hubiese oído hablar de Russell en las fiestas, algún cotilleo susurrado en la cocina. Puede que hubiese sabido que debía ir con cuidado.

Pero negué con la cabeza. Nunca había oído hablar de él.

5

Incluso más tarde, incluso sabiendo las cosas que supe, era imposible ver, esa primera noche, más allá de lo inmediato. La camisa de ante de Russell, con ese olor a carne y a podrido, suave como el terciopelo. La sonrisa de Suzanne, que floreció dentro de mí como pirotecnia, esparciendo su humo de colores, sus cenizas errantes y hermosas.

–Este es nuestro hogar en la pradera –anunció Donna mientras bajábamos del autobús esa tarde.

Me llevó un momento ver dónde estaba. El autobús se había alejado de la autopista y había bajado a trompicones por un camino de tierra que terminaba en lo más profundo de las doradas colinas veraniegas, resguardado entre robles. Una vieja casa de madera: los rosetones nudosos y las columnas de yeso le daban el aspecto de un pequeño castillo. Formaba parte de un entramado de vida ad hoc que incluía, hasta donde yo podía ver, un granero y un estanque de aspecto cenagoso. Seis llamas lanudas dormitaban en un corral. Unas siluetas lejanas estaban macheteando arbustos a lo largo de la valla. Levantaron las manos para saludar y luego se inclinaron y reemprendieron su tarea.

101

–El arroyo no es muy hondo, pero se puede nadar –me informó Donna.

Me parecía algo mágico que viviesen realmente allí todos juntos. Se veían símbolos fluorescentes trepando por el lateral del granero, prendas tendidas que ondeaban como fantasmas con la brisa. Un orfanato para niños zarrapastrosos.

Una vez grabaron un anuncio de coches en el rancho, dijo Helen con su voz de niñita.

–Hace tiempo, pero sí.

Donna me dio un codazo.

–Esto es una pasada, ¿eh?

–¿Cómo encontrasteis este sitio? –le pregunté.

–Antes vivía aquí un viejo, pero se tuvo que ir porque el tejado estaba mal –respondió, encogiéndose de hombros–. Lo arreglamos, más o menos. Su nieto nos lo alquila.

Para ganar dinero, me explicó, cuidaban de las llamas y trabajaban para el granjero de al lado recogiendo lechugas con las navajas y vendiendo la cosecha en el mercado. Girasoles y tarros de mermelada pegajosos de pectina.

–Tres pavos la hora. No está mal –dijo Donna–. Pero vamos justos de dinero.

Yo asentí, como si entendiera ese tipo de preocupaciones. Vi a un niño pequeño, de cuatro o cinco años, que se lanzaba hacia Roos y se estrellaba contra su pierna. Tenía la piel muy quemada, el pelo decolorado por el sol, y parecía demasiado mayor para seguir llevando pañal. Di por hecho que era hijo de Roos. ¿Sería Russell el padre? El fugaz pensamiento del sexo levantó una ráfaga de turbación en mi pecho. El niño alzó la cabeza, como un perro que despertase del sueño, y me lanzó una mirada aburrida y recelosa con los ojos entornados.

Donna me abordó.

–Ven a conocer a Russell. Te va a encantar, te lo prometo.

–Ya lo conocerá en la fiesta –dijo Suzanne, colándose en nuestra conversación. No la había visto acercarse: la proximidad me sobresaltó. Me pasó un saco de patatas y cargó con una caja de cartón–. Vamos a dejar esto en la cocina, primero. Para el banquete.

Donna hizo un mohín, pero yo seguí a Suzanne.

–Hasta luego, muñequita –me dijo, aleteando sus finos dedos entre risas, sin mala intención.

Seguí la melena oscura de Suzanne por entre un barullo de desconocidos. El suelo era irregular, una pendiente que desorientaba. Y ese olor, también, cargado de humo. Me halagaba que Suzanne hubiese requerido mi ayuda, como si eso confirmara que era una de ellas. Había gente joven dando vueltas por allí, descalza, o con botas, el pelo alborotado e iluminado por el sol. Me llegaban a los oídos febriles invocaciones de la fiesta del solsticio. Yo aún no lo sabía, pero era poco frecuente en el rancho, toda aquella diligencia. Las chicas se habían puesto sus mejores trapos de segunda mano, y llevaban instrumentos entre los brazos con el mismo cuidado que si fueran bebés; el sol centelleó en el metal de una guitarra y se fractalizó en ardientes diamantes de luz. Las panderetas cascabeleaban desacompasadas en los brazos.

–Estos cabrones se pasan la noche picándome –dijo Suzanne, mientras le pegaba un manotazo a uno de los feroces tábanos que zumbaban a nuestro alrededor–. Me levanto toda llena de sangre de rascarme.

Al otro lado de la casa, la tierra estaba surcada de rocas y de robles que filtraban la luz, y había unas cuantas carrocerías de coche en estado de abandono. Me caía bien Suzanne, pero no me libraba de la sensación de que tenía que esforzarme para seguirle el paso: a aquella edad, a menudo iba junto el que alguien me cayera bien con ponerme nerviosa a su lado. Un chico descamisado y con una gruesa hebilla plateada en el cinturón soltó un silbido a nuestro paso.

–¿Qué llevas ahí? ¿Un regalo de solsticio?

–Cállate –le espetó Suzanne.

El chico sonrió, pícaro, y yo intenté devolverle la sonrisa. Era joven, con el pelo largo y oscuro, y una languidez medieval en la cara que yo tomé por romántica. Guapo con la oscura feminidad de un villano de cine, aunque luego supe que sólo era de Kansas.

Era Guy. Un chico de campo que había desertado de la base aérea de Travis cuando descubrió que allí se gastaban las mismas gilipolleces que en casa de su padre. Había trabajado un tiempo en el Big Sur, y luego había ido hacia el norte. Lo pilló un grupo en auge en los límites del Haight, esos satanistas aficionados que llevaban más joyas encima que una adolescente. Relicarios con escarabajos y dagas de platino, velas rojas y música de órgano. Y entonces un día Guy se topó con Russell, que estaba tocando la guitarra en el parque. Russell, con sus pieles de pionero, que tal vez le recordasen a Guy los libros de aventuras de su infancia, novelas por entregas protagonizadas por hombres que raspaban pieles de caribú y vadeaban los gélidos ríos de Alaska. Guy había seguido con Russell desde entonces.

Fue él quien llevó a las chicas en coche más adelante ese verano. El que ciñó su cinturón en torno a las muñecas del guarda, con esa enorme hebilla plateada clavándose en la piel hasta dejarle un sello de forma extraña, como marcado a fuego.

104

Pero aquel primer día no era más que un chico que desprendía el aura morbosa de un brujo, y yo le devolví la mirada con un escalofrío de excitación.

Suzanne detuvo a una chica que pasaba por allí:

–Dile a Roos que lleve a Nico a la guardería. No tendría que estar aquí fuera.

La chica asintió.

Suzanne me miró mientras seguíamos caminando y detectó mi confusión.

–Russell no quiere que les cojamos mucho apego a los niños. Especialmente si son los nuestros. –Soltó una risa seca–. No son propiedad nuestra, ¿sabes? No podemos joderles la vida sólo porque queramos algo que achuchar.

Me llevó un momento procesar esta idea de que los padres no tenían derecho. De repente me pareció una verdad clamorosa. Mi madre no era mi dueña sólo porque me hubiese parido. Enviarme a un internado porque le daba por ahí... Puede que fuese mejor de esta otra manera, aunque pareciera extraña. Formar parte de este grupo amorfo, pensar que el amor podía llegar de cualquier lado. Así no te sentirías decepcionada si no llegaba lo bastante de la dirección que esperabas.

La cocina estaba mucho más oscura que el exterior, y parpadeé ante la sombra repentina. Todas las habitaciones tenían un olor acre y terroso, una mezcla de comida al fuego y de cuerpos. Las paredes estaban en su mayor parte desnudas, salvo por vetas de papel pintado de amapolas y otro corazón extraño como el del capó del autobús. Los marcos de la ventana se caían a trozos, y en lugar de cortinas habían puesto camisetas clavadas con chinchetas. Por allí cerca se oía una radio.

Había unas diez chicas en la cocina, concentradas en

sus tareas culinarias, y todo el mundo tenía un aspecto saludable, los brazos delgados y bronceados, el pelo espeso. Sus pies descalzos se aferraban a los tablones rugosos del suelo. Parloteaban y se interrumpían unas a otras, se daban pellizcos en la carne descubierta y palmetazos con las cucharas. Todo tenía un aspecto pegajoso y algo podrido. Tan pronto dejé la bolsa de patatas en la encimera, una chica empezó a hurgar en ella.

–Las patatas verdes son venenosas –dijo, chasqueando la lengua con fastidio y examinando el saco.

–Si las cocinas, no –replicó Suzanne–. Así que cocínalas.

Suzanne dormía en un pequeño cobertizo con el suelo de tierra; había un colchón de matrimonio pegado a cada una de las cuatro paredes.

–Aquí duermen sobre todo chicas –me dijo–, aunque depende. Y Nico, a veces, a pesar de que no quiero que venga. Quiero que crezca libre. Pero le caigo bien.

Había un recuadro de seda sucia echado sobre uno de los colchones, y una almohada de Mickey Mouse. Suzanne me pasó un cigarrillo de liar, con la boquilla mojada de saliva. Le cayó ceniza en el muslo, pero no pareció darse cuenta. Era hierba, pero más fuerte que la que fumábamos Connie y yo, esos restos resecos que cogíamos del cajón de los calcetines de Peter. Ésta era húmeda y aceitosa, y el humo empalagoso que soltaba no se disipaba fácilmente. Esperé a comenzar a sentirme distinta. A Connie no le gustaría nada todo esto. Pensaría que el sitio estaba sucio, y que era raro, y que Guy daba miedo: saberlo me hizo sentir orgullosa. Mis pensamientos se iban suavizando, la hierba comenzaba a manifestarse.

–¿De verdad tienes dieciséis años? –me preguntó Suzanne.

106

Quise seguir con la mentira, pero su mirada era demasiado inteligente.

—Tengo catorce.

No pareció sorprendida.

—Te llevo a casa, si quieres. No tienes por qué quedarte.

Me lamí los labios. ¿Pensaba Suzanne que no podía manejar la situación? ¿O tal vez creía que la iba a dejar en evidencia?

—No tengo que estar en ninguna parte.

Ella abrió la boca para responder algo, pero luego vaciló.

—En serio —dije yo, que empezaba a estar desesperada—. No pasa nada.

Hubo un momento, cuando me miró, en que estuve segura de que me iba a mandar a casa. Que me iba a enviar de vuelta con mi madre como a una niña a la que pillan haciendo novillos. Pero luego sus ojos desembocaron en otra cosa y se puso de pie.

—Coge un vestido, si quieres —dijo.

Había un perchero con ropa colgada, y todavía más rebosando de una bolsa de basura: vaqueros rotos, camisas de cachemira, faldas largas. Los bajos descosidos a trozos. Las prendas no eran bonitas, pero la cantidad y la novedad me estimularon. Siempre había tenido celos de las chicas que llevaban ropa heredada de sus hermanas, como si fuera el uniforme de un equipo muy querido.

—¿Todo esto es tuyo?

—Lo comparto con las chicas. —Suzanne parecía resignada a mi presencia. Tal vez había visto que mi desesperación era mayor que cualquier deseo o capacidad que tuviera ella de ahuyentarme. O tal vez le resultó halagadora mi admiración, mis ojos como platos, hambrientos por descubrir detalles sobre ella–. La única que se queja es Helen. Siempre tenemos que quitarle las cosas; las esconde debajo de la almohada.

–¿Y no quieres nada para ti?

–¿Para qué? –Dio una calada al porro y contuvo la respiración. Su voz crepitó al hablar–. No estoy metida en ese tipo de movidas ahora mismo. Yo yo yo. Amo a las otras chicas, ¿sabes? Me gusta que compartamos. Y ellas me aman a mí.

Me miró a través del humo. Me sentí avergonzada. Por dudar de Suzanne, o por pensar que compartir era raro. Por los límites del dormitorio enmoquetado que tenía en casa. Metí las manos en los pantalones cortos. Esto no eran jueguecitos, como los talleres vespertinos de mi madre.

–Ya lo pillo –le dije. Y lo pillaba, y traté de aislar en mi interior el revoloteo de la solidaridad.

El vestido que Suzanne escogió para mí apestaba a mierda de rata, y la nariz me dio un respingo cuando pasé la cabeza. Pero estaba feliz de llevarlo: pertenecía a otra persona, y ese aval me liberaba de la presión de mis propios juicios.

–Bien –dijo Suzanne, examinándome.

Concedí más significado a ese dictamen del que había concedido nunca a los dictámenes de Connie. Había cierta reticencia en la atención de Suzanne, y eso la hacía doblemente valiosa.

–Deja que te haga una trenza. Ven. Se te va a enredar si bailas con el pelo suelto.

Me senté en el suelo enfrente de Suzanne, que puso una pierna a cada lado de mí, y me esforcé por sentirme cómoda con esa cercanía, con esa intimidad repentina e inocente. Mis padres no eran afectuosos, y me sorprendió que alguien pudiera tocarme así, en cualquier momento; que concediera el regalo de su tacto con el mismo desprendimiento con el que daría un chicle. Era una bendición inexplicable. Su aliento penetrante en mi cuello mientras me apartaba el pelo a un lado. Sus dedos recorriendo mi cabeza, dibujando una raya recta. Hasta los granos que le había visto en el mentón parecían esquivamente bonitos, el ardor rosado un exceso interior hecho visible.

Nos quedamos las dos en silencio mientras me trenzaba el pelo. Cogí una de las piedras rojizas que había en el suelo, alineadas al pie del espejo como huevos de una especie exótica.

—Estuvimos un tiempo viviendo en el desierto —explicó Suzanne—. Las cogí allí.

Me habló de la casa victoriana que habían alquilado en San Francisco. De que tuvieron que marcharse cuando Donna provocó un incendio en el dormitorio sin querer. De la temporada que pasaron en el Valle de la Muerte, donde se quemaron todas tanto que estuvieron días sin poder dormir. De los restos de una fábrica de sal del Yucatán, destrozada y sin techo, en la que habían pasado seis meses, de la turbia laguna en la que Nico aprendió a nadar. Dolía pensar en lo que había estado haciendo yo durante ese tiempo: beber el agua tibia y metálica de la fuente del colegio. Acercarme en bici a casa de Connie. Reclinarme en la silla del dentista, con las manos colocadas educadamente sobre el regazo mientras el doctor Lopes maniobraba en mi boca; los guantes resbaladizos por mi babeo de idiota.

La noche era cálida y la celebración empezó temprano. Debíamos de ser unos cuarenta, pululando y apiñándonos en aquella franja de tierra; el aire caliente soplando sobre la fila de mesas, la luz ondulante de una lámpara de queroseno. El grupo parecía mucho más grande de lo que era en realidad. Había un aire grotesco que distorsionó mi recuerdo; la casa se erguía a nuestras espaldas infundiendo a todo una textura cinematográfica. La música sonaba muy alta, el dulce repiqueteo me invadía de una manera excitante, y la gente bailaba, se cogían unos a otros, con las manos en las muñecas: daban saltitos en corro, entraban y salían del círculo. Una cadena borracha y gritona que se rompió cuando Roos cayó de culo al suelo, entre risas. Algunos niños rondaban por la mesa como perros, saciados y añorantes de aquel alboroto adulto, con los labios cubiertos de costras de tanto toquetearse.

–¿Dónde está Russell? –le pregunté a Suzanne.

Estaba colocada, igual que yo, y llevaba el pelo negro suelto. Alguien le había dado una rosa silvestre, medio marchita, y estaba intentando prendérsela en el pelo.

–Vendrá –respondió ella–. Esto no empieza de verdad hasta que llega él.

Me sacudió un poco de ceniza del vestido, y el gesto me turbó.

–Aquí está nuestra muñequita –dijo Donna con voz melosa al verme.

Llevaba en la cabeza una corona de papel de aluminio que no dejaba de caérsele. Se había dibujado con kohl una cenefa egipcia en las manos y en los brazos llenos de pecas, hasta que claramente había perdido el interés: tenía pintura en los dedos, manchas en el vestido, por la mandíbula. Guy hizo una finta para esquivar sus manos.

–Es nuestro sacrificio –le dijo Donna, las palabras ya dando bandazos–. Nuestra ofrenda del solsticio.

Guy me sonrió; tenía los dientes manchados de vino.

Esa noche quemaron un coche como celebración; las llamas se retorcían, abrasadoras, y yo no dejaba de reír sin motivo: esas colinas tan oscuras contra el cielo, y que nadie de mi vida real supiese dónde estaba, y que fuera el *solsticio*, ¿qué más daba si no lo era en realidad? Tenía pensamientos lejanos sobre mi madre, pinchazos acuciantes de preocupación, pero ella daría por hecho que estaba en casa de Connie. ¿Dónde iba a estar si no? Era incapaz de concebir que existiese un lugar como ése, e incluso si pudiera, incluso si por un milagro apareciese allí, no me reconocería. El vestido de Suzanne me quedaba demasiado grande, y se me resbalaba de los hombros, pero muy pronto dejé de ser tan rápida a la hora de subirme las mangas. Me gustaba sentirme expuesta, y cómo fingía que no me importaba, y cómo empezó a no importarme realmente, ni siquiera cuando vi por casualidad la mayor parte de uno de mis pechos al subirme el tirante. Un chico, atónito y exultante –con una luna creciente pintada en la cara–, me sonrió como si yo llevara toda la vida entre ellos.

El banquete no fue un banquete ni de lejos. Lionesas de crema hinchadas y rezumando en un cuenco hasta que alguien se las echó a los perros. Una tarrina de plástico de nata montada, judías verdes hervidas hasta un gris informe, acompañadas por lo obtenido en algún contenedor. Una docena de tenedores repiqueteaban en una olla gigante: la gente hacía turnos para escarbar en un puré aguado, mezcla de patatas, kétchup y sopa de cebolla de sobre. Había un solo melón, con la piel como de serpiente, pero nadie pudo encontrar un cuchillo. Al final, Guy lo abrió violentamente contra la punta de la mesa. Los niños se abalanzaron como ratas sobre la masa pulposa.

No se parecía en nada al banquete que había imaginado. La diferencia hizo que me sintiera algo triste. Pero sólo era triste en el mundo de antes, me recordé, donde la gente vivía acobardada por la amarga medicina de su existencia. Donde el dinero tenía esclavizado a todo el mundo, donde se abrochaban las camisas hasta el cuello y estrangulaban cualquier amor que pudiesen llevar dentro.

Cuán a menudo revisité ese momento, una y otra vez, hasta que se cargó de significado: el momento en el que Suzanne me hizo saber con un codazo que el hombre que caminaba hacia el fuego era Russell. Mi primera impresión fue de desconcierto: me había parecido joven mientras se acercaba, pero luego vi que tenía al menos diez años más que Suzanne. Puede que fuese incluso tan mayor como mi madre. Llevaba unos Wranglers sucios y una camisa de ante, a pesar de que iba descalzo; qué raro era eso, que todos anduvieran descalzos por entre los hierbajos y la mierda de perro como si no hubiese nada allí. Una chica se arrodilló junto a él y le tocó la pierna. Me llevó un momento recordar su nombre –tenía el cerebro enlodado por las drogas–, pero luego caí: Helen, la chica del autobús, con sus coletas y su voz de niña. Helen levantó la cara y le sonrió, escenificando un ritual que no comprendí.

Sabía que Helen se acostaba con ese hombre. Y Suzanne también. Experimenté con esa idea, lo imaginé encorvado sobre el cuerpo lechoso de Suzanne. Envolviendo su pecho con la mano. Yo sólo sabía soñar con chicos como Peter: los músculos aún sin formar bajo la piel, ese pelo desparejo que se dejaban con cuidado en la barba. Puede que me acostara con Russell. Probé a pensarlo. El sexo seguía teñido por las chicas de las revistas de mi padre, todo seco y satinado. Algo que se contemplaba. La gente del rancho parecía estar por encima de eso, se amaban unos a otros indiscriminadamente, con la pureza y el optimismo de los niños.

El hombre levantó las manos y su voz retumbó con un saludo: el grupo se alzó y se sacudió como un coro griego. En momentos como ése, me creía que Russell ya fuera famoso. Parecía deslizarse por una atmósfera más densa que el resto de nosotros. Caminaba entre el grupo, repartiendo bendiciones: la mano en un hombro, una palabra susurrada al oído. La fiesta continuaba, pero ahora todo el mundo estaba centrado en él, las caras vueltas con expectación, como siguiendo el arco del sol. Cuando llegó a Suzanne y a mí, se detuvo y me miró a los ojos.

—Aquí estás —dijo. Como si me hubiera estado esperando. Como si yo llegase tarde.

No había oído nunca una voz como la suya: intensa y pausada, nunca vacilante. Sus dedos presionaron mi espalda de un modo nada desagradable. No era mucho más alto que yo, pero era fuerte y compacto, presurizado. El pelo que envolvía como un halo su cabeza se había convertido en una masa cenagosa, curtido por la grasa y la suciedad. Sus ojos no parecían lagrimear, ni titubear, ni apartarse. La manera en que habían hablado de él las chicas al fin cobró sentido. El modo en que me observó, como si quisiera ver a través de mí.

—Eve —dijo cuando Suzanne me presentó—. La primera mujer.

A mí me daba miedo decir algo inapropiado, revelar el error de mi presencia.

—Es Evelyn, en realidad.

—Los nombres son importantes, ¿verdad? —dijo Russell—. Y no veo en ti ninguna serpiente.

Hasta esa leve aprobación me tranquilizó.

–¿Qué te parece nuestra celebración del solsticio, Evie? –preguntó–. ¿Y nuestra casa?

Su mano, mientras, seguía pulsando en mi espalda un mensaje que yo no sabía descifrar. Deslicé una mirada hacia Suzanne, y vi que el cielo se había oscurecido sin que me diese cuenta, la noche se hacía más profunda. Estaba adormilada por el fuego y las drogas. No había comido y tenía un latido hueco en el estómago. ¿Estaba repitiendo mucho mi nombre? No tenía ni idea. Todo el cuerpo de Suzanne estaba enfocado hacia Russell, se tocaba el pelo con una mano inquieta.

Le dije a Russell que me gustaba el sitio, y otros comentarios nerviosos y sin sentido, pero, aun así, él estaba sacando de mí otro tipo de información. Y nunca dejaría de sentirlo así. Ni siquiera después. De sentir que Russell podía leer mis pensamientos con la misma facilidad que si cogiese un libro de la estantería.

Cuando sonreí, me levantó la barbilla con la mano.

–Tú eres actriz –dijo. Sus ojos eran como aceite caliente, y me permití sentirme como se sentía Suzanne, la clase de chica ante la que un hombre se sorprendería, una chica que querría tocar–. Sí, eso es. Ya lo veo. Tú tienes que estar al borde de un acantilado, mirando el mar.

Le dije que yo no era actriz, pero que mi abuela sí.

–Pues claro –dijo. Tan pronto como pronuncié su nombre, me prestó todavía más atención–. Lo he visto enseguida. Te pareces a ella.

Más tarde leí que Russell iba detrás de famosos, semifamosos y sus acólitos, gente a la que camelarse y a la que sacarle recursos, coches que tomar prestados y casas en las que vivir. Cómo debió de complacerle mi llegada, sin necesidad de convencerme siquiera. Russell alargó el brazo para atraer a Suzanne hacia sí. Cuando busqué su mirada, ella pareció retraerse. No se me había ocurrido, hasta ese momento, que pudiera estar inquieta en relación con Russell y conmigo. Un insólito sentimiento de poder desplegó su fuerza dentro de mí, una fugaz tensión de las fibras tan nueva que no la reconocí.

–Y tú te encargarás de nuestra Evie, ¿verdad que sí? –le dijo Russell a Suzanne.

Ninguno de los dos me miraba. El aire entre ellos estaba entrelazado de símbolos. Russell me cogió de la mano un momento, sus ojos cayeron como una avalancha sobre mí.

–Hasta luego, Evie.

Luego le susurró unas palabras a Suzanne. Ella volvió a mi lado con brío renovado.

–Russell dice que puedes quedarte por aquí si quieres.

Noté cuánto la había llenado de energía ver a Russell. Avivada por una autoridad nueva, me estudió mientras hablaba. Yo no sabía si aquel vuelco que notaba era miedo o interés. Mi abuela me había contado cómo era cuando conseguía un papel, lo rápido que la elegían de entre un grupo: «Ésa era la diferencia –me dijo–. Todas las demás chicas creían que era el director el que escogía. Pero en realidad era yo la que le decía al director, a mi manera secreta, que el papel era mío.»

Yo quería eso: una ola indetectable e inaudible de mí hacia él. Hacia Suzanne, hacia todos ellos. Quería ese mundo sin fin.

La noche empezó a mostrar sus bordes deshilachados. Roos iba desnuda de cintura para arriba, con los grandes pechos enrojecidos por el calor. Sumida en largos silencios. Un perro negro se adentró trotando en la oscuridad.

Suzanne había desaparecido para ir a por más hierba. Yo no dejaba de buscarla, pero me distraían las luces y el alboroto, los desconocidos que pasaban bailando y me sonreían con una amabilidad sin reservas.

Algunos detalles deberían haberme inquietado. Una chica que se quemó: se le levantó una onda de piel a lo largo del brazo, y ella se quedó mirando fijamente la quemadura con ociosa curiosidad. El retrete de fuera, con ese hedor a mierda, los dibujos crípticos y las paredes empapeladas de páginas arrancadas de revistas porno. Guy describiendo las entrañas calientes de los cerdos que destripaba en la granja de sus padres en Kansas.

–Y sabían lo que les esperaba –le decía a un público embelesado–. Sonreían cuando les llevaba comida y se ponían como locos cuando cogía el cuchillo.

Se colocó bien la enorme hebilla del cinturón, y soltó algo que no llegué a oír. Pero era el solsticio, me dije a mí misma, murmullos paganos, y cualquier perturbación que yo sintiera no era más que incapacidad de comprender aquel lugar. Había tantas otras cosas en que fijarse y que preferir: la música tonta de la gramola. La guitarra plateada que reflejaba la luz, la nata montada goteando de los dedos de alguien. Las caras numinosas y fanáticas de los demás.

El tiempo era confuso en el rancho: no había relojes de pared, ni de pulsera, y las horas y los minutos parecían una cosa arbitraria, días enteros se escurrían en la nada. No sé cuánto tiempo pasó. Cuánto rato llevaba esperando a que volviera Suzanne cuando oí la voz de él. Justo en el oído, susurrando mi nombre.

–Evie.

Me di la vuelta y ahí estaba. Me retorcí de felicidad: Russell se había acordado de mí, me había encontrado entre la multitud. Puede que hasta me hubiese estado buscando. Cogió mi mano entre las suyas, presionando la palma, los dedos. Yo estaba radiante, indefinida; quería amarlo todo.

El remolque al que me llevó era más grande que cualquiera de las demás habitaciones, y la cama estaba cubierta por una manta peluda que después comprendí que era en realidad un abrigo de pieles. Era lo único bonito que había allí. El suelo estaba alfombrado de ropa; latas vacías de refresco y de cerveza brillaban entre los desperdicios. Flotaba un olor peculiar en el aire, con una porción de fermento. Yo estaba siendo ingenua a conciencia, supongo, fingiendo que no sabía lo que pasaba. Pero una parte de mí realmente no lo sabía. O no pensaba del todo en los hechos: de repente me resultaba muy difícil recordar cómo había llegado hasta allí. El viaje dando tumbos en el autobús, el dulzor barato del vino. ¿Dónde había dejado la bici?

Russell me observaba con atención. Inclinaba la cabeza cuando yo apartaba la vista para obligarme a mirarlo a los ojos. Me peinó el pelo por detrás de la oreja y dejó que los dedos resbalasen hasta el cuello. Llevaba las uñas sin cortar, así que noté su borde rasposo.

Me reí, pero fue incómodo.

–¿Suzanne viene ahora?

Él me había dicho antes, junto al fuego, que Suzanne vendría también, aunque puede que sólo lo hubiera deseado.

–Suzanne está bien –respondió–. Ahora mismo quiero hablar de ti, Evie.

Mis pensamientos se ralentizaron al ritmo de la nieve cayendo. Russell hablaba despacio y con seriedad, pero hizo que me sintiera como si llevase toda la noche espe-

117

rando a escuchar lo que yo tuviera que decir. Qué distinto era esto de la habitación de Connie, escuchando discos de un mundo al que no perteneceríamos nunca, canciones que no hacían más que reforzar nuestra estática tristeza. Peter también me parecía vacío. Peter, que era sólo un niño, que comía pan de molde con margarina para cenar. Esto era real, la mirada de Russell, y el halagado vértigo que sentía era tan delicioso que apenas podía contenerlo.

–La tímida Evie –dijo. Sonriendo–. Eres una chica inteligente. Ves muchas cosas con esos ojos tuyos, ¿verdad?

Russell me consideraba inteligente. Me aferré a ello como a una prueba. Yo no era un caso perdido. Oía la fiesta afuera. Una mosca zumbó en un rincón y se golpeó contra las paredes del remolque.

–Yo soy como tú –continuó Russell–. De pequeño era muy inteligente, tan inteligente que por supuesto me decían que era tonto. –Soltó una risa entrecortada–. Me enseñaron la palabra «tonto». Me enseñaron esas palabras, y luego me dijeron que eso era yo.

Cuando Russell sonreía, su cara se empapaba de una alegría desconocida para mí. Yo nunca me había sentido así de bien. Ya de niña había sido desgraciada; vi, de pronto, lo evidente que era.

Mientras él hablaba, me abracé a mí misma. Todo lo que decía Russell empezó a cobrar sentido, a la manera cursi en que las cosas podían cobrar sentido. Cómo conseguían las drogas empalmar pensamientos simples y banales en forma de frases que parecían cargadas de importancia. Mi defectuoso cerebro adolescente buscaba desesperadamente causalidades, conspiraciones que impregnasen cada palabra, cada gesto, de significado. Quería que Russell fuera un genio.

118

–Hay algo en ti –dijo–. Una parte que está muy triste. ¿Y sabes qué? Eso me pone muy triste a mí. Han intentado echar a perder a una chica preciosa y especial. La han dejado triste. Sólo porque ellos son tristes.

Sentí la presión de las lágrimas.

–Pero no te han echado a perder, Evie. Porque estás aquí. Nuestra Evie especial. Y ya puedes dejar atrás toda esa mierda.

Se echó en el colchón con las plantas de los pies sucias sobre el abrigo de pieles, una calma extraña en la cara. Esperaría lo que hiciese falta.

No recuerdo qué dije en ese punto, sólo que me puse a parlotear nerviosamente. El colegio, Connie, las tonterías insulsas de una chica joven. Recorría el remolque con la mirada, frotaba entre los dedos la tela del vestido de Suzanne. Mis ojos surcaban el dibujo de flores de lis de la colcha mugrienta. Recuerdo que Russell sonreía, con paciencia, esperando a que se me agotara la energía. Y se me agotó. El remolque en silencio, salvo por mi respiración y el sonido de Russell al incorporarse.

–Yo te puedo ayudar –me dijo–. Pero tienes que querer.

Sus ojos clavados en los míos.

–¿No quieres, Evie?

Las palabras seccionadas con un deseo científico.

–Te gustará –murmuró Russell, abriendo los brazos hacia mí–. Ven aquí.

Me acerqué a él y me senté en el colchón. Esforzándome por completar el circuito de comprensión. Sabía lo que estaba a punto de pasar, pero me sorprendió de todas formas. El modo en que se bajó los pantalones y dejó al descubierto sus piernas cortas y velludas, el pene apretujado entre los dedos. El atoramiento vacilante de mi mirada: me observó a mí observándolo a él.

119

–Mírame –dijo. Su voz sonaba tranquila, pese a que su mano se movía con furia–. Evie... Evie.

Ese aspecto de carne cruda de su polla, que agarraba entre los dedos: me pregunté dónde estaría Suzanne. Se me hizo un nudo en la garganta. Me confundió, al principio, que Russell sólo quisiera eso. Tocarse. Me quedé allí sentada, tratando de darle sentido a la situación. Transmuté el comportamiento de Russell en la prueba de sus buenas intenciones. Sólo intentaba acercarse, romper los bloqueos que traía yo del mundo de antes.

–Podemos hacernos sentir bien el uno al otro –dijo–. No tienes por qué estar triste.

Me estremecí cuando empujó mi cabeza hacia su regazo. La quemazón de un torpe miedo me invadió. Aparentó muy bien no enfadarse cuando me aparté. Esa mirada indulgente que me dispensó, como si yo fuera un caballo asustadizo.

–No quiero hacerte daño, Evie. –Alargando de nuevo la mano. El estroboscopio de mi corazón se aceleró–. Sólo quiero estar cerca de ti. ¿Tú no quieres que me sienta bien? Yo quiero que te sientas bien.

Cuando se corrió, soltó un jadeo aguado. La humedad salada del semen en mi boca, la hinchazón alarmante. Me retuvo, entre sacudidas. ¿Cómo había llegado yo hasta allí, a ese remolque, y había terminado en el bosque oscuro sin miguitas que me condujeran a casa? Pero enseguida Russell me puso las manos en el pelo, y sus brazos me rodearon, levantándome, y dijo mi nombre con intención y seguridad para que me sonase extraño, pero tranquilo, también, valioso, como si fuese el de otra Evie, una Evie mejor. ¿Se suponía que tenía que llorar? No lo sabía. Se me amontonaron nimiedades idiotas en la cabeza. Un jersey rojo que le había prestado a Connie y que no me llegó

120

a devolver. Si Suzanne estaría buscándome o no. Una curiosa emoción detrás de los ojos.

Russell me pasó una botella de Coca-Cola. El refresco estaba tibio y sin gas, pero me lo bebí entero. Me emborrachó como el champán.

Viví toda aquella noche como si fuese algo predestinado, conmigo en el centro de una historia singular. Pero Russell me había hecho pasar por una sucesión de pruebas rituales. Perfeccionadas a lo largo de los años que había trabajado para una organización religiosa cerca de Ukiah, un centro en el que repartían comida y buscaban techo y trabajo. Atrayendo a chicas delgadas, agobiadas, con la licenciatura a medias y padres descuidados, chicas que tenían jefes horribles y soñaban con operarse la nariz. Su alimento básico. El tiempo que había pasado en el puesto de avanzada del centro en San Francisco, en la antigua estación de bomberos. Reuniendo seguidores. Para entonces era ya un experto en la tristeza femenina: una caída particular de los hombros, un sarpullido nervioso, una cadencia servil al terminar las frases, las pestañas mojadas de haber llorado. Russell me hizo lo mismo que a aquellas chicas. Pequeñas pruebas, primero. Un roce en la espalda, una presión en la mano. Pequeñas maneras de romper barreras. Y qué rápido se había lanzado y se había bajado los pantalones hasta las rodillas. Una acción, pensé, calibrada para consolar a las chicas jóvenes, que se alegraban de que, al menos, eso no fuera sexo. Que podían dejarse la ropa puesta todo el tiempo, como si no estuviera pasando nada fuera de lo corriente.

Pero tal vez lo más extraño: a mí también me gustó.

Recorrí flotando la fiesta en un silencio asombrado. El aire insistente contra la piel, las axilas resbalando de sudor.

Había sucedido, tenía que repetírmelo continuamente. Daba por hecho que todo el mundo lo notaría. Un aura evidente de sexo. Ya no estaba ansiosa, ya no me movía por la fiesta oprimida por una necesidad nerviosa, por la certeza de que había una habitación oculta en la que no se me permitía entrar: esa preocupación había sido satisfecha, y yo daba pasos distraídos y devolvía las miradas a las caras que pasaban por mi lado con una sonrisa que no pedía nada.

Cuando vi a Guy dando unos golpecitos al paquete de cigarrillos, me paré sin dudarlo.

–¿Me das uno?

Me sonrió.

–Si la chica quiere un cigarrillo, habrá que dárselo.

Me lo puso en la boca y yo esperé que la gente estuviese mirando.

Por fin encontré a Suzanne en un grupo cerca del fuego. Cuando me vio, me dedicó una sonrisa extraña y cerrada. Estoy segura de que reconoció ese cambio interno que se ve a veces en las chicas jóvenes, recién sexuadas. Era orgullo, creo, algo solemne. Quería que ella lo supiese. Suzanne iba puesta de algo, lo noté. No era alcohol. Era otra cosa: las pupilas parecían comerse el iris, un rubor le envolvía el cuello como una psicodélica golilla victoriana.

Puede que Suzanne sintiera alguna secreta decepción cuando se completó el juego, cuando vio que al final me había ido con Russell. Pero tal vez ya se lo esperaba. El coche seguía consumiéndose, el ruido de la fiesta cortaba la oscuridad. Sentí la noche girando dentro de mí como una rueda.

–¿Cuándo va a dejar de arder el coche? –pregunté.

No podía verle la cara, pero la sentía, sentía el aire suave entre nosotras.

–Dios, no lo sé. ¿Por la mañana?

A la luz temblorosa, mis brazos y manos parecían escamados y reptilianos, y agradecí aquella visión distorsionada de mi cuerpo. Oí el ruido de una moto arrancando, la risotada maliciosa de alguien: habían tirado un somier al fuego, y las llamas se elevaron e intensificaron.

–Puedes dormir en mi cuarto si quieres –dijo Suzanne. Su voz no delataba nada–. No me importa. Pero si te vas a quedar aquí, tienes que estar aquí de verdad. ¿Lo pillas?

Suzanne me estaba pidiendo algo más. Como esos cuentos de hadas en los que los duendes sólo pueden entrar en una casa invitados por los que viven en ella. El momento de cruzar el umbral, el cuidado con el que Suzanne construyó sus enunciados: quería que yo lo dijese. Y yo asentí, y le dije que lo comprendía. Pero no podía comprenderlo; en realidad no. Llevaba un vestido que no era mío en un lugar en el que no había estado nunca antes, y no era capaz de ver mucho más allá de eso. De la posibilidad de que mi vida estuviese al borde de una felicidad nueva y permanente. Pensé en Connie con una indulgencia beatífica –qué encanto de chica, ¿verdad?–, y hasta mi padre y mi madre cayeron dentro de mi generoso alcance, víctimas de una trágica enfermedad exótica. El haz de los faros de la moto tiñó de blanco las ramas del árbol e iluminó los cimientos descubiertos de la casa, al perro negro, agazapado sobre un trofeo indistinguible. Alguien no dejaba de tocar la misma canción una y otra vez. *Hey, baby,* comenzaba. Al final la frase se me metió en la cabeza, *Hey, baby.* Le di vueltas a las palabras sin motivo particular, como el tintineo ocioso de un caramelo de limón contra los dientes.

Segunda parte

Me desperté con una capa de niebla pegada a las ventanas, la habitación bañada en una luz blanca como la nieve. Tardé un momento en reinstalarme en los datos conocidos y decepcionantes. Estaba en casa de Dan. Lo de la esquina era su cómoda, su mesilla de noche, con tablero de cristal. Su manta, con un ribete de satén, que eché sobre mi cuerpo. Me acordé de Julian y de Sasha, de la fina pared que nos separaba. No quería pensar en la noche anterior. En los gimoteos de Sasha. En aquel murmullo balbuciente y obsesivo, «Fóllame, fólla mefóllamefóllame», repetido tantas veces que ya no significaba nada.

Me quedé mirando la monotonía del techo. Habían sido desconsiderados, como lo eran todos los adolescentes, y la noche no significaba nada más allá de eso. Y sin embargo. Lo educado sería esperar en mi cuarto hasta que saliesen hacia Humboldt. Dejar que se largaran sin tener que cumplir con las formalidades matutinas de rigor.

En cuanto oí el coche saliendo del garaje, me levanté de la cama. La casa volvía a ser mía, y aunque esperaba sentir alivio, había también algo de tristeza. Sasha y Julian

127

se encaminaban a una nueva aventura. Metidos otra vez en el ímpetu del mundo exterior. Yo me iría desvaneciendo en sus mentes —una mujer madura en una casa olvidada—; tan sólo una nota mental que se haría más y más pequeña a medida que se fuera imponiendo su vida real. No me había dado cuenta hasta entonces de lo sola que estaba. O algo menos acuciante que la soledad: la ausencia de unos ojos que me miraran, tal vez. ¿A quién le importaba si yo dejaba de existir? Esas frases tontas que recordaba de Russell: dejad de existir, nos instaba, que desaparezca el yo. Y todos nosotros asentíamos como golden retrievers; la realidad de nuestra existencia nos volvía desdeñosos, ansiosos por desmantelar lo que parecía permanente.

Encendí la tetera. Abrí la ventana para dejar que entrara una cuchillada de aire frío. Recogí lo que me parecieron un montón de botellines de cerveza vacíos. ¿Habían seguido bebiendo mientras yo dormía?

Después de sacarlo todo afuera, la bolsa pesada y tirante y mi propia basura, me descubrí contemplando los mantos espinosos de aizoáceas que bordeaban el camino de entrada. La playa al fondo. La niebla había empezado a disolverse, y pude ver el arrastrar de las olas, los acantilados en lo alto, secos y oxidados. Había alguna gente caminando, bien visible con su ropa de entrenamiento. La mayoría iban con perros: ésa era la única playa de por allí en la que se podían dejar sueltos. Había visto al mismo rottweiler varias veces, su pelaje más oscuro que el negro, su carrera vigorosa. Un pit bull había matado hacía poco a una mujer en San Francisco. ¿Era raro que la gente amara a unas criaturas que podían hacerles daño? ¿O era comprensible, que tal vez amasen a los animales más incluso por su contención, por la forma en que bendecían a los humanos con una seguridad pasajera?

Corrí otra vez adentro. No me podía quedar en casa de Dan toda la vida. Pronto saldría otro trabajo de interna. Qué familiar me resultaba eso. Meter a alguien en las aguas templadas e incesantes de una bañera terapéutica. Sentarme en las salas de espera de las consultas, leyendo artículos sobre los efectos de la soja en los tumores. Sobre la importancia de poner un arcoíris en tu plato. Las mentiras ilusas de costumbre, de una insuficiencia trágica. ¿Alguien se las creía realmente? Como si el destello cegador de tus esfuerzos pudiese despistar a la muerte e impedir que fuera a por ti, que el toro corriese detrás del paño rojo resoplando inofensivo.

La tetera estaba silbando, así que no oí a Sasha entrar en la cocina. Su presencia repentina me sobresaltó.

–Buenos días –dijo.

Tenía un rastro reseco de baba en la mejilla. Llevaba unos pantalones cortos de cintura alta hechos de tela de chándal, y los calcetines salpicados de unos simbolitos fucsias que vi que eran calaveras. Tragó saliva, la boca espesa por el sueño.

–¿Dónde está Julian? –preguntó.

Intenté esconder mi sorpresa.

–He oído el coche hace un rato.

Sasha afiló la mirada.

–¿Qué?

–¿No te ha dicho que se iba?

Percibió mi lástima. Su cara se tensó.

–Pues claro que me lo ha dicho –dijo al cabo de un momento–. Sí, claro. Volverá mañana.

Así que la había dejado colgada. Mi primera reacción fue de enfado. Yo no era la niñera de nadie. La segunda, de alivio. Sasha era una cría, no tendría que ir con él a

129

Humboldt ni cruzar en quad puestos de control rodeados de alambre de espino hasta algún inmundo rancho de lona en Garberville sólo para recoger un macuto lleno de hierba. Hasta me puse algo contenta por su compañía.

–No me gusta el camino, de todas formas –dijo Sasha, adaptándose con coraje a la situación–. Me mareo en esas carreteras pequeñas. Y conduce como un loco, además. Superrápido.

Se apoyó en la encimera y bostezó.

–¿Cansada? –le pregunté.

Me dijo que había estado probando el sueño polifásico, pero que había tenido que dejarlo.

–Era demasiado raro –dijo. Sus pezones despuntaban bajo la camisa.

–¿Sueño polifásico? –pregunté, mientras me ajustaba la bata en un impulso mojigato.

–Thomas Jefferson lo hacía. Duermes a rachas, en plan seis veces al día.

–¿Y pasas despierta el resto del tiempo?

Asintió.

–Me fue bastante bien, los dos primeros días. Pero luego me derrumbé a lo bestia. Creía que nunca iba a volver a dormir normal.

No podía conectar a la chica que había oído la noche anterior con la chica que tenía ahora delante hablando de experimentos del sueño.

–Queda bastante agua en la tetera, si quieres –ofrecí, pero Sasha negó con la cabeza.

–Yo no como nada por las mañanas, como las bailarinas. –Echó un vistazo a la ventana: el mar era un lienzo de peltre–. ¿Vas a nadar alguna vez?

–Está muy fría.

Sólo había visto a algún que otro surfista aventurarse

entre las olas, con el cuerpo enfundado en neopreno y una capucha en la cabeza.

—¿Te has metido, entonces?

—No.

La cara de Sasha mostró compasión. Como si me estuviese perdiendo un placer evidente. Pero nadie se bañaba allí, pensé, con un sentimiento protector hacia mi vida en aquella casa prestada, hacia las órbitas locales de mis días.

—Hay tiburones, también —añadí.

—En realidad no atacan a los humanos —dijo Sasha, encogiéndose de hombros.

Era bonita, como una tísica, consumida por un calor interno. Traté de localizar algún residuo pornográfico de la noche anterior, pero no quedaba nada. Tenía la cara tan blanca e inocente como una luna menor.

La cercanía de Sasha, aunque fuese por un día, obligó a cierta normalidad. El preventivo intrínseco que suponía la presencia de otra persona significaba que no podía permitirme sentimientos animales, no podía dejar mondaduras de naranja en el fregadero. Me vestí justo después del desayuno, en lugar de rondar con la bata todo el día. Me eché rímel de un tubo casi seco. Ésas eran labores humanas consistentes, tareas diarias que alejaban pánicos mayores, pero vivir sola me había hecho perder la costumbre: no me sentía lo bastante importante para que valiera la pena esa clase de esfuerzo.

Había vivido por última vez con alguien años antes, un hombre que daba clases de inglés para extranjeros en una de esas academias de pega que se anuncian en los bancos de las paradas de autobús. Los estudiantes eran en su mayoría ricos llegados de fuera que querían diseñar video-

131

juegos. Me sorprendió pensar en él, en David, recordar una época en la que imaginé una vida con otra persona. No amor, sino la grata inercia que podía sustituirlo. El agradable silencio que nos sobrevolaba a ambos cuando íbamos en coche. La forma en que lo vi mirarme una vez mientras cruzábamos un aparcamiento. Pero entonces comenzó: una mujer llamó a la puerta del apartamento a horas intempestivas. Un cepillo de marfil que había pertenecido a mi abuela desapareció del baño. Yo nunca le había contado a David ciertas cosas, de modo que cualquier intimidad que pudiésemos tener quedó automáticamente corrompida, un gusano serpenteando en la manzana. Mi secreto estaba muy enterrado, pero no dejaba de estar allí. Puede que por eso hubiese ocurrido, lo de esas otras mujeres. Yo había dejado abierto un espacio para los secretos. Y, de todas formas, ¿hasta dónde se puede llegar a conocer a alguien?

Pensaba que Sasha y yo pasaríamos el día en un cortés silencio. Que se escondería como un ratón. Era bastante educada, pero pronto su presencia se hizo patente. Me encontré la puerta de la nevera abierta, un zumbido desacostumbrado inundaba la cocina. Su jersey tirado en la mesa, un libro sobre el eneagrama abierto sobre una silla. De su cuarto salía música alta, que sonaba por los diminutos altavoces de un portátil. Me sorprendió: estaba escuchando a un cantante cuya voz lastimera había sido el perpetuo telón de fondo sonoro de cierta clase de chica que recordaba de la universidad. Chicas ya enfangadas de nostalgia, chicas que encendían velas y se quedaban levantadas hasta tarde amasando pan con leotardos Danskin y los pies descalzos.

Estaba acostumbrada a encontrar remanentes: el regusto de los sesenta flotaba por todas partes en esa zona de California. Jirones de banderas de plegaria colgando de los robles, caravanas aparcadas eternamente en los campos, sin neumáticos. Hombres mayores con camisas estampadas y parejas de hecho. Los fantasmas sesenteros habituales. Pero ¿por qué le interesaba eso a Sasha?

Me alegré cuando cambió la música. Una mujer cantando sobre un teclado electrónico gótico, nada que yo reconociese en absoluto.

Esa tarde, intenté echarme una siesta. Pero no podía dormir. Me quedé ahí tumbada, con los ojos clavados en una foto enmarcada que colgaba sobre la cómoda: una duna de arena, la hierba de menta meciéndose sobre ella. Las espirales macabras de las telarañas en los rincones. Me di la vuelta bajo las sábanas, impaciente. Era demasiado consciente de la presencia de Sasha en el cuarto de al lado. La música del portátil no había parado en toda la tarde, y a veces se distinguían fragmentos de ruido digital por encima de las canciones, pitidos y campanillas. ¿Qué hacía? ¿Jugar con el móvil? ¿Escribirse con Julian? Sentí una lástima repentina por la solicitud con que debía estar velando su soledad.

Llamé a la puerta, pero la música estaba demasiado alta. Probé de nuevo. Nada. Me avergonzó que mi esfuerzo quedara en evidencia, y ya estaba a punto de correr de vuelta a mi cuarto cuando Sasha apareció en la puerta. Aún tenía la cara muda por el sueño, el pelo revuelto de la almohada; puede que también hubiese intentado echarse una siesta.

–¿Quieres té? –le pregunté.

Tardó un momento en asentir, como si hubiese olvidado quién era yo.

Sasha estaba sentada en silencio. Examinando sus uñas, suspirando con un aburrimiento cósmico. Recordé esa pose de mi propia adolescencia: dejaba caer la mandíbula hacia delante y clavaba los ojos en la ventanilla del coche como un prisionero acusado injustamente, todo ello ansiando que mi madre dijese algo. Sasha esperaba que yo atravesara sus reservas, que le hiciese preguntas, y noté su mirada sobre mí mientras servía el té. Era agradable ser observada, aunque fuera con recelo. Usé las tazas buenas, y las galletitas de trigo sarraceno que coloqué en abanico junto a los platos estaban sólo un poco pasadas. Quería agradarle, comprendí, al dejar la bandeja con cuidado frente a ella.

El té quemaba demasiado; hubo una pausa mientras las dos nos inclinábamos sobre las tazas, la cara se me humedeció con el ligero vapor vegetal. Cuando le pregunté a Sasha de dónde era, hizo una mueca.

–Concord –respondió–. Una mierda.

–¿Y vas a la universidad con Julian?

–Julian no va a la universidad.

No estaba segura de que fuera una información de la que Dan dispusiese. Traté de recordar lo último que me había contado. Cuando Dan mencionaba a su hijo, lo hacía con una resignación teatral, adoptando el papel de padre despistado. Cada problema expuesto con suspiros de sitcom: los chicos son así. A Julian le habían diagnosticado algún trastorno de conducta en el instituto, aunque Dan lo contaba quitándole importancia.

–¿Lleváis mucho tiempo juntos? –le pregunté.

Sasha dio un sorbo al té.

–Unos meses.

Su cara se animó, como si el simple hecho de hablar

de Julian fuese una fuente de sustento. Ya debía de haberlo perdonado por dejarla tirada. A las chicas se les daba bien colorear esos decepcionantes espacios en blanco. Pensé en la noche anterior, en sus gemidos exagerados. Pobre Sasha.

Seguramente creía que cualquier tristeza, cualquier atisbo de preocupación por Julian, no era más que un problema logístico. La tristeza a esa edad tenía la agradable textura del encarcelamiento: te encabritabas y enfurruñabas contra las cadenas de los padres, el colegio y la edad, esas cosas que te alejaban de la felicidad inevitable que te estaba aguardando. En el segundo curso de universidad, tuve un novio que hablaba sin respiro de escapar a México: no caí en la cuenta de que ya no nos podíamos escapar de casa. Y tampoco se me ocurría hacia qué estaríamos escapando, más allá de una vaga idea de aire templado y sexo más frecuente. Ahora era mayor, y el puntal ilusionante de unos yos futuros ya no servía de consuelo. Tal vez sintiera siempre alguna variante de esto, de una depresión que no se disipaba, sino que se hacía más compacta y familiar, un espacio ocupado, como el triste limbo de las habitaciones de hotel.

—Oye —le dije, adoptando un rol maternal risiblemente inmerecido—. Espero que Julian se porte bien contigo.

—¿Por qué no iba a hacerlo? Es mi novio. Vivimos juntos.

Me imaginé muy fácilmente en qué debía de consistir eso de vivir juntos. Un apartamento alquilado por meses que olía a comida congelada y a lejía, la colcha de niño de Julian sobre el colchón. La tentativa femenina de poner una vela aromática junto a la cama. No es que a mí me fuera mucho mejor.

—A lo mejor nos cambiamos a un piso con lavadora —dijo Sasha, con un desafío nuevo en el tono de voz al invocar su exigua vida doméstica–. Seguramente dentro de unos meses.

–¿Y a tus padres les parece bien que vivas con Julian?

–Puedo hacer lo que quiera. –Remetió las manos en las mangas del jersey de Julian–. Tengo dieciocho años.

No podía ser verdad.

–Además, ¿no tenías tú mi edad cuando estuviste en aquella secta?

Su tono era inexpresivo, pero imaginé en él un toque de acusación.

Antes de que pudiese decir nada, Sasha se levantó de la mesa, camino de la nevera. Observé su contoneo afectado, la soltura con la que cogió una de las cervezas que habían traído. La silueta de unas montañas plateadas reluciendo en la etiqueta. Buscó mi mirada.

–¿Quieres una? –preguntó.

Era una prueba, comprendí. Podía ser la clase de adulta que uno ignoraba o compadecía o podía ser alguien con quien tal vez quisiera hablar. Asentí y Sasha se relajó.

–Pilla –dijo, y me lanzó el botellín.

La noche cayó de golpe, como cae en la costa, sin la mediación de edificios que atemperen el cambio. El sol estaba tan bajo que podíamos mirarlo directamente, ver cómo desaparecía de escena. Las dos nos habíamos tomado unas cuantas cervezas. La cocina se fue quedando a oscuras, pero ni ella ni yo nos levantamos a encender la luz. Todo tenía una sombra azulada, tenue y regia; los muebles se redujeron a formas. Sasha me preguntó si podíamos encender un fuego en la chimenea.

–Es de gas –le dije–. Y está estropeada.

Muchas cosas en la casa estaban estropeadas u olvidadas: el reloj de la cocina parado, un pomo de armario que

136

se te quedaba en la mano. El revoltijo centelleante de moscas que había barrido de los rincones. Había que vivir de manera sostenida y constante en un lugar para conjurar la decadencia. Ni siquiera mi presencia de las últimas semanas había dejado mucha huella.

—Pero podemos probar a encender uno en el patio —le dije.

El terreno arenoso de detrás del garaje estaba resguardado del viento, las hojas húmedas cubrían los asientos de las sillas de plástico. En otro tiempo había habido una especie de barbacoa excavada en el suelo; las piedras estaban desperdigadas por entre las reliquias arqueológicas sin sentido de la vida familiar: accesorios de juguetes olvidados, un fragmento mordisqueado de frisbee. Nos enfrascamos las dos en el ajetreo de los preparativos, tareas que permitían un silencio amigable. Encontré una pila de periódicos de tres años atrás en el garaje y un haz de leña de la tienda del pueblo. Sasha colocó las piedras de nuevo en círculo con la punta del pie.

—A mí esto siempre se me ha dado mal —dije—. Se supone que hay que hacerlo de una forma concreta, ¿no? Poner los leños de una manera especial.

—Como una casa —respondió Sasha—. Tienes que hacer como una cabaña. —Despejó el círculo con el pie—. Íbamos mucho de acampada a Yosemite cuando era pequeña.

Sasha fue la que acabó encendiendo el fuego: en cuclillas en la arena, con un soplo constante de aire. Amansando las llamas hasta que ardieron satisfactoriamente.

Nos sentamos en las sillas de plástico, con la superficie picada por la arena y el viento. Yo acerqué la mía al fuego: quería sentir calor, sudar. Sasha estaba en silencio, contemplando el brincar de las llamas, pero yo notaba el runrún de su mente, el lugar lejano en el que se había perdi-

137

do. Puede que estuviese imaginando lo que estaría haciendo Julian en Garberville. El futón con olor a almizcle en el que dormiría, con una toalla por manta. Todo ello parte de la aventura. Debía de estar muy bien ser un chico de veinte años.

—El rollo ese del que hablaba Julian —dijo Sasha, aclarándose la garganta como si tuviera vergüenza, a pesar de que su interés era obvio—. ¿Tú estabas... como... enamorada de ese tío o algo?

—¿De Russell? —dije, atizando el fuego con un palo—. No pensaba en él en esos términos.

Era verdad: las demás chicas revoloteaban en torno a Russell, seguían sus movimientos y sus estados de ánimo como si fueran un patrón climático, pero en mi mente fue alguien casi siempre distante. Como un profesor muy querido cuya vida familiar sus alumnos no imaginaran jamás.

—¿Por qué ibas con ellos, entonces? —me preguntó.

Mi primer impulso fue evitar el tema. Tendría que pulir todas las aristas. Escenificar la obra moral completa: el arrepentimiento, las advertencias. Intenté responder con tono indiferente.

—La gente no dejaba de caer en ese tipo de cosas, por aquel entonces. La cienciología, los del Proceso. La técnica de la silla vacía. ¿Se sigue haciendo eso? —Le eché un vistazo; estaba esperando a que siguiera hablando—. En parte fue mala suerte, supongo. Que ése fuera el grupo que me encontrara.

—Pero te quedaste.

Pude sentir por primera vez toda la fuerza de su curiosidad.

—Había una chica. Fue más por ella que por Russell.

—Dudé—. Suzanne. —Era raro decir su nombre, dejarlo habitar el mundo–. Era mayor que yo. Casi nada, en realidad, pero daba la impresión de que lo fuese mucho.

–¿Suzanne Parker?

Miré fijamente a Sasha a través del fuego.

–He buscado algunas cosas hoy –dijo–. En internet.

Una vez había perdido horas con esos rollos. Las páginas de fans o como se llamen. Los rincones más raros. La web dedicada a la obra artística de Suzanne en la cárcel. Acuarelas de cordilleras, nubes como bolas de algodón, con los textos plagados de faltas. Sentí una punzada al imaginar a Suzanne trabajando con gran concentración, pero cerré la web cuando vi la foto: Suzanne, con vaqueros azules y una camiseta blanca; los pantalones repletos de grasa madura; la cara un lienzo vacío.

La idea de que Sasha hubiese estado atiborrándose de esa saturación macabra me inquietó. Llenándose de detalles: los informes de las autopsias, el testimonio que dieron las chicas de esa noche, como la transcripción de una pesadilla.

–No es nada de lo que estar orgullosa –le dije.

Relatar las cosas de siempre: era terrible. Nada glamuroso, nada envidiable.

–No decían nada de ti –dijo Sasha–. No que yo haya encontrado.

Sentí una sacudida. Quise contarle algo valioso, mi existencia delineada con suficiente cuidado como para hacerme visible.

–Mejor –dije–. Así los locos no me buscan.

–¿Pero estuviste allí?

–Viví allí. Básicamente. Un tiempo. No maté a nadie ni nada. –Mi risa sonó apagada–. Obviamente.

Ella se hizo un ovillo dentro del jersey.

–¿Te fuiste de casa? –Su tono era de admiración.

139

–Eran otros tiempos. Todo el mundo iba de aquí para allá. Mis padres estaban divorciados.

–Los míos también –dijo Sasha, olvidándose de ser tímida–. ¿Y tenías mi edad?

–Era un poco más joven.

–Apuesto a que eras guapísima. Quiero decir, ahora eres guapa, también.

Noté cómo se hinchaba con su propia generosidad.

–¿Cómo los conociste? –me preguntó Sasha.

Me llevó un momento ordenarme, recordar la secuencia de cosas. «Revisitar» es la palabra que usan siempre en los artículos por el aniversario del asesinato. «Revisitamos el horror de Edgewater Road», como si el acontecimiento tuviese una existencia aislada, una caja que pudiera cerrarse con tapa. Como si no me hubiese quedado parada ante centenares de Suzannes fantasmales por la calle o en el segundo plano de una película.

Respondí a las preguntas de Sasha sobre lo que habían sido en la vida real esas personas que se habían convertido en tótems de sí mismas. Guy no había interesado tanto a la prensa, no era más que un hombre haciendo lo que los hombres llevaban haciendo toda la vida, pero a las chicas las convirtieron en algo mítico. Donna era la poco agraciada, lenta y basta; la solían presentar como un caso digno de lástima. La dureza hambrienta de su cara. Helen, la que fuera Joven Exploradora, bronceada, con coletas y bonita: ella se convirtió en el objeto fetichista, la asesina pin-up. Pero Suzanne se llevó la peor parte. Depravada. Malvada. Su belleza escurridiza no daba bien en las fotos. Se la veía flaca y salvaje, como si hubiese existido únicamente para matar.

Hablar de Suzanne desató una aceleración en mi pecho que estaba segura de que Sasha podría ver. Me daba vergüenza. Sentir esa emoción involuntaria, teniendo en cuenta lo que había pasado. El guarda en el sofá, con la envoltura enrollada de sus tripas al aire. El pelo de la madre empapado en sangre. El niño tan desfigurado que la policía no estaba segura de su género. Seguro que Sasha había leído esas cosas también.

–¿Pensaste alguna vez que tú podrías haber hecho lo que hicieron ellos? –preguntó.

–Por supuesto que no –respondí automáticamente.

En todas las veces que le había hablado a alguien del rancho, pocos me habían hecho esa pregunta. Si yo también podría haberlo hecho. Si estuve a punto. La mayoría asumían que un mínimo de moral me diferenciaba de las demás, como si las chicas fuesen de una especie distinta.

Sasha estaba callada. Su silencio parecía una forma de amor.

–Supongo que me lo pregunto, a veces –le dije–. Parece casualidad que no lo hiciera.

–¿Casualidad?

El fuego estaba cada vez más débil y tembloroso.

–No había mucha diferencia. Entre las otras chicas y yo.

Era raro decirlo en voz alta. Perfilar siquiera vagamente la preocupación a la que había estado dando vueltas todo ese tiempo. La expresión de Sasha no parecía de reproche, ni tan sólo recelosa. Se limitó a observarme, su cara atenta mirando la mía, como si pudiera interiorizar mis palabras y hacerles un hogar.

Fuimos al único bar del pueblo en el que tenían comida. Parecía buena idea, un objetivo al que podríamos dirigirnos. Sustento. Movimiento. Habíamos seguido hablando hasta que el fuego se consumió en un brillante moteado de papel de periódico. Sasha echó arena sobre el

141

desorden; su diligencia de exploradora me hizo reír. Me ponía contenta estar con alguien, a pesar de lo provisional del respiro: Julian volvería, Sasha se marcharía, y yo me quedaría sola otra vez. Aun así, era agradable ser el objeto de la admiración de alguien. Porque eso era yo, principalmente: Sasha parecía respetar a la chica de catorce años que yo había sido, parecía pensar que era interesante, que había sido valiente, de algún modo. Intenté corregirla, pero un consuelo expansivo se había propagado por mi pecho, una reocupación de mi cuerpo, como si hubiese despertado de la penumbra de un sueño farmacológico.

Caminamos una junto a otra por el arcén de la carretera, siguiendo el acueducto. Los árboles puntiagudos eran oscuros y espesos, pero no tuve miedo. La noche había adquirido un aire extraño y festivo, y Sasha había comenzado a llamarme Vee por algún motivo.

«Mama Vee», decía.

Parecía una gatita, dulce y afable, su hombro cálido chocando con el mío. Cuando la miré, vi que se estaba mordiendo el labio inferior, con la cara vuelta hacia el cielo. Pero no había nada que ver: las estrellas quedaban ocultas por la niebla.

Había unos cuantos taburetes en la barra y poco más. El pastiche habitual de carteles oxidados, un par de ojos de neón zumbando sobre la puerta. Alguien fumaba en la cocina: el pan del bocadillo estaba impregnado de humo. Nos quedamos un rato allí después de cenar. Sasha aparentaba quince años, pero les dio igual. La camarera, una mujer cincuentona, parecía agradecida de tener trabajo. Se la veía machacada, y tenía el pelo quebradizo del tinte de droguería. Teníamos casi la misma edad, pero no eché ningún vistazo al espejo para confirmar las similitudes, no

142

con Sasha a mi lado. Sasha, cuyos rasgos tenían las líneas limpias y puras de la santa de una medalla religiosa.

Giraba en el taburete como una niña pequeña.

–Míranos –se rió–. Fiesta a tope.

Dio un trago de cerveza y luego un trago de agua, un hábito concienzudo en el que yo ya había reparado, aunque eso no evitó que cundiera un visible bajón.

–En parte me alegro de que Julian no esté –dijo.

Las palabras parecieron animarla. A esas alturas, yo ya sabía que no debía espantarla, sino dejarle espacio para que fuera pasito a pasito adonde quería llegar. Sasha dio unas patadas distraídas al reposapiés de la barra; su aliento, cercano, olía a cerveza.

–No me dijo que se iba. A Humboldt. –Yo fingí sorpresa. Ella rió sin ganas–. Esta mañana no lo encontraba, y he pensado que estaría fuera. Es un poco raro, ¿no? ¿Que coja y se largue?

–Sí, es raro. –Demasiado precavida, quizás, pero quería cuidarme de incitar una justificada defensa de Julian.

–Me ha escrito, todo disculpas. Pensaba que lo habíamos hablado, supongo.

Dio un sorbo a la cerveza. Dibujó una carita sonriente en la madera de la barra con el dedo mojado.

–¿Sabes por qué lo echaron de Irvine? –Estaba medio atolondrada medio recelosa–. Espera, no se lo dirás a su padre, ¿verdad?

Yo negué con la cabeza: una adulta dispuesta a guardar los secretos de una adolescente.

–Vale. –Cogió aire–. Tenía un profesor de informática al que odiaba. Era un poco capullo, supongo. El profesor. No dejó que Julian entregara tarde un trabajo, aun sabiendo que suspendería si no le contaba para nota. Así que Julian fue a casa del tío y le hizo algo a su perro. Le echó algo de comer que lo puso enfermo. En plan lejía o matarratas. No sé qué, la verdad. —Sasha me miró a los ojos—. El perro murió. Un perro viejo.

Me esforcé por que mi expresión no se alterara. La simpleza de su relato, desprovisto de toda inflexión, hacía que la historia sonase todavía peor.

—En la escuela sabían que había sido él, pero no podían demostrarlo. Así que lo echaron por otro tema, pero no podía volver ni nada. Es muy chungo. —Me miró—. O sea, ¿no te parece?

No sabía qué decir.

—Julian dijo que no tenía intención de matarlo y eso, sólo quería que se pusiera malo. —El tono de Sasha era tentativo, estaba poniendo a prueba la idea—. No es para tanto, ¿no?

—No sé. A mí me suena mal.

—Pero yo vivo con él, ¿sabes? En plan que él paga el alquiler y todo.

—Hay más sitios adonde ir —le dije.

Pobre Sasha. Pobres chicas. El mundo las engorda con la promesa de amor. Cuánto lo necesitan, y qué poco recibirán jamás la mayoría de ellas. Las canciones pop empalagosas, los vestidos descritos en los catálogos con palabras como «atardecer» y «París». Y luego les arrebatan sus sueños con una fuerza violentísima; la mano tirando de los botones de los vaqueros, nadie mirando al hombre que le grita a su novia en el autobús. La lástima por Sasha me bloqueó la garganta.

Ella debió de percibir mis dudas.

—En fin. Fue hace tiempo.

Ser madre tal vez fuera algo así, pensé, viendo cómo Sasha apuraba la cerveza y se secaba la boca como un chico. Sentir esa ternura inesperada, ilimitada, por alguien, salida aparentemente de la nada. Cuando un jugador de billar se nos acercó con paso tranquilo, yo estaba lista para ahuyentarlo. Pero Sasha lo saludó con una sonrisa que dejó ver sus dientes en punta.

–Eh –dijo, y acto seguido el hombre estaba invitándonos a otra cerveza.

Sasha bebía a ritmo constante. Alternando entre un aburrimiento distraído y un interés maniaco, fingido o no, por lo que decía él.

–¿Sois de fuera?

Tenía el pelo canoso y largo, un anillo turquesa en el pulgar: otro fantasma de los sesenta. Puede que hasta nos hubiésemos cruzado en aquella época, persiguiendo el mismo camino trillado. Se subió los pantalones.

–¿Hermanas?

Su voz apenas trató de incluirme en su radio de acción, y yo estuve a punto de echarme a reír. Aun así, tan sólo por estar sentada al lado de Sasha, noté que algo de atención fluía hacia mí. Era chocante recordar esa tensión, aunque fuera de rebote. Cómo era sentirse deseada. A lo mejor Sasha estaba tan acostumbrada que ni siquiera reparaba en ello. Atrapada en la corriente de su propia vida, en la certeza de una trayectoria a mejor.

–Es mi madre –respondió Sasha. Tensó la mirada, quería que le siguiera la broma. Y lo hice. La rodeé con el brazo.

–Vamos de viaje madre e hija –dije–. Por la 1. Hasta Eureka.

–¡Unas aventureras! –exclamó el hombre, dando un golpe en la mesa.

Su nombre era Victor, supimos, y el fondo de pantalla de su móvil era una imagen azteca, nos contó, tan imbuida de poderes que su mera contemplación te volvía más inteligente. Estaba convencido de que los sucesos del mundo estaban orquestados por conspiraciones complejas y duraderas. Sacó un billete de dólar para mostrarnos cómo se comunicaban entre ellos los illuminati.

–¿Y por qué iba a exponer sus planes en la moneda de uso corriente una sociedad secreta? –pregunté.

Él asintió como si ya contara con la pregunta.

–Para mostrar el alcance de su poder.

Envidiaba la seguridad de Victor, la sintaxis idiota de los justos. Esa creencia –la de que el mundo tenía un orden visible, y que lo único que teníamos que hacer era buscar sus símbolos–, como si el mal fuese un código que podía ser descifrado. Siguió hablando. Los dientes mojados de bebida, el tono grisáceo de una muela muerta. Tenía un montón de conspiraciones que explicarnos en detalle, un montón de información confidencial que pasarnos. Habló de «poner las cartas sobre la mesa». De «frecuencias ocultas» y «gobiernos en la sombra».

–Guau –dijo Sasha, inexpresiva–. ¿Tú sabías eso, mamá?

Siguió llamándome mamá, con una voz cómica y exagerada, aunque tardé un rato en darme cuenta de lo borracha que iba. De lo borracha que iba yo, también. La noche se había adentrado en aguas desconocidas. Los neones chisporroteando, la camarera fumando en la puerta. Vi cómo pisaba la colilla, las chanclas resbalándole en los pies. Victor dijo que era agradable ver lo bien que nos llevábamos Sasha y yo.

–No se ve mucho, hoy en día. –Asintió, pensativo–. Madres e hijas que hagan un viaje juntas. Que sean cariñosas la una con la otra, como vosotras dos.

–Ah, ella es genial –dijo Sasha–. Yo quiero mucho a mi mamá.

146

Me lanzó una sonrisa taimada antes de acercar su cara a la mía. La presión seca de sus labios, la salmuera picante de los pepinillos en la boca. El más casto de los besos. Pero aun así. Victor estaba estupefacto. Tal como Sasha esperaba.

—Joder —dijo él, asqueado y excitado al mismo tiempo.

Enderezó los abultados hombros, se remetió la camisa. De repente parecía desconfiar de nosotras, miraba alrededor en busca de apoyo, de confirmación, y quise explicarle que Sasha no era mi hija, pero había dejado atrás el punto en el que eso podía importarme; la noche avivó la idea estúpida y confusa de que había vuelto al mundo después de un periodo de ausencia, de que me había instalado de nuevo en el reino de los vivos.

1969

6

Mi padre se había encargado siempre del cuidado de la piscina: tamizaba la superficie con una red y amontonaba las hojas mojadas en una pila. Con unos viales de colores comprobaba los niveles de cloro. Nunca había sido muy regular con el mantenimiento, pero desde que se había marchado la piscina estaba fatal. Las salamandras holgazaneaban alrededor del filtro. Cuando me impulsaba a lo largo del borde, notaba una resistencia pesada, la porquería dispersándose a mi paso. Mi madre estaba en el grupo. Había olvidado la promesa de comprarme un bañador nuevo, así que llevaba puesto el viejo, el naranja: desteñido como un melón cantalupo, las costuras fruncidas y abiertas en torno a las piernas. La parte de arriba era demasiado pequeña, pero aquella extensión adulta de escote me encantaba.

Sólo había pasado una semana desde la fiesta del solsticio, y ya había vuelto al rancho, y ya estaba robando dinero para Suzanne, billete a billete. Me gusta imaginar que hizo falta más tiempo. Que hubo que convencerme a lo largo de meses, vencer mis resistencias poco a poco. Cortejarme como a una enamorada en San Valentín. Pero fui un objetivo entusiasta, ansioso por entregarse.

Seguí meciéndome en el agua; las algas moteaban los pelos de mis piernas atraídas como limaduras a un imán. Un periódico abandonado y arrugado en el asiento de una silla del jardín. Las hojas de los árboles, plateadas, tenían el brillo de las lentejuelas, como escamas, todo inundado del calor perezoso de junio. ¿Los árboles que rodeaban mi casa habían sido siempre así, tan extraños y acuáticos? ¿O acaso todo estaba cambiando ya para mí, y el tenderete estúpido del mundo normal se estaba transformando en los escenarios exuberantes de una vida distinta?

Suzanne me había llevado a casa la mañana siguiente al solsticio; mi bicicleta iba en el asiento de atrás. Tenía la boca reseca y rara de tanto fumar, y la ropa estaba rancia por mi cuerpo y olía a ceniza. Fui quitándome briznas de paja del pelo: una huella de la noche anterior que me hacía ilusión, como un sello en el pasaporte. Había sucedido, después de todo, y yo conservaba un vívido catálogo de datos felices: estar sentada al lado de Suzanne, nuestro silencio amigable. El orgullo perverso de haber estado con Russell. Me deleitaba repasando los hechos del acto, incluso las partes confusas o aburridas. Algún que otro momento de calma mientras Russell se la ponía dura. Había cierto poder en la crudeza de las funciones humanas. Como me había explicado Russell: nuestro cuerpo podía impulsarnos a través de los bloqueos, si se lo permitíamos.

Suzanne no dejó de fumar mientras conducía, y de vez en cuando me pasaba el cigarrillo en un sereno ritual. El silencio entre nosotras no era tenso ni incómodo. Fuera del coche, pasaban como una exhalación los olivos, la tierra agostada del verano. Canales a lo lejos, avanzando cenagosos hacia el mar. Suzanne cambiaba la emisora sin parar, hasta que al final apagó la radio bruscamente.

152

–Necesitamos gasolina –anunció.

Necesitamos, repetí en silencio, necesita*mos* gasolina.

Suzanne se paró en una estación de Texaco, desierta salvo por una camioneta turquesa y blanca con un remolque de barco enganchado.

–Pásame una tarjeta –me dijo, con un gesto hacia la guantera.

Bregué para abrirla y cayó un revoltijo de tarjetas de crédito. Todas con nombres distintos.

–La azul –dijo. Parecía impaciente. Cuando le pasé la tarjeta, percibió mi confusión–. Nos las da la gente. O las cogemos. –Acarició la tarjeta azul–: Ésta por ejemplo es de Donna. Se la robó a su madre.

–¿La tarjeta de gasolina de su madre?

–Nos salvó el pellejo... Nos habríamos muerto de hambre –dijo. Me echó una mirada–. Tú mangaste el papel de váter, ¿no?

Me puse roja cuando lo mencionó. Tal vez supiera que había mentido, pero no pude deducirlo de su hermética expresión. Tal vez no.

–Además –prosiguió–, es mejor que lo que harían ellos: más mierda, más cosas, más yo, yo, yo. Russell está intentando ayudar a la gente. Él no juzga, no es su rollo. A él le da igual que seas rico o pobre.

Tenía cierta lógica, lo que decía Suzanne. Sólo trataban de equilibrar las fuerzas del mundo.

–Es ego –continuó, apoyada contra el coche pero sin perder de vista el indicador de gasolina: ninguno de ellos llenaba nunca más de un cuarto de depósito–. El dinero es ego, y la gente no lo suelta. Quieren protegerse a sí mismos, se aferran a él como si fuera una manta. No se dan cuenta de que los tiene esclavizados. Es enfermizo. –Se rió–. Lo gracioso es que en cuanto renuncias a todo, en cuanto dices, Ten, cógelo, es cuando realmente lo tienes todo.

Habían detenido a una del grupo por hurgar en los contenedores en una incursión en las basuras, y Suzanne se indignó, contándome la historia mientras cogía de nuevo la carretera.

—Cada vez hay más y más tiendas al tanto. Qué gilipollez. Tiran algo a la basura y lo quieren igualmente. Eso es América.

—Es una gilipollez. —El tono de la palabra sonó raro en mis labios.

—Ya encontraremos algo, pronto. —Echó un vistazo por el retrovisor—. Vamos justos de dinero. Pero no hay manera de escapar de ello. Seguramente no sabes lo que es eso.

No lo dijo con desdén, en realidad: lo dijo como si sólo estuviese exponiendo los hechos. Constatando la realidad con afable indiferencia. Ahí es cuando me vino la idea, completamente formada, como si hubiese llegado a ella yo misma. Y eso es lo que parecía, la solución exacta, una baratija brillando al alcance de la mano.

—Yo podría conseguir algo de dinero —dije, retrayéndome después ante mi entusiasmo—. Mi madre se deja siempre el bolso por ahí.

Era verdad. Estaba siempre encontrándome dinero: en los cajones, sobre las mesas, olvidado en el lavamanos del baño. Yo tenía una asignación, pero mi madre a menudo me daba algo más, como por casualidad, o bien hacía un gesto vago en dirección al bolso. «Coge lo que necesites», me decía. Y yo nunca había cogido más de lo que debía, y siempre me preocupaba de devolver el cambio.

—Oh, no —respondió Suzanne, tirando lo que quedaba de cigarrillo por la ventana—. No tienes por qué hacer eso. Pero eres un encanto. Es muy amable por tu parte ofrecerte.

154

–Yo quiero.

Ella frunció los labios, fingiendo incertidumbre, lo que desató una contienda en mi estómago.

–No quiero que hagas algo que no quieres hacer. –Rió un poco–. Ése no es mi rollo.

–Pero yo sí quiero. Quiero ayudar.

Suzanne se quedó callada un momento; luego sonrió sin mirarme.

–Vale –dijo. No me pasó inadvertido el examen que contenía su voz–. Si quieres ayudar, ayuda.

La tarea me convirtió en una espía en casa de mi madre, y a mi madre en la presa incauta. Llegué incluso a disculparme por nuestra pelea cuando me topé con ella esa noche en la quietud del pasillo. Mi madre hizo un leve gesto de indiferencia, pero aceptó mis disculpas y sonrió con valentía. Me habría molestado, normalmente, esa sonrisa valiente e indecisa, pero mi nuevo yo agachó la cabeza con servil arrepentimiento. Estaba imitando a una hija, actuando como lo haría una hija. Una parte de mí estaba encantada con todo ese conocimiento que mantenía fuera de su alcance, con el hecho de que, cada vez que la miraba o le hablaba, estaba mintiendo. La noche con Russell, el rancho, el espacio secreto que me había hecho aparte. Mi madre podía quedarse con la cáscara de mi vida pasada, con todos los restos resecos.

–Has vuelto muy temprano –me dijo–. Pensaba que te quedarías a dormir en casa de Connie otra vez.

–No tenía ganas.

Era extraño acordarse de Connie, ser devuelta de golpe al mundo normal. Incluso me había sorprendido sentir el deseo corriente de comer. Quería que el mundo se reor-

denara de manera visible en torno al cambio, como un re-
miendo bordeando un roto.

Mi madre se relajó.

—Me alegro, porque quería pasar un rato contigo. Sólo
nosotras dos. Ya hace tiempo, ¿eh? Podría preparar filetes
stroganoff. O albóndigas. ¿Qué te parece?

Yo desconfiaba de su oferta: ella nunca compraba comida a no ser que yo le dejara una nota para cuando volviese del grupo. Y hacía siglos que no comíamos carne. Sal
le había dicho a mi madre que comer carne era comer
miedo, y que ingerir miedo te hacía engordar.

—Las albóndigas están bien —accedí.

No quise ver lo feliz que la hacía.

Mi madre encendió la radio de la cocina, en la que so-
naron la clase de canciones dulces y ligeras que me encanta-
ban de niña. Anillos de diamantes, arroyos frescos, manza-
nos. Si Suzanne o incluso Connie me pillaran escuchando
ese tipo de música, me daría vergüenza —era muy insulsa,
y alegre, y anticuada—, pero yo sentía un amor privado y
reacio por esas canciones, mi madre cantando las partes
que se sabía, sonrosada por el entusiasmo teatral; era fácil
caer en las redes de su atolondramiento. Su postura había
sido moldeada por años de exhibiciones de equitación en
la adolescencia, sonriendo a lomos de lustrosos caballos ára-
bes, las luces de la hípica reflejadas en el manto de pedrería
falsa del cuello de la chaqueta. Me resultaba tan misteriosa,
de pequeña... La timidez que sentía viéndola caminar por
la casa, arrastrando los pies en sus zapatillas de noche. El
cajón de las joyas, cuya procedencia le hice explicarme,
pieza a pieza, como un poema.

La casa limpia, las ventanas seccionando la noche oscura, las alfombras afelpadas bajo mis pies descalzos. Eso

156

era lo contrario del rancho, y supuse que debería sentirme culpable, que estaba mal estar así de cómoda, querer comer esa comida con mi madre en la corrección de nuestra ordenada cocina. ¿Qué estarían haciendo Suzanne y los demás en ese mismo momento? De pronto costaba imaginarlo.

–¿Qué tal está Connie? –preguntó mi madre, hojeando sus recetas manuscritas.

–Bien. –Seguramente lo estaba. Viendo cómo se le juntaba la porquería en los aparatos a May Lopes.

–Ya sabes que puede venir siempre que quiera. Habéis pasado un montón de tiempo en su casa últimamente.

–A su padre no le importa.

–La echo de menos –dijo, a pesar de que Connie siempre la había desconcertado, como una tía soltera a la que apenas soportara–. Tendríamos que hacer un viajecito a Palm Springs o algo. –Estaba claro que había estado esperando el momento de ofrecerlo–. Podrías invitar a Connie, si quieres.

–No sé.

Estaría bien. Connie y yo dándonos empujones en el asiento de atrás, con un sol asfixiante y bebiendo batidos de la granja de dátiles de las afueras de Indio.

–Mmm –murmuró–. Podríamos ir una semana de éstas. Pero ¿sabes, cariño? –una pausa–, a lo mejor también vendría Frank.

–No voy a ir de viaje contigo y con tu novio.

Ella intentó sonreír, pero me di cuenta de que no lo estaba diciendo todo. La radio estaba demasiado alta.

–Cariño –empezó a decir–. ¿Cómo vamos a vivir juntos algún día si...?

–¿Qué? –Me dio rabia que me saliera automáticamente una voz de mocosa que eliminó cualquier autoridad.

157

–No ya mismo, desde luego. –Frunció los labios–. Pero si Frank se viene aquí...

–Yo también vivo aquí –le dije–. ¿Ibas a dejar que se mudara un día, sin ni siquiera decírmelo?

–Tienes catorce años.

–Esto es una gilipollez.

–¡Eh! ¡Cuidado! –advirtió, y escondió las manos en las axilas–. No sé por qué estás siendo tan maleducada, pero tienes que dejarlo, y ya.

La proximidad de la cara suplicante de mi madre, su disgusto manifiesto, atizaron una repugnancia biológica hacia ella, como cuando olía el bramido del hierro en el baño y sabía que tenía la regla.

–Estoy intentando hacer algo bonito, invitando a tu amiga a que se venga. ¿Podrías darme un respiro?

Yo me reí, pero era una risa que rezumaba la náusea de la traición. Por eso había querido hacer la cena. Y ahora me sentía peor, porque me había contentado muy fácilmente.

–Frank es un gilipollas.

Se le encendió la cara, pero se obligó a mantener la calma.

–Cuidado con tu actitud. Esto es mi vida, ¿entiendes? Estoy intentando ser un poquito feliz, y tienes que dejarme. ¿Puedes?

Se merecía esa vida mortecina que tenía, esas incertidumbres infantiles y escuálidas.

–Está bien –le dije–. Está bien. Buena suerte con Frank.

Afiló la mirada.

–¿Qué significa eso?

–Olvídalo.

Me llegó el olor de la carne cruda alcanzando la temperatura ambiente, un deje punzante de metal frío. Se me hizo un nudo en el estómago.

–Ya no tengo hambre –dije, y la dejé plantada en la cocina.

En la radio seguían sonando canciones de primeros amores, de bailes junto al río, y la carne estaba tan descongelada que mi madre se veía obligada a cocinarla, aunque no se la fuera a comer nadie.

Fue sencillo, después de eso, decirme a mí misma que merecía el dinero. Russell afirmaba que la mayoría de la gente era egoísta, incapaz de amar, algo que parecía cumplirse con mi madre, y también con mi padre, escondido con Tamar en los Apartamentos Portofino de Palo Alto. Así que era un buen cambio, visto de ese modo. Como si el dinero que estaba sisando, billete a billete, equivaliera a algo que podía reemplazar lo que se había marchado. Era demasiado deprimente pensar que tal vez nunca había estado ahí, para empezar. Nada de ello: la amistad de Connie; Peter sintiendo algo por mí que no fuera fastidio por lo evidente de mi infantil adoración.

Mi madre dejaba el bolso por ahí, como siempre, y eso hacía que el dinero que contenía pareciera menos valioso, algo que no le preocupaba lo suficiente como para tomárselo en serio. Aun así, resultaba incómodo, hurgar en su bolso, como el interior tintineante del cerebro de mi madre. El desorden era demasiado personal: el envoltorio de un caramelo de mantequilla, una tarjeta con un mantra, un espejo de bolsillo. Un tubo de la crema, del color de una tirita, que se echaba en las ojeras. Cogí un billete de diez y me lo guardé en los pantalones cortos. Incluso si me veía, sólo tenía que decir que iba a comprar comida. ¿Por qué iba a sospechar de mí? De su hija, que siempre

159

había sido buena, aunque eso fuera más decepcionante que ser genial.

Me sorprende que me sintiera tan poco culpable. Al contrario: había algo legítimo en la forma en que iba acumulando el dinero de mi madre. Se me estaba pegando la bravuconería del rancho, la certeza de que podía coger lo que quisiera. La existencia de esos billetes escondidos me permitió sonreírle a mi madre la mañana siguiente, actuar como si no hubiéramos dicho las cosas que habíamos dicho la noche anterior. Aguantar pacientemente cuando me arregló el flequillo sin previo aviso.

—No te tapes los ojos —dijo mi madre, su aliento cercano y caliente, los dedos peinándome el pelo.

Quería zafarme, dar un paso atrás, pero no lo hice.

—Aquí está —dijo, satisfecha—. Aquí está mi dulce hija.

Estaba pensando en el dinero mientras batía las piernas en la piscina, con los hombros asomando por encima del agua. Había cierta pureza en la tarea, en acumular aquellos billetes en mi bolso de cremallera. Cuando estaba sola, me gustaba contar el dinero, cada nuevo billete de cinco o de diez una particular bendición. Ponía los billetes recién impresos encima, para que el fajo quedara más bonito. Imaginando la satisfacción de Suzanne y de Russell cuando se los llevase, entregándome a la dulce y caprichosa neblina de la ensoñación.

Tenía los ojos cerrados mientras flotaba, y sólo los abrí cuando oí un revuelo más allá de la hilera de árboles. Un ciervo, tal vez. Me puse tensa, me agité inquieta en el agua. No pensé que pudiera ser una persona: entonces no nos preocupábamos por esa clase de cosas. Eso llegó después. Y fue un dálmata, en todo caso, la criatura que salió correteando de entre los árboles y se acercó hasta el mismo

160

borde de la piscina. Me miró muy serio y luego empezó a ladrar.

El perro tenía un aspecto extraño, lleno de motas y lunares, y ladraba con una alarma intensa y humana. Sabía que sus dueños eran los vecinos de nuestra izquierda, la familia Dutton. El padre había escrito el tema musical de una película, y alguna vez, en las fiestas, había oído a la madre tararearlo burlona para la concurrencia. Su hijo era más pequeño que yo. A menudo disparaba con una pistola de perdigones en el jardín, el perro aullando en un coro agitado. No recordaba el nombre del animal.

–Vete –le dije, salpicándolo con desgana. No quería tener que salir del agua–. Venga.

El perro seguía ladrando.

–Lárgate –intenté de nuevo, pero el perro se limitó a ladrar más alto.

Cuando conseguí llegar a casa de los Dutton tenía los pantalones cortos empapados por el bañador. Me había puesto las sandalias de suela de corcho, con la marca sucia de mis pies en la plantilla, y llevaba al perro cogido del collar, con las puntas del pelo goteándome. Teddy Dutton abrió la puerta. Tenía once o doce años, y las piernas tachonadas de costras y arañazos. Se había roto el brazo el año anterior al caer de un árbol, y había sido mi madre la que lo había llevado en coche al hospital: ella soltó entre dientes que sus padres lo dejaban demasiado tiempo solo. Yo nunca había tratado mucho con Teddy, más allá de las fiestas del vecindario, donde todos los de menos de dieciocho se apiñaban en una obligada marcha de la amistad. Alguna vez lo veía en su bicicleta por el cortafuego con un chico de gafas: un día me había dejado acariciar un gatito de campo que habían encontrado, mientras él sostenía a la diminuta criatura bajo la camisa. Los ojos del cachorro supuraban pus, pero Teddy había sido cariñoso con él, como una madrecita. Ésa había sido la última vez que hablé con él.

—Hola —le dije a Teddy cuando abrió la puerta—. Tu perro.

Teddy me miró boquiabierto como si no llevásemos toda la vida siendo vecinos. Yo puse los ojos un poco en blanco ante su silencio.

—Estaba en nuestro jardín —continué. El perro se resistió a mi sujeción.

A Teddy le llevó un segundo hablar, pero, antes de que lo hiciese, vi cómo lanzaba una ojeada involuntaria a la parte de arriba de mi bañador, a la exagerada protuberancia del escote. Teddy notó que me había dado cuenta y se aturulló todavía más. Riñó al perro y lo cogió del collar.

—Tiki malo —le dijo, dándole palmadas para hacerlo entrar en casa—. Perro malo.

La idea de que Teddy Dutton pudiera ponerse nervioso conmigo cerca fue una sorpresa. Pese a que yo ni siquiera tenía un bikini la última vez que lo había visto, y que mis pechos eran más grandes ahora, y me gustaban hasta a mí. Su atención me pareció casi cómica. Una vez, un desconocido nos había enseñado la polla a Connie y a mí junto a los lavabos del cine. Tardé un momento en comprender por qué el hombre resollaba como un pez en busca de aire, pero luego le vi el pene, asomando por la cremallera como un brazo de la manga. Nos miró como si fuéramos mariposas que estuviese clavando con alfileres. Connie me agarró del brazo, nos dimos la vuelta y salimos corriendo, entre risas, mientras las pasas bañadas en chocolate que apretaba en el puño empezaban a fundirse. Compartimos nuestra repugnancia con voz chillona, pero en nuestras palabras había orgullo también. Como la satis-facción con la que Patricia Bell me preguntó una vez des-pués de clase si había visto cómo la había mirado el señor Garrison, y si no me parecía *raro*.

–Tiene las patas mojadas –le dije a Teddy–. Va a dejar el suelo hecho un asco.

–Mis padres no están en casa. Da igual.

Permaneció en la puerta, tenso, con aire de expecta-ción; ¿creía que íbamos a pasar el rato?

Se quedó plantado allí, como esos pobres chicos que alguna vez tenían una erección sin motivo cuando salían a la pizarra: era obvio que estaba bajo el influjo de alguna otra fuerza. Tal vez la prueba del sexo era visible en mí de una forma nueva.

–Bueno –dije. Me preocupaba echarme a reír. A Teddy se lo veía incomodísimo–. Nos vemos.

Él se aclaró la garganta, e intentó ahogar su voz para que sonara más grave.

–Disculpa –dijo–. Si Tiki te ha molestado.

¿Cómo supe que podía aprovecharme de Teddy? ¿Por qué mi mente se dirigió de inmediato a esa opción? Sólo había estado dos veces en el rancho desde la fiesta del sols-ticio, pero ya había comenzado a incorporar ciertas formas de ver el mundo, ciertas lógicas. La sociedad estaba plaga-da de gente normal, nos decía Russell, gente paralizada, al servicio de los intereses de las empresas y dócil como un mono de laboratorio medicado. Los del rancho funcioná-bamos en un nivel totalmente distinto, nosotros luchába-mos contra el miserable temporal, así que ¿qué más daba si teníamos que servirnos de la gente normal para alcanzar objetivos más elevados, otros mundos más allá? Si repu-diabas ese viejo contrato, nos decía Russell, si rechazabas todas esas chorradas intimidatorias de las clases de civis-

163

mo, los libros de oraciones y la oficina del director, veías que no existían el bien y el mal. Sus ecuaciones permisivas reducían ambos conceptos a reliquias vacías, como las medallas de un régimen que ya no ostentaba el poder.

Le pedí algo de beber a Teddy. Limonada, supuse, algún refresco, cualquier cosa menos lo que me trajo. La mano le temblaba nerviosa cuando me tendió el vaso.

–¿Quieres una servilleta? –dijo.

–Nah.

La intensidad de su atención era delatora, y yo me reí por lo bajo. Apenas empezaba a aprender cómo ser observada. Di un largo trago. El vaso estaba lleno de vodka, enturbiado por un levísimo toque de zumo de naranja. Tosí.

–¿Tus padres te dejan beber? –le pregunté, secándome la boca.

–Yo hago lo que quiero –respondió, orgulloso e inseguro al mismo tiempo.

Le brillaron los ojos; vi cómo decidía qué decir a continuación. Era extraño observar a otra persona calibrando sus acciones y preocupándose por ellas en lugar de ser yo la que se preocupase. ¿Era eso lo que había sentido Peter hacia mí? ¿Una paciencia limitada, un sentimiento de poder que se subía a la cabeza, ligeramente perturbador? La cara pecosa de Teddy, rubicunda y anhelante: sólo tenía dos años menos que yo, pero la distancia parecía definitiva. Di otro trago largo, y Teddy se aclaró la garganta.

–Tengo un poco de hierba, si quieres –ofreció.

Teddy me condujo a su habitación, expectante, mientras yo echaba un vistazo a sus chismes infantiles. Parecían colocados para que se vieran bien, aunque eran todo baratijas: un cronómetro marino con las manecillas estropeadas, un hormiguero olvidadísimo, combado y mohoso. Un fragmento vidrioso de una punta de flecha, un tarro de monedas, verde y lleno de roña, como un tesoro hundido. Normalmente le habría hecho algún comentario a Teddy. Le habría preguntado de dónde había sacado la flecha, o le habría hablado de la que encontré yo, entera, con la punta de obsidiana lo bastante afilada para hacerte sangre. Pero sentí la presión de preservar una distancia altiva, como Suzanne aquel día en el parque. Ya estaba empezando a entender que la admiración de otro exigía algo de ti. Que tenías que moldearte en torno a ella. La hierba que sacó Teddy de debajo del colchón estaba marrón y migajosa, prácticamente infumable, pese a que él sostenía la bolsa de plástico con una hosca dignidad.

Me eché a reír.

—Parece tierra o algo. No, gracias.

Teddy se guardó la bolsa en el bolsillo con gesto dolido. Era su baza, comprendí, y no esperaba ese fracaso. ¿Cuánto tiempo llevaría esperando ahí la bolsa, aplastada bajo el colchón? De pronto me sentí mal por Teddy, con el cuello de la camisa de rayas gastado por la suciedad. Me dije que aún estaba a tiempo de irme. De dejar el vaso, soltar un gracias despreocupado y volverme a casa. Había otras formas de conseguir dinero. Pero me quedé. Él me observó, sentado en su cama, con un aire desconcertado y atento, como si apartar la mirada pudiese romper el extraño hechizo de mi presencia.

—Te puedo conseguir material de verdad, si quieres —le dije—. Es bueno. Conozco a un tío.

Su gratitud resultó embarazosa.

—¿En serio?

—Claro. —Vi que se fijaba en cómo me ponía bien la tira del bañador—. ¿Tienes dinero?

165

Llevaba tres dólares en el bolsillo, doblados y gastados, y no dudó en dármelos. Dejé los billetes a un lado, toda profesionalidad. Poseer siquiera esa pequeña suma de dinero encendió en mí una necesidad obsesiva, un deseo de ver cuánto más valía yo. La ecuación me excitaba. Podías ser bonita, deseada, y eso te hacía valiosa. Apreciaba la sencillez del trato. Y puede que fuese algo que ya percibía en la relación con los hombres: ese hormigueo de incomodidad, esa sensación de que te estaban engañando. Al menos de esta manera el arreglo tenía cierta utilidad.

–¿Qué hay de tus padres? –le dije–. ¿No tienen dinero en alguna parte?

Me echó un rápido vistazo.

–No están, ¿no? –dije con un suspiro, impaciente–. ¿Pues qué más da?

Teddy tosió. Cambió la cara.

–Sí –dijo–. Déjame mirar.

El perro fue golpeándonos los talones mientras yo seguía a Teddy por la escalera. La penumbra del dormitorio de sus padres, una habitación que me resultó a un tiempo familiar –el vaso de agua en la mesilla, la bandeja lacada de frascos de perfume– y extraña; había unos pantalones de su padre tirados en un rincón, un banco tapizado a los pies de la cama. Estaba nerviosa, y notaba que Teddy también. Parecía perverso estar en el dormitorio de sus padres en pleno día. El sol ardía al otro lado de las persianas, cuyos contornos dibujaba con un resplandor.

Teddy fue hacia el armario del rincón más alejado, y yo lo seguí. Si me quedaba cerca de él, no parecía tanto una intrusa. Se puso de puntillas para palpar a ciegas una caja de cartón. Mientras él buscaba, yo me puse a revolver entre la ropa que colgaba de las recargadas perchas de seda. La ropa de su madre. Blusas de cachemira con cuello de lazo, sobrios y ceñidos trajes de tweed. Todo parecía un disfraz, ropa impersonal, poco real, hasta que acaricié la manga de una blusa de color marfil. Mi madre tenía la misma, y eso me turbó; el dorado familiar de la etiqueta de I. Magnin fue como un reproche. Volví a colgarla de la percha.

—¿No puedes darte prisa? —le susurré a Teddy, y él me dio una respuesta amortiguada, mientras seguía rebuscando, hasta que al final sacó unos billetes que parecían nuevos.

Metió de nuevo la caja en el estante de arriba, resoplando, mientras yo contaba.

—Sesenta y cinco —dije. Alisando el montoncito, doblándolo para que tuviera un grosor más sustancioso.

—¿No llega con eso?

Vi en su cara, en su respiración trabajosa, que, si le pedía más, encontraría la manera de conseguirlo. Parte de mí casi quería. Atiborrarme de ese poder nuevo, ver lo lejos que podía llevarlo. Pero entonces Tiki entró correteando por la puerta y nos asustó a los dos. El perro jadeaba y le daba con el morro en las piernas a Teddy. Vi que tenía lunares hasta en la lengua: los pliegues rosáceos estaban salpicados de negro.

—Ya está bien —le dije, y me guardé el dinero en el bolsillo. Los pantalones húmedos desprendieron una picazón de cloro.

—¿Entonces cuándo tendré el material? —preguntó Teddy.

Me llevó un segundo comprender su mirada elocuente: la hierba que le había prometido. Casi olvidaba que no le había pedido el dinero sin más. Al ver mi expresión, rectificó.

—Es decir, no hay prisa. Si cuesta o lo que sea.

167

–No te sé decir.

Tiki me estaba husmeando la entrepierna; lo aparté más bruscamente de lo que pretendía, el morro me mojó la palma de la mano. Mis ganas de salir del cuarto eran de pronto incontenibles.

–Muy pronto, seguramente –respondí, dirigiéndome a la puerta–. Te lo traigo cuando lo tenga.

–Ah, sí –dijo Teddy–. Sí, vale.

Tuve la incómoda sensación, en la puerta de la casa, de que Teddy era el invitado y yo la anfitriona. El carillón de viento del porche murmuraba una leve melodía. El sol, los árboles y las colinas doradas más allá parecían prometer grandes libertades, y enseguida pude empezar a olvidar lo que había hecho, arrastrada por otros asuntos. El rectángulo suculento y agradable del fajo de billetes en el bolsillo. Cuando miré la cara pecosa de Teddy, me invadió un afecto impulsivo y virtuoso: era como un hermano pequeño. Aquel cariño con el que había cuidado del gatito de campo.

–Nos vemos –le dije, y me incliné para besarlo en la mejilla.

Me estaba felicitando a mí misma por la dulzura del gesto, por la bondad, cuando Teddy recolocó las caderas y las encogió con ademán protector: al apartarme, vi la erección presionando obstinada contra los vaqueros.

7

Podía ir en bici la mayor parte del camino. Por Adobe Road no pasaban coches, salvo alguna que otra moto o un remolque de caballos. Y si pasaba un coche, por lo general iba camino del rancho y me llevaban para allá, con la bicicleta medio colgando por la ventana. Chicas con pantalón corto, sandalias de madera y anillos de plástico de los dispensadores que había en la entrada de la Rexall. Chicos que perdían constantemente el hilo y regresaban con una sonrisa aturdida, como si hubiesen estado de turismo cósmico. Los leves saludos que nos dirigíamos unos a otros, sintonizados en las mismas frecuencias invisibles.

No era que no recordase mi vida antes de Suzanne y de los demás, pero había sido limitada y previsible; los objetos y la gente ocupaban sus órbitas moderadas. El bizcocho que preparaba mi madre para los cumpleaños, compacto y frío de la nevera. Las chicas del colegio, almorzando en el asfalto, sentadas sobre las mochilas del revés. Desde que había conocido a Suzanne, mi vida había adquirido un relieve marcado y misterioso, había desvelado un mundo más allá del mundo conocido, el pasaje secreto tras la librería. Me descubría a mí misma comiendo una manzana y hasta ese bocado jugoso servía para incitar en mí la gratitud. La disposición de las hojas de roble en lo alto, condensadas con una nitidez de invernadero, era la pista de un acertijo que no sabía que se pudiera intentar resolver.

Crucé con Suzanne por entre las motos aparcadas frente a la casa principal, grandes y pesadas como vacas. Había hombres con ropa vaquera sentados en las rocas cercanas, fumando cigarrillos. El aire acre por las llamas del corral, el olor extraño de heno, sudor y mierda secada al sol.

—Eh, bomboncitos —dijo uno de ellos, y se enderezó de tal modo que la tripa le tensó la camisa como si estuviese preñado.

Suzanne le sonrió pero me hizo seguir caminando.

—Si rondas demasiado por ahí, te saltan encima —me dijo, pese a que andaba con los hombros atrás para resaltar los pechos.

Cuando eché un vistazo por encima del hombro, el hombre me enseñó la lengua, rápido como una serpiente.

—Pero Russell ayuda a todo tipo de gente —continuó Suzanne—. Y además la pasma no se mete con los moteros, ¿sabes? Eso es importante.

—¿Por qué?

—Porque no —respondió, como si fuera obvio—. Los polis odian a Russell. Odian a cualquiera que intente liberar a la gente del sistema. Pero si están por aquí esos tíos, ni se acercan. —Negó con la cabeza—. Los polis también están atrapados, eso es lo jodido. Con esos putos zapatos negros y lustrosos.

Me reafirmé en mi legítimo acuerdo: yo estaba aliada

con la verdad. Seguí a Suzanne hasta el claro que había al otro lado de la casa, hacia el murmullo de voces a coro en torno a la hoguera. Llevaba el dinero en el bolsillo, en un fajo apretado. Me proponía una y otra vez decirle a Suzanne que lo había traído, y luego perdía el valor, por miedo a que fuera una ofrenda demasiado escasa. Al final la detuve con un toquecito en el hombro antes de que nos reuniésemos con el resto.

–Puedo conseguir más –le dije, aturullada.

Sólo quería que supiese que el dinero existía, e imaginé que sería yo la que se lo daría a Russell. Pero Suzanne corrigió al instante esa idea. Intenté no darle importancia a la rapidez con la que me cogió los billetes de la mano y los contó a ojo. Vi que le sorprendía la cantidad.

–Buena chica.

El sol caía sobre los cobertizos de estaño y descomponía el humo en el aire. Alguien había encendido una varilla de incienso que aún ardía. Los ojos de Russell saltaron de cara en cara, el grupo sentado a sus pies, y yo me ruboricé cuando nuestras miradas se cruzaron: no parecía extrañarle mi regreso. Suzanne me acarició la espalda leve, posesivamente, y cayó un silencio sobre mí, como en el cine o en una iglesia. Mi conciencia de su mano era casi paralizante. Donna jugueteaba con su melena pelirroja. Entrelazaba los mechones en trenzas prietas, como de encaje, y con las uñas arrancaba de un pellizco las puntas abiertas.

Russell parecía más joven cuando cantaba, con la maraña de pelo recogida en una cola, y tocaba la guitarra de un modo gracioso y burlón, como un vaquero de la tele. Su voz no era la más bonita que hubiese escuchado nunca, pero ese día –con el sol dándome en las piernas, los rastrojos de hierba de avena–, ese día su voz pareció deslizarse por todo mi cuerpo, saturar el aire, y me dejó clavada en el sitio. No habría podido moverme aunque quisiera, aun si pudiera imaginar que había otro sitio adonde ir.

En el silencio que siguió a la canción de Russell, Suzanne se puso de pie, con el vestido lleno ya de tierra, y se abrió camino hasta él. La cara de Russell se transformó mientras ella le susurraba, y luego asintió. Le estrechó el hombro. Vi cómo Suzanne le deslizaba mi fajo de billetes, que él guardó en el bolsillo, descansando un momento los dedos allí, como bendiciéndolo.

Arrugó los ojos.

–Tenemos buenas noticias. Nos han llegado recursos, queridos míos. Porque alguien se ha abierto a nosotros, nos ha abierto su corazón.

Me atravesó un resplandor. De repente, mereció la pena. Rebuscar en el bolso de mi madre. La quietud del dormitorio de los padres de Teddy. La facilidad con que la preocupación se había transformado en pertenencia. Suzanne parecía satisfecha cuando corrió a sentarse a mi lado.

–La pequeña Evie nos ha mostrado su gran corazón –dijo Russell–. Nos ha mostrado su amor, ¿no es así?

Y los demás se volvieron a mirarme; una corriente de buena voluntad latió hacia mí.

El resto de la tarde transcurrió bajo una luz letárgica. Los perros flacuchos se refugiaron bajo la casa, arrastrando la lengua. Nos sentamos nosotras solas en los escalones del porche. Suzanne descansó la cabeza en mis rodillas y me contó retazos de un sueño que había tenido. Iba haciendo pausas para darle grandes bocados a una barra de pan.

172

–Estaba convencida de que sabía el lenguaje de signos, pero era obvio que no, que lo único que hacía era menear las manos. Aunque el hombre entendía todo lo que yo decía, como si sí que supiese en el lenguaje de signos. Pero luego, al final, resultaba que sólo estaba fingiendo que era sordo. Así que era todo una farsa: él, yo, todo el rollo.

Su risa fue un añadido, un apéndice repentino; qué feliz me hacía descubrir cualquier cosa de su interior, un significado secreto sólo para mí. No sabría decir cuánto rato estuvimos sentadas allí, las dos descolgadas de los ritmos de la vida corriente. Pero eso era lo que yo quería: que hasta el tiempo pareciera nuevo y distinto, teñido de una importancia especial. Como si ella y yo ocupásemos la misma canción.

Estábamos fundando, decía Russell, un nuevo tipo de sociedad. Sin racismo, sin exclusiones, sin jerarquías. Estábamos al servicio de un amor más profundo. Así lo decía él: un amor más profundo; su voz retumbaba en aquella casa destartalada de las praderas californianas, y jugábamos todos juntos como perros, revolcándonos, mordiendo y jadeando por el impacto del sol. Éramos apenas adultos, la mayoría, y aún teníamos los dientes lechosos y nuevos. Comíamos cualquier cosa que nos pusieran delante. Gachas que se nos quedaban atascadas en la garganta. Pan con kétchup, virutas de carne ahumada de lata. Patatas empapadas en aceite de colza en espray.

«Miss 1969 –me llamaba Suzanne–. Nuestra miss particular.»

Y así era como me trataban, como a un juguete nuevo: hacían turnos para cogerme del brazo, se peleaban por trenzar mi largo pelo. Me hacían bromas sobre el internado que había mencionado, sobre mi abuela famosa, cuyo nombre algunas recordaban. Sobre mis calcetines blancos y limpios. Las otras llevaban con Russell meses, años, incluso. Y ésa fue la primera preocupación que los días fueron disolviendo en mi interior. ¿Dónde estaban sus familias, las familias de chicas como Suzanne? ¿O como Helen, con esa voz de niña? A veces hablaba de una casa en Eugene. De un padre que le aplicaba enemas una vez al mes y frotaba sus pantorrillas con bálsamo mentolado después de los entrenamientos de tenis, entre otras prácticas higiénicas dudosas. Pero ¿dónde estaba? Si alguno de sus hogares les hubiese dado lo que necesitaban, ¿por qué iban a estar allí, día tras día, alargando infinitamente su estancia en el rancho?

Suzanne dormía hasta tarde, se levantaba hacia el mediodía. Lenta y atontada, los movimientos a media velocidad. Como si siempre hubiese más tiempo. A esas alturas, yo dormía en la cama de Suzanne cada pocas noches. Su colchón no era cómodo, y estaba lleno de tierra, pero a mí me daba igual. A veces se estiraba a ciegas en pleno sueño para rodearme con el brazo, y su cuerpo despedía una calidez como de pan recién salido del horno. Me quedaba despierta, dolorosamente atenta a su cercanía. Ella se destapaba al moverse durante la noche, y dejaba sus pechos desnudos al descubierto.

Por las mañanas el cuarto estaba oscuro, como una jungla; el tejado de alquitrán del cobertizo burbujeaba con el calor. Yo ya estaba vestida, pero sabía que pasaría aún otra hora hasta que nos reuniésemos con las demás. Suzanne tardaba siempre un buen rato en arreglarse, aunque la preparación era sobre todo cuestión de tiempo, y no de actividad: un lento enfundarse a sí misma. Me gustaba observarla desde el colchón; la manera dulce y ausente en

174

que inspeccionaba su reflejo, con la mirada perdida de un retrato. Su cuerpo desnudo era humilde en esos momentos, casi infantil, curvado en un ángulo poco halagador mientras revolvía en la bolsa de basura llena de ropa. Para mí resultaba reconfortante, esa humanidad. Ver que tenía los tobillos ásperos por el vello incipiente, o los puntitos de las espinillas.

Suzanne había sido bailarina en San Francisco. Una serpiente de neón intermitente en la puerta del club, una manzana roja que proyectaba un resplandor sobrenatural sobre los transeúntes. Una de las chicas le quemó todos los lunares con un lápiz cáustico.

—Algunas chicas odiaban estar allí arriba —me dijo, cubriendo con un vestido su desnudez—. Bailar..., todo. Pero a mí no me parecía tan mal.

Evaluó el vestido en el espejo y sostuvo sus pechos en las manos a través de la tela.

—Hay gente tan mojigata...

Puso una cara lasciva, soltó una risita para sí y dejó caer los pechos. Me contó, luego, que a veces Russell se la follaba suavemente y a veces no, y que te podía gustar de las dos maneras.

—No tiene nada de retorcido —dijo—. ¿Esa gente tan estirada, la que actúa como si fuera algo malo?: ésos sí que son unos pervertidos. Como algunos tíos que venían a vernos bailar. Enfadadísimos con nosotras. Como si los hubiésemos engañado para que fueran.

Suzanne no hablaba muy a menudo de su pueblo o de su familia, y yo no preguntaba. Tenía una cicatriz brillante y fruncida en la muñeca que le había visto acariciar alguna vez con un orgullo trágico, y un día tuvo un desliz y mencionó una calle húmeda a las afueras de Red Bluff. Pero luego se contuvo. «Esa hija de puta», dijo de su ma-

175

dre, en tono pacífico. Sentí una solidaridad desbordante: esa justicia cansada en su tono... Creía que las dos sabíamos lo que era estar solas, aunque ahora me parece una tontería: pensar que éramos tan parecidas, cuando yo había crecido con amas de llaves y con padres y ella me contó que había vivido alguna temporada en un coche, y que dormía en el asiento del pasajero, reclinado, y su madre en el del conductor... Si yo tenía hambre, comía. Pero teníamos otras cosas en común, nosotras dos, un hambre distinta. A veces deseaba que me tocasen con tal desesperación que el ansia me arañaba. Veía eso mismo en Suzanne, tiesa como un animal que huele comida siempre que se acercaba Russell.

Suzanne fue a San Rafael con Russell a echarle un vistazo a un camión. Yo me quedé: había cosas que hacer, y me lanzaba a esas tareas con un entusiasmo fruto del miedo. No quería darles ninguna excusa para que me hicieran marchar. Poner comida a las llamas, quitar los hierbajos del jardín, fregar y echar lejía a los suelos de la cocina. El trabajo era otra manera de mostrar tu amor, de entregarte.

Llenar el abrevadero de las llamas llevaba mucho tiempo; la presión del agua era con suerte floja, pero era agradable estar al sol. Los mosquitos planeaban en torno a mi piel, y tenía que estar todo el rato sacudiéndome para espantarlos. Pero no molestaban a las llamas, allí plantadas, tan sensuales y con los ojos tan entornados como las estrellas de cine clásico.

Desde allí veía a Guy al otro lado de la casa principal, enredando con el motor del autobús con la curiosidad lúdica de un proyecto para el festival de ciencias. Se tomaba descansos para fumarse un cigarrillo y para hacer la postura del perro, y de rato en rato entraba en la casa a coger otra cerveza del alijo de Russell y se aseguraba de que todo el mundo estuviese ocupado en sus tareas. Él y Suzanne eran como los consejeros mayores, y mantenían a Donna y a los demás a raya con una palabra o una mirada aquí y allá. Actuaban como satélites de Russell, aunque la deferencia de uno y de otra era distinta. Creo que Guy seguía allí porque Russell era un medio para acceder a las cosas que quería: chicas, drogas, un sitio donde dormir. Pero no estaba enamorado de él, no se acobardaba ni respiraba agitadamente en su presencia: Guy era más como un compinche, y sus historias tempestuosas de aventuras y penurias lo tenían siempre a él de protagonista.

Se acercó a la valla, con una cerveza y un cigarrillo en la misma mano, los vaqueros caídos. Sabía que me estaba mirando, y me concentré en la manguera, en la templada recarga de agua del abrevadero.

—El humo los ahuyenta —dijo, y yo me di la vuelta como si acabara de reparar en su presencia—. A los mosquitos —aclaró, tendiéndome el cigarrillo.

—Sí, claro, gracias.

Cogí el cigarrillo por encima de la valla, con cuidado de mantener la manguera apuntando al abrevadero.

—¿Has visto a Suzanne?

Guy ya daba por hecho que yo conocía sus movimientos. Me halagó ser la guarda de su paradero.

—Hay un tío en San Rafael que vende un camión —respondí—. Ha ido a echarle un vistazo con Russell.

—Hum...

Alargó el brazo para recuperar el cigarrillo. Parecía divertirle mi profesionalidad, aunque estoy segura de que también veía la veneración que se apoderaba de mi cara siempre que hablaba de Suzanne. Mi paso medio titubeante cuando corría a su lado. Tal vez le descolocara no ser él el centro de todo aquel deseo: era un chico guapo, acostumbrado a la atención de las chicas. Chicas que metían barriga cuando él bajaba la mano por sus pantalones, chicas que creían que las joyas que llevaba eran la bonita muestra de una hondura emocional por explotar.

–Deben de haber ido al centro de salud –dijo Guy.

Hizo como que se rascaba la entrepierna, agitando el cigarrillo. Estaba intentando que me riera de Suzanne, que me confabulase con él de algún modo. Yo no respondí, más allá de una sombría sonrisa. Se balanceó sobre los talones de sus botas de vaquero. Estudiándome.

–Puedes ir a ayudar a Roos –dijo entre los últimos tragos de cerveza–. Está en la cocina.

Yo ya había terminado mis tareas del día, y trabajar con Roos en la calurosa cocina sería un aburrimiento, pero asentí con aire de mártir.

Roos había estado casada con un policía en Corpus Christi, me había contado Suzanne, lo que tenía bastante sentido. Flotaba siempre en los márgenes con la solicitud distraída de una mujer maltratada, y hasta mi oferta de ayudar con los platos fue recibida con un tibio apocamiento. Restregué la gelatina apestosa de la olla más grande: los trocitos incoloros de comida se quedaban pegados a la esponja. Guy me estaba castigando a su manera mezquina, pero a mí me daba igual. Toda irritación se mitigó con el regreso de Suzanne. Entró como una ráfaga en la cocina, sin aliento.

–El tío le ha dado el camión a Russell –dijo, con la cara encendida, buscando público. Abrió un armario y hurgó dentro–. Ha sido tan perfecto... Porque él quería como doscientos pavos. Y Russell, tan tranquilo, le ha dicho: Tendrías que dárnoslo.

Se echó a reír, todavía con restos de emoción, y se sen-

178

tó en la encimera. La emprendió con una bolsa de cacahuetes de aspecto polvoriento.

–El tío al principio estaba muy enfadado porque Russell se lo pidiera así, gratis.

Roos sólo la escuchaba a medias, afanada en los preparativos de la cena de esa noche, pero yo cerré el grifo y miré a Suzanne con todo mi cuerpo.

–Y Russell le dijo: Vamos a hablar un momento. Déjame que te explique de qué voy. –Suzanne escupió una cáscara dentro de la bolsa–. Tomamos un té con el tío, en una cabaña de madera rara. Una hora o así. Russell le explicó su visión al completo, la expuso entera. Y al tío le interesó mucho lo que estamos haciendo aquí. Le enseñó a Russell sus fotos antiguas del ejército. Y luego le dijo que nos podíamos quedar el camión.

Me sequé las manos en los pantalones cortos; su alborozo me cohibió tanto que tuve que darme la vuelta. Terminé de fregar los platos al son de los cacahuetes que Suzanne abría uno tras otro sentada en la encimera. Fue amasando una pila ingobernable de cáscaras humedecidas, hasta que se terminó la bolsa y salió a buscar a algún otro al que contarle su historia.

Las chicas solían pasar el rato cerca del arroyo porque allí no hacía tanto calor; la brisa soplaba fresca, aunque las moscas eran terribles. Las piedras coronadas de algas, la sombra soñolienta. Russell había vuelto de la ciudad con el camión nuevo, y había traído chocolatinas y cómics cuyas páginas se fueron ajando entre nuestras manos. Helen se comió su chocolatina al momento, y nos miraba a las demás hirviendo de celos. Aunque ella también venía de una familia rica, no nos teníamos confianza. A mí me parecía sosa, salvo cerca de Russell, cuando sus aires consentidos se enfocaban a un objetivo directo. Entonces se pavoneaba bajo su caricia como un gato, y actuaba como si fuese más joven, incluso más que yo, infantilizada de un modo que más adelante me parecería patológico.

–Dios. Deja de mirarme –le espetó Suzanne, escondiendo su chocolatina de Helen–. Tú ya te has comido la tuya.

Su silueta en el banco, a mi lado; los dedos de los pies enroscándose en la tierra. Un respingo cuando algún mosquito pululaba cerca de su oreja.

–Un bocadito sólo –protestaba Helen–. La punta.

Roos levantó la vista del amasijo de cambray que tenía en la falda. Estaba remendando una camisa de trabajo para Guy, dando unas puntadas diminutas con ausente precisión.

–Puedes coger de la mía –le dijo Donna–, si te callas.

Se acercó a Helen con una chocolatina de escarpados cacahuetes.

Helen dio un bocado y luego se rió, con los dientes manchados de chocolate.

–Chocolate yoga –dijo.

Cualquier cosa podía ser yoga: fregar los platos, cuidar de las llamas, hacerle la comida a Russell. Se suponía que tenías que rebosar de felicidad haciendo eso, adaptarte a todo lo que los ritmos pudieran enseñarte.

Derribar el yo, ofrecerte como polvo al universo.

En todos los libros lo pintan como si los hombres obligaran a las chicas a hacerlo. No era verdad, no siempre. Suzanne blandía la Polaroid como un arma. Incitaba a los hombres a bajarse los pantalones. A exponer sus penes, frágiles y desnudos en oscuros nidos de pelo. Los hombres sonríen con timidez en las fotos, palidecidos por el flash culpable, todo pelo y ojos humedecidos y animales. «No hay carrete puesto», les decía, pese a que había robado una caja de la tienda. Los chicos fingían creerla. Y así con muchas otras cosas.

Yo iba a la zaga de Suzanne, de todas ellas. Suzanne me dejaba dibujarle soles y lunas en la espalda con aceite bronceador mientras Russell tocaba distraído un riff a la guitarra, unas tímidas escalas. Helen suspiraba como la niña enferma de amor que era, Roos se nos unía con una sonrisa ida, y un adolescente al que yo no conocía nos miraba a todas con un asombro lleno de gratitud, y nadie tenía que hablar siquiera: el silencio estaba entretejido de demasiadas cosas.

Yo me preparaba interiormente para los avances de Russell, pero no llegaron hasta al cabo de un tiempo. Un gesto críptico para indicarme que lo siguiera.

Había estado limpiando las ventanas con Suzanne en la casa principal; el suelo repleto de restos arrugados de papel con vinagre, el transistor en marcha: hasta las tareas domésticas adquirían el encanto de hacer novillos. Suzanne cantaba a coro, y me hablaba con una diversión feliz e intermitente. Parecía distinta, esas veces que trabajábamos juntas, como si se olvidara de sí misma y se permitiera ser la chica que era. Resultaba extraño recordar que sólo tenía diecinueve años. Cuando Russell me llamó, la miré instintivamente. Para que me diera su permiso o su perdón, uno u otro. La relajación se había evaporado de su cara, reducida a una máscara crispada. Frotaba la ventana combada con una nueva concentración. Me dijo adiós con indiferencia, como si no le importase que me fuera, aunque noté su mirada atenta en la espalda.

Cada vez que Russell me hacía un gesto así, se me contraía el corazón, a pesar de la extrañeza. Esperaba an-

181

siosa nuestros encuentros, ansiosa por consolidar mi lugar entre ellos, como si hacer lo que hacía Suzanne fuese una manera de estar con ella. Russell nunca se me folló: hacía siempre otras cosas; sus dedos se movían dentro de mí con un desapego técnico que yo atribuía a su pureza. Sus metas eran elevadas, me decía a mí misma, no mancilladas por intereses primitivos.

–Mírate –decía siempre que notaba vergüenza o dudas, y me señalaba el espejo empañado del remolque–. Mira tu cuerpo. No es el cuerpo de ningún extraño –decía con voz serena. Y cuando yo me retiraba ruborizada, desbarrando con alguna excusa, me cogía por los hombros y me colocaba de nuevo de cara al espejo–. Eres tú. Evie. No hay nada más que belleza en ti.

Las palabras surtían efecto, aunque sólo fuese pasajero. Un trance se apoderaba de mí al ver mi reflejo: los pechos chupados, incluso la tripa blanda y las piernas rugosas por las picaduras de mosquito. No había nada que descifrar, ningún acertijo complicado: tan sólo el hecho obvio del momento, el único lugar donde el amor existía realmente.

Al terminar me pasaba una toalla para que me limpiara, y eso me parecía un detalle enorme.

Cuando volvía donde Suzanne, había siempre un breve periodo en el que se mostraba fría conmigo. Hasta sus movimientos eran rígidos, como en tensión, y en sus ojos, el estupor de alguien dormido al volante. Aprendí pronto a hacerle cumplidos, a quedarme a su lado hasta que se olvidaba de mostrarse distante y se dignaba pasarme el cigarrillo. Más tarde pensé que Suzanne me echaba de menos cuando la dejaba, que su formalidad era un torpe disfraz. Aunque es difícil saberlo: puede que sólo sea una explicación ilusa.

182

El resto del rancho aparecía y desaparecía. El perro negro de Guy, al que llamaban por una serie rotativa de nombres. Los trotamundos que pasaban por allí, y que se quedaban un día o dos antes de seguir. Habitantes del sueño descerebrado, que se presentaban a todas horas del día con mochilas tejidas y los coches de sus padres. No veía nada que me resultara familiar en la rapidez con que Russell los convencía de que se desprendieran de sus posesiones, el modo en que los ponía en un compromiso y convertía su generosidad en un teatro forzado. Le entregaban los papeles del coche, libretas de ahorros, una vez hasta una alianza de oro, con el alivio aturdido y exhausto de alguien a punto de ahogarse que se rinde por fin a la succión de la marea. A mí me entretenían sus historias tristes, relatos conmovedores y banales a un tiempo. Quejas sobre padres malvados y madres crueles, historias tan similares que nos hacían sentir a todos víctimas de la misma conspiración.

Fue uno de los pocos días de lluvia aquel verano, y la mayoría estábamos dentro; el viejo salón olía a gris y a humedad como el aire de fuera. Las mantas cubrían el suelo como una red. Se oía el partido de béisbol desde la radio de la cocina, y la lluvia cayendo en un cubo de plástico colocado bajo una gotera. Roos le estaba haciendo un masaje a Suzanne, los dedos resbalosos de aceite, mientras yo leía una revista de años atrás. Mi horóscopo de marzo de 1967. Flotaba entre nosotras un fastidio irritado; no estábamos acostumbradas a limitaciones, a estar atrapadas en un sitio.

Los niños llevaban mejor lo de estar dentro. Cruzaban sólo de pasada por nuestra vista, dando vueltas en sus misiones secretas. Se oyó el golpe de una silla al caer en el otro cuarto, pero nadie se levantó a investigar. Aparte de Nico, no sabía de quién eran la mayor parte de los niños: todos con las muñecas delgadas, como desmejorados, con la boca manchada de leche en polvo. Yo había cuidado de Nico por Roos unas cuantas veces, lo había tenido en brazos y sentido su peso sudoroso y agradable. Lo peinaba con los dedos, le desenredaba el collar de dientes de tiburón: todas esas tareas maternales afectadas, tareas que me gustaban más a mí que a él y me permitían imaginar que sólo yo tenía el poder de calmarlo. Nico no era muy cooperador en esos momentos de ternura, y rompía el hechizo bruscamente, como si percibiera mis buenos sentimientos y le molestasen. Se daba tirones del pene diminuto delante de mí. Pedía zumo con un falsete chirriante. Una vez me pegó tan fuerte que me salió un moratón. Lo veía ponerse en cuclillas y cagar en el cemento que rodeaba el estanque, cagadas que a veces limpiábamos con la manguera y a veces no.

Helen vagó escaleras abajo con una camiseta de Snoopy y unos calcetines demasiado grandes, los talones rojos arrugados en torno a los tobillos.

–¿Alguien quiere jugar al mentiroso?

–Nah –anunció Suzanne. En nombre de todas, se daba por hecho.

Helen se desplomó en un sillón con la tapicería pelada y despojado de cojines. Miró al techo.

–Todavía cae –dijo. Todos la ignoraron–. ¿Alguien puede liar un porro? Por favor.

Como nadie respondió, se sentó en el suelo con Roos y Suzanne.

–Porfa, porfa, porfa –pidió, acurrucando la cabeza en su hombro, dejándose caer en su falda como un perro.

–Ah, venga –accedió Suzanne.

184

Helen se levantó de un salto a por la caja de imitación de marfil en la que guardaban los suministros, mientras Suzanne me miraba con los ojos en blanco. Le sonreí. No estaba tan mal, pensé, quedarse dentro. Todas apiñadas en el mismo cuarto como supervivientes de la Cruz Roja, con agua al fuego para el té y Roos trabajando junto a la ventana, por donde entraba una luz de alabastro a través de la raída cortina de encaje.

La calma quedó interrumpida por el quejido repentino de Nico, que entró en estampida en el cuarto persiguiendo a una niñita con el pelo a lo tazón: llevaba el collar de dientes de tiburón de Nico, y los dos empezaron a pelearse por él a gritos y manotadas. Lágrimas, zarpazos.

–Eh –dijo Suzanne sin levantar la vista, y los niños pararon, aunque siguieron mirándose con furia el uno al otro. Jadeantes, como borrachos. Todo parecía en orden, rápidamente solucionado, hasta que Nico arañó a la niña y le desgarró la cara con sus largas uñas. Los gritos se multiplicaron. La niña se daba palmadas en la mejilla con ambas manos, llorando de tal modo que se le veían los dientes de bebé. Con una nota alta y sostenida de sufrimiento.

Roos se levantó con esfuerzo.

–Cariño –dijo, tendiendo los brazos–, cariño, tienes que portarte bien. –Dio unos pasos hacia Nico, que empezó también a gritar y cayó de culo sobre el pañal–. Levanta, venga, cariño –le dijo Roos, mientras trataba de cogerlo por los hombros, pero él había dejado el peso muerto y no había manera de moverlo.

La otra niña se puso seria al ver las payasadas de Nico, que se zafó de su madre y empezó a golpearse la cabeza contra el suelo.

–Cariño, no, no, no –le decía Roos, la cantinela cada

vez más alta, pero él no paró, y los ojos se le pusieron oscuros y brillantes como cuentas.

–Dios –dijo Helen riendo, una risa extraña que persistió.

Yo no sabía qué hacer. Recordé el pánico impotente que había sentido alguna vez haciendo de niñera, la constatación de que ese niño no era mío y estaba fuera de mi alcance; pero incluso Roos parecía paralizada por esa misma preocupación. Como si estuviese esperando a que la verdadera madre de Nico llegara a casa y lo arreglara todo. Nico estaba empezando a ponerse rojo por el esfuerzo, su cráneo no dejaba de golpear el suelo. Siguió gritando hasta que oyó unos pasos en el porche: era Russell, y vi que las caras de todas se condensaban con vida renovada.

–¿Qué pasa aquí? –preguntó.

Llevaba una de las camisas heredadas de Mitch, con unas enormes rosas rojo sangre bordadas por todo el canesú. Iba descalzo, mojado de arriba abajo por la lluvia.

–Pregúntale a Roos –gorjeó Helen–. Es su hijo.

Roos murmuró algo, las palabras desbocándose hacia el final, pero Russell no le respondió en ese tono. Su voz era tranquila, parecía dibujar un círculo en torno al niño lloriqueante, a la madre apabullada.

–Cálmate –entonó Russell.

No iba a tolerar los nervios de nadie, su mirada desvió la agitación del cuarto. Hasta Nico parecía cauteloso en presencia de Russell, y su berrinche tomó un tinte hueco, como si fuera un suplente de sí mismo.

–Hombrecito –le dijo Russell–, ven aquí a hablar conmigo.

Nico le lanzó una mirada furibunda a su madre, pero sus ojos se vieron atraídos, sin remedio, hacia Russell. El niño empujó el grueso labio inferior hacia fuera, calculando. Russell no se agachó ansioso y con los dientes ensalivados como hacían con los niños algunos adultos, sino que se quedó de pie junto a la puerta. Nico se fue instalando en un gimoteo, casi en silencio. Echó otra mirada de su madre a Russell antes de ir corriendo hacia éste y dejar que lo cogiera en brazos.

—Aquí está el hombrecito —dijo Russell, con los brazos de Nico aferrados a su cuello, y recuerdo lo extraño que fue ver cómo le cambiaba la cara mientras hablaba con el niño. Los rasgos mutables, traviesos y grotescos, como los de un bufón, pese a la calma de su voz. Él era capaz de hacer eso. Transformarse para encajar con otra persona, como el agua, que adopta la forma de cualquier recipiente en el que la viertan. Él podía ser todas esas cosas a la vez. El hombre que retorcía los dedos dentro de mí. El hombre que lo conseguía todo gratis. El hombre que a veces se follaba a Suzanne a lo bruto y a veces suavemente. El hombre que le hablaba en susurros a ese niñito, su voz acariciándole el oído.

No oí lo que le dijo Russell, pero Nico se tragó las lágrimas. Tenía la cara alegre y mojada: parecía feliz tan sólo de estar en brazos de alguien.

Caroline, una prima de Helen de once años, se escapó de casa y se quedó un tiempo en el rancho. Había estado viviendo en el Haight, pero hubo una operación policial: llegó haciendo autoestop, con una cartera de cuero de vaca y un abrigo zarrapastroso de piel de zorro que acariciaba con un afecto asustadizo, como si no quisiera que nadie notase cuánto cariño le tenía.

El rancho no quedaba lejos de San Francisco, pero no pasábamos por allí muy a menudo. Yo sólo había ido una vez con Suzanne a recoger una libra de hierba a una casa que llamaba, en broma, la embajada rusa. Unos amigos de

Guy, creo, la antigua guarida satanista. La puerta de la calle estaba pintada de un negro oscuro como el alquitrán: Suzanne vio mi confusión y me cogió del brazo.

–Siniestro, ¿eh? A mí también me lo pareció, al principio.

Cuando me atrajo hacia ella, noté el choque de sus caderas. Esos momentos de amabilidad nunca dejaban de deslumbrarme.

Luego fuimos caminando hasta la Hippie Hill. Estaba plomiza, y lloviznosa, vacía, salvo por los traspiés de zombi de los yonquis. Me esforcé por extraer alguna vibración del aire, pero no había nada. Me sentí aliviada cuando Suzanne se echó a reír y detuvo cualquier labor de búsqueda de significado.

–Dios –dijo–, este sitio es un vertedero.

Acabamos volviendo al parque, mientras la niebla goteaba audiblemente de las hojas de los eucaliptos.

Yo pasaba casi todos los días en el rancho, salvo por alguna breve parada en casa para cambiarme de ropa o dejarle notas a mi madre en la mesa de la cocina. Notas que firmaba como «Tu hija que te quiere» para satisfacer el afecto exagerado al que mi ausencia dejaba espacio.

Sabía que mi aspecto estaba empezando a cambiar; las semanas en el rancho me cubrieron de arriba abajo con una capa mugrienta. El pelo se me había aclarado por el sol, y lo tenía áspero en las puntas; un toque de humo que persistía incluso después de lavármelo con champú. Gran parte de mi ropa había pasado a ser posesión del rancho y había mutado en prendas que a menudo no reconocía como mías: Helen haciendo el tonto por allí con mi camisa de pechera, antes preciosa, ahora rota y manchada de zumo de melocotón. Yo me vestía como Suzanne, con combinaciones atrevidas que escogía de entre las pilas comunales, ropa tan raída que proclamaba hostilidad hacia el resto del mundo. Una vez fui al mercado con Suzanne. Ella llevaba la parte de arriba de un bikini y unos vaqueros cortados, y vimos cómo el resto de compradores nos lanzaban miradas de odio y se sulfuraban, cómo pasaban de espiarnos de reojo a clavarnos los ojos descaradamente. Nosotras nos reíamos por la nariz, una risa loca e incontenible, como si guardásemos algún secreto descabellado, y así era. La mujer que parecía a punto de llorar con una repugnancia perpleja, buscando el brazo de su hija: no sabía que su odio nos hacía más poderosas.

Me preparaba para los posibles avistamientos de mi madre con piadosas abluciones: me duchaba y me quedaba bajo el agua caliente hasta que me salían manchas rojas en la piel, con el pelo resbaladizo de acondicionador. Me ponía una camiseta lisa y pantalones cortos de algodón, algo que podría haber llevado cuando era más pequeña, en un intento de parecer lo bastante limpia y asexual para reconfortar a mi madre. Aunque puede que no hiciese falta aplicarse tanto: no me prestaba tanta atención como para que mereciera la pena el esfuerzo. Las pocas veces que cenábamos juntas, asunto por lo general silencioso, se quejaba de su comida como una niña quisquillosa. Inventaba motivos para hablar de Frank, vacuos partes meteorológicos de su propia vida. Podría estar sentada con cualquiera. Una noche no me molesté en cambiarme; me presenté en la mesa con una blusa de gasa y escote halter que me dejaba la tripa al aire. No dijo nada; estuvo surcando el arroz con la cuchara distraídamente hasta que de repente pareció recordar mi presencia. Me clavó una mirada de soslayo.

–Te estás quedando muy delgada –dijo, y me agarró la muñeca y la dejó caer con envidiosa medición. Yo me encogí de hombros y no volvió a sacar el tema.

Cuando por fin lo conocí en persona, Mitch Lewis estaba más gordo de lo que esperaba en un famoso. Hinchado, como si tuviera mantequilla debajo de la piel. Unas enormes patillas le cubrían la cara, y tenía el pelo dorado, con un corte escalonado. Trajo una caja de cerveza de raíz para las chicas y seis bolsas de naranjas. Brownies ya pasados, con crema de nuez y coco, en moldes rizados individuales, como cofias de peregrina. Caramelos de turrón en latas de un rosa vivo. Los restos de cestas de obsequio, di por hecho. Un cartón de cigarrillos.

–Sabe que me gustan éstos –dijo Suzanne, abrazando el cartón–. Se ha acordado.

Todas hablaban de Mitch con esa posesividad, como si fuera más una idea que una persona real. Se habían acicalado y preparado para su visita con un entusiasmo infantil.

–Se ve el mar desde el jacuzzi –me contó Suzanne–. Mitch enciende unas luces y el agua se pone toda brillante.

–Tiene la polla enorme –añadió Donna–. Y como lila.

Donna se estaba lavando las axilas en el lavabo, y Suzanne puso los ojos en blanco.

–El baño de la puta –murmuró, pero ella se había puesto un vestido. Hasta el propio Russell se había peinado el pelo hacia atrás con agua, lo que le daba un aire urbano y elegante.

Russell me presentó a Mitch:

–Nuestra pequeña actriz –dijo, con la mano en mi espalda.

Mitch me estudió con una sonrisa engreída e interrogante. Les era tan fácil, a los hombres, esa asignación inmediata de valor. Y daba la impresión de que querían que tú convinieras en el juicio.

–Soy Mitch –dijo.

190

Como si yo no lo supiera. Tenía la piel limpia y sin poros, a la manera de los ricos que comían de más.

–Dale un abrazo a Mitch –dijo Russell, con un suave codazo–. Mitch quiere un abrazo, como todos nosotros. Le iría bien un poco de amor.

Mitch parecía expectante, como si estuviese abriendo un regalo que ya hubiese agitado e identificado. Lo habitual habría sido que me consumiera la timidez. Consciente de mi cuerpo, de cualquier error que pudiera cometer. Pero ya me sentía distinta. Era una de ellos, y eso significaba que podía devolverle la sonrisa a Mitch y dar un paso adelante para que se aplastara contra mí.

La larga tarde que siguió: Mitch y Russell se turnaron a la guitarra. Helen se sentó en la falda de Mitch con la parte de arriba del bikini. No dejaba de reír con una risita tonta, y de esconder la cabeza en su cuello. Mitch era mucho mejor músico que Russell, pero intenté no pensar en ello. Me coloqué con una concentración nueva y furiosa; abandoné el nerviosismo y entré en un estado de embotamiento. Sonreía de manera casi involuntaria, por lo que empezaron a dolerme las mejillas. Suzanne estaba sentada en la tierra a mi lado, con las piernas cruzadas, acariciándome con los dedos. Nuestras caras cóncavas y atentas como tulipanes.

Fue uno de esos días nebulosos que ofrecíamos al sueño compartido; detestábamos con violencia la vida real, pero todo consistía en conectar, en coger la onda, nos decíamos. Mitch sacó algo de ácido, se lo había pasado un técnico de laboratorio de Stanford. Donna lo mezcló con zumo de naranja en vasos de papel y nos lo tomamos para desayunar, así que los árboles parecían vibrar de energía; las sombras, moradas y húmedas. Me resultaría curioso pensar, más adelante, en la facilidad con la que caía en las cosas. Si había drogas cerca, me las tomaba. Había que vivir ahora; en aquella época todo pasaba en el momento. Podíamos estar horas hablando de *el momento*. Darle vueltas en las conversaciones: la forma en que se desplazaba la luz, por qué alguien estaba callado, desmontar todas las capas de lo que había querido decir una mirada en realidad. Daba la impresión de ser algo importante, ese deseo nuestro de definir la forma de cada segundo a medida que pasaba, de sacar a la luz todo lo oculto y molerlo a palos.

Suzanne y yo estábamos trabajando en esas pulseras infantiloides que nos habíamos estado intercambiando las chicas y que acumulábamos en los brazos una encima de otra como colegialas. Practicando el punto en v. El macramé. Yo estaba haciendo una para Suzanne, gruesa y ancha, con una flecha rojo amapola sobre un fondo de hilo melocotón. Me gustaba la tranquila acumulación de los nudos, el modo en que los colores vibraban felizmente entre mis dedos. Me levanté una vez a por un vaso de agua para Suzanne, y hubo una amabilidad doméstica en el acto. Quería responder a una necesidad, llevar agua a su boca. Suzanne miró hacia arriba sonriéndome mientras bebía, tragando tan rápido que vi cómo le palpitaba la garganta.

La prima de Helen, Caroline, andaba por allí ese día. Parecía más avispada que yo a los once. Sus pulseras se agitaban con el roce del metal barato. Llevaba una camiseta de rizo amarillo pálido, del color de un granizado de limón, que le dejaba la menuda tripa al aire, aunque tenía las rodillas peladas y grisáceas de un niño.

—Qué fuerte —dijo cuando Guy le puso un vaso de zumo en los labios, y, como un muñeco de cuerda, no dejó de repetirlo cuando el ácido le empezó a subir.

Yo también había comenzado a detectar los primeros síntomas en mí; tenía la boca llena de saliva. Me acordé de los arroyos desbordados que había visto de pequeña, el frío mortal del agua de lluvia corriendo por encima de las rocas.

Oí a Guy soltar tonterías en el porche. Una de sus historias sin sentido; la droga hacía resonar su bravuconería. Llevaba el pelo recogido en un moño oscuro en la base del cráneo.

—El tío estaba aporreando la puerta —decía—, gritando que había ido a buscar lo que era suyo. Y yo en plan, ah, joder, ya ves tú qué cosa, yo soy Elvis Presley.

Roos iba asintiendo. Con los ojos entornados hacia el sol mientras en la casa sonaba Country Joe. Unas nubes cruzaron flotando el cielo, con contornos de neón.

—Mira a Annie la huerfanita —dijo Suzanne, echando a Caroline una mirada con los ojos en blanco.

Al principio Caroline la había exagerado, esa afectación tambaleante y aturdida, pero pronto la droga le subió de verdad y se la veía un poco asustada, con la mirada desquiciada. Estaba tan delgada que podía verle el pulso glandular en la garganta. Suzanne también la estaba observando; esperé a que dijese algo, pero no lo hizo. Helen, la supuesta prima de Caroline, tampoco dijo nada. Estaba insolada, catatónica, estirada en un trozo de alfombra vieja con una mano sobre los ojos. Riendo sola. Al final me acerqué a Caroline, toqué su hombro diminuto.

—¿Cómo va?

No me miró hasta que dije su nombre. Le pregunté de dónde era; frunció el ceño con fuerza. Había sido un error, desde luego que lo había sido, sacar a colación toda esa mierda del exterior, los recuerdos asquerosos que debían de estar multiplicándose en ese mismo momento. No sabía cómo hacerla volver del atolladero.

–¿La quieres? –le dije, sosteniendo la pulsera. Le echó un vistazo–. Sólo tienes que terminarla, pero es para ti.

Caroline sonrió.

–Te va a quedar muy bien –continué–. Hará juego con la camiseta.

La electricidad de sus ojos se calmó. Apartó la tela de la camiseta de su cuerpo para examinarla, relajándose.

–Lo hice yo –dijo, acariciando un signo de la paz que llevaba bordado, y me di cuenta de las horas que le habría dedicado, puede que tomando prestado el costurero de su madre.

Parecía fácil: ser amable con ella, atarle la pulsera terminada en torno a la muñeca, quemar el nudo con una cerilla para que tuviese que cortarlo si quería quitársela. No reparé en que Suzanne nos miraba, con su pulsera olvidada en la falda.

–Preciosa –dije, levantando la muñeca de Caroline–. Nada más que belleza.

Como si yo fuera una ocupante de ese mundo, alguien que podía mostrarles el camino a otros. Cuánta grandiosidad había mezclada en mis sentimientos generosos; estaba empezando a llenar mis espacios en blanco con las certezas del rancho. El genial derroche de palabras de Russell: se acabó el ego, apaga tu mente. Pilla el viento cósmico. Nuestras creencias, tan blandas y digeribles como las caracolas y los pastelitos que mangamos en una panadería de Sausalito, las caras embadurnadas del ligero almidón.

En los días posteriores, Caroline me siguió como un perro callejero. Rondando la puerta de la habitación de Suzanne, me preguntó si quería uno de los cigarrillos que les había sableado a los moteros. Suzanne se levantó y le sujetó los codos a la espalda, con fuerza.

–¿Te los han dado sin más? –le preguntó con aire malicioso–. ¿Gratis?

Caroline me miró.

–¿Los cigarrillos?

Suzanne se echó a reír y no dijo nada más. A mí me confundían, esos momentos, pero los interpretaba como una prueba más: Suzanne era quisquillosa con otra gente porque no la comprendían como yo.

No me lo decía en voz alta a mí misma, ni siquiera pensaba demasiado en ello. Adónde iban las cosas con Suzanne. La incomodidad que me caía encima cuando desaparecía con Russell. Que no sabía qué hacer sin ella: iba buscando a Donna o a Roos como una niña perdida. La vez que volvió oliendo a sudor seco y se pasó un trapo bruscamente por entre las piernas, como si no le importara que yo estuviese mirando.

Me levanté cuando vi el nerviosismo con el que Caroline acariciaba la pulsera que le había dado.

–Cogeré un cigarrillo –dije, con una sonrisa.

Suzanne se me cogió del brazo.

–Pero ahora vamos a dar de comer a las llamas –dijo–. No querrás que se mueran de hambre, ¿no?, que se queden chupadas.

Yo dudé, y Suzanne alargó la mano para juguetear con mi pelo. Siempre estaba haciendo cosas así: quitarme abrojos de la camisa, meterme la uña entre los dientes para sacar un resto de comida. Romper los límites para hacerme saber que no existían.

El deseo de Caroline de que la invitáramos era tan flagrante que casi me dio vergüenza. Pero no me impidió seguir a Suzanne afuera, haciéndole a Caroline un gesto de disculpa con los hombros. Noté cómo nos seguía con la mirada. Las atenciones veladas de una niña, la comprensión sin palabras. Me di cuenta de que esa decepción era ya para ella algo familiar.

Estaba examinando el contenido del frigorífico de mi madre. Los tarros de cristal moteados de la argamasa de las salpicaduras secas. Los vapores de verduras crucíferas enturbiándose en bolsas de plástico. Nada que comer, como de costumbre. Detalles como ése me recordaban por qué estaba mejor en otra parte. Cuando oí a mi madre arrastrando los pies en la puerta de entrada, la algarabía de sus joyas pesadas, intenté escabullirme sin cruzarme con ella.

—Evie —me llamó, entrando en la cocina—. Espera un momento.

Yo estaba sin aliento por el trayecto en bicicleta desde el rancho, y en la última fase del colocón. Me esforcé en parpadear un número normal de veces, en mostrar una cara inexpresiva que no revelara nada.

—Te estás poniendo muy morena —dijo, cogiéndome el brazo, y yo me encogí de hombros.

Me frotó el vello del brazo arriba y abajo, distraída, y luego se detuvo. Hubo un momento incómodo entre las dos. Caí en la cuenta: finalmente había reparado en el goteo de dinero que había ido desapareciendo. La perspectiva de su enojo no me asustaba. Había sido una acción tan absurda que adquiría la seguridad de lo irreal. Casi empezaba a creer que en realidad yo nunca había vivido allí, tan intensa era la disociación cuando me deslizaba por la casa haciendo recados para Suzanne. Cuando excavaba en el cajón de la ropa interior de mi madre y rebuscaba entre sedas color de té y encajes llenos de bolitas hasta dar con un fajo de billetes atados con un lazo del pelo.

Mi madre frunció el ceño.

—Oye, Sal te ha visto en Adobe Road esta mañana. Sola.

Traté de dejar la cara en blanco, pero sentí alivio: no era más que uno de los comentarios bovinos de Sal. Yo le había ido diciendo a mi madre que estaba con Connie. Y aún volvía a casa algunas noches, para mantener el equilibrio.

—Sal dice que anda una gente muy rara por allí. Una especie de místico o algo, pero da la impresión de que... —Hizo una mueca.

Desde luego: Russell le encantaría si viviera en una mansión en Marin, con gardenias flotando en el estanque, y les cobrase cincuenta dólares a las señoras ricas por hacerles un análisis astrológico. Mi madre me pareció de lo más transparente en ese momento, en guardia continua frente a cualquier cosa inferior, aun cuando le abriese la puerta al primero que le sonriera. A Frank, con sus camisas de botones brillantes.

—No lo conozco —dije, con voz impasible, para que mi madre supiese que no era verdad.

La mentira se quedó flotando allí, y observé a mi madre en espera de su respuesta.

—Sólo quería advertirte —dijo—. Para que sepas que ese tipo anda por allí. Espero que Connie y tú cuidéis la una de la otra, ¿entendido?

Saltaba a la vista hasta qué punto quería evitar una discusión, cómo se esforzaba por quedarse en terreno neutral. Me había alertado, así que ya había hecho lo que se esperaba de ella. Eso significaba que seguía siendo mi madre. Que lo pensara: asentí y se relajó. Se estaba dejando crecer el pelo. Llevaba una camiseta nueva, con tirantes de punto, y en la piel de los hombros, flácida, se le veía la marca del bañador. No tenía ni idea de cuándo ni dónde había estado dándose un baño mi madre. Qué rápido nos habíamos convertido en extrañas la una para la otra, como compañeras de cuarto que se encontraran nerviosas por el pasillo.

—Bueno —dijo.

Vi por un momento a mi madre de antes, una capa de amor cansado en la cara, pero desapareció con el sonido metálico de sus pulseras al resbalar por el brazo.

—Hay arroz y miso en la nevera —dijo, y yo hice un ruido con la garganta como si tal vez me lo fuera a comer, aunque ambas sabíamos que no.

8

En las fotos que hizo la policía la casa de Mitch parecía agobiante y tétrica, como si estuviese predestinada. Las vigas gruesas y astilladas del techo, la chimenea de piedra, sus muchos niveles y pasillos, como en una de esas litografías de Escher que Mitch sacaba de una galería de Sausalito. La primera vez que me enfrenté a la casa, recuerdo que la encontré austera y vacía como una iglesia costera. Había pocos muebles, y ventanales rematados en punta. Suelos de madera en espiga, escalones anchos y llanos. Desde la puerta principal, se veía ya el plano negro de bahía que se extendía más allá de la casa, la orilla oscura y rocosa. Las casas flotantes chocando apaciblemente unas contra otras, como cubitos de hielo.

Mitch nos sirvió unas copas mientras Suzanne abría la nevera. Tarareó una cancioncilla al tiempo que escudriñaba las baldas. Haciendo comentarios de aprobación o desaprobación, retirando el papel de aluminio de un cuenco para oler algo. A mí, en momentos así, me asombraba el descaro con el que se movía por el mundo, por la casa de otra persona, y contemplé nuestros reflejos en las ventanas oscuras, el pelo suelto por los hombros. Ahí estaba yo, en la cocina de aquel famoso. De un hombre cuya música había escuchado en la radio. La bahía al otro lado de la puerta, reluciente como charol. Y qué feliz me hacía estar allí con Suzanne, que parecía hacer realidad esas cosas.

Mitch había tenido una cita con Russell aquella tarde. Recuerdo que pensé que era raro que Mitch se retrasara. Ya habían dado las dos y seguíamos esperándolo. Yo estaba callada, como todos los demás, el silencio entre nosotros se expandía. Me picó un tábano en el tobillo. No quise espantarlo, consciente de la presencia de Russell a unos palmos de distancia, sentado con los pies sobre la silla y los ojos cerrados. Lo oía canturrear por lo bajo. Russell había decidido que lo mejor sería que Mitch lo encontrara sentado allí, rodeado de sus chicas, con Guy al lado: el trovador y su público. Estaba listo para actuar, tenía la guitarra sobre las rodillas. Los pies descalzos meneándose sin cesar.

Noté algo en la manera en que Russell acariciaba la guitarra, presionando silenciosamente las cuerdas: estaba nervioso de un modo que yo aún no sabía descifrar. No volvió la vista cuando Helen empezó a cuchichearle a Donna, apenas un suave susurro. Lo más seguro es que fuera algo sobre Mitch, o alguna tontería que Guy habría dicho, pero al ver que Helen seguía hablando, Russell se puso de pie. Se tomó un momento para apoyar la guitarra contra la silla, parándose a comprobar que quedara estable, y luego caminó con paso ágil hasta Helen y le estampó una bofetada.

Ella soltó un gritito involuntario, un extraño borboteo de sonido. Su dolor atónito se vertió de inmediato en disculpa, y parpadeó con rapidez para que las lágrimas no resbalasen.

Era la primera vez que veía a Russell actuar de ese modo, el latigazo de la furia dirigido hacia una de nosotras. No podía ser que le hubiese pegado: era imposible, con ese sol ridículamente deslumbrante, a esa hora de la tarde. La idea era demasiado absurda. Eché un vistazo alrededor buscando algo que me confirmase aquella brecha espantosa, pero todo el mundo miraba intencionadamente a otro lado, o había dispuesto la cara en una máscara de desaprobación, como la propia Helen. Guy se rascó detrás de la oreja con un suspiro. Hasta Suzanne parecía aburrirse con lo que había pasado, como si no fuera distinto de un apretón de manos. Ese gusto a vinagre en la garganta, mi conmoción súbita y desconsolada, parecían fuera de lugar.

Y al momento Russell le estaba acariciando el pelo a Helen, rehaciéndole las coletas torcidas. Susurrándole algo al oído que la hizo sonreír y asentir, como una muñequita con los ojos llorosos.

Cuando Mitch se presentó por fin en el rancho, una hora tarde, traía provisiones indispensables: toda una bandeja de latas de alubias, higos secos y crema de chocolate. Unas peras packham duras como una piedra y envueltas individualmente en papel de seda rosa. Dejó que los niños treparan por sus piernas, a pesar de que solía quitárselos de encima.

–Eh, Russell –lo saludó Mitch, con un reguero de sudor en la cara.

–Cuánto tiempo sin verte, hermano –dijo Russell, con la sonrisa fija, aunque no se levantó de la silla–. ¿Cómo va el Gran Sueño Americano?

–Todo bien, tío. Perdona que llegue tarde.

–No he sabido nada de ti últimamente. Me parte el alma, Mitch.

–He estado ocupado –se excusó Mitch–. Están pasando muchas cosas.

–Siempre están pasando muchas cosas –respondió Russell. Echó un vistazo alrededor, a nosotras, y cruzó una larga mirada con Guy–. ¿No te parece? Da la impresión de que pasan muchas cosas y de que eso es la vida. Creo que no para hasta que te mueres.

Mitch rió, como si no pasara nada. Repartió los cigarrillos que había traído, la comida, como un Papá Noel sudoroso. Los libros señalarían éste como el día en el que las cosas se torcieron entre Russell y Mitch, pero en aquel momento yo no sabía nada de eso. No capté ningún significado en la tensión entre ellos; la furia de Russell quedaba amortiguada por una fachada tranquila, indulgente. Mitch había ido a darle la mala noticia de que al final no habría contrato de grabación: los cigarrillos, la comida, todo ello pretendía ser un consuelo. Russell se había pasado semanas persiguiéndolo con lo del supuesto contrato. Presionando y presionando, hasta agotarlo. Había mandado a Guy con crípticos mensajes que oscilaban entre lo amenazante y lo benigno. Intentando conseguir lo que creía que merecía.

Fumamos un poco de hierba. Donna preparó unos bocadillos de mantequilla de cacahuete. Yo me senté en el círculo de sombra que proyectaba un roble. Nico corría por allí con otro de los niños, la barbilla cubierta por una corteza de restos del desayuno. Golpeó una bolsa de basura con un palo y los desechos se esparcieron por todas partes: sólo yo me di cuenta. El perro de Guy estaba en el prado, las llamas pateaban el suelo, agitadas. Yo iba mirando de soslayo a Helen, que parecía, si acaso, insistentemente feliz, como si ese intercambio con Russell cumpliera con un patrón reconfortante.

202

La bofetada debería haberme puesto más alerta. Como quería que Russell fuera bueno, lo era. Como quería estar cerca de Suzanne, me creía todo lo que me permitiera estar allí. Me decía a mí misma que había cosas que no comprendía. Recuperaba las palabras que le había oído decir a Russell y les daba la forma de una explicación. A veces tenía que castigarnos para mostrarnos su amor. Él no quería, pero tenía que hacernos seguir avanzando, por el bien del grupo. A él también le dolía.

Nico y el otro niño abandonaron la pila de basura y se pusieron en cuclillas en la hierba con los pesados pañales colgando. Se pusieron a hablar, muy rápido, con unas voces serias y asiáticas, la inflexión sobria y racional, como una conversación entre dos pequeños sabios. Y luego estallaron en una repentina carcajada histérica.

Se había hecho tarde. Nos bebimos el vino asqueroso que vendían a granel en el pueblo; el poso nos manchaba la lengua, un calor nauseabundo. Mitch se había puesto de pie, listo para volver a casa.

–¿Por qué no vais con Mitch? –propuso Russell, apretándome la mano en un código sumergido.

¿Se cruzaron una mirada Mitch y él? Puede que esté imaginando que vi ese cruce de miradas. La logística del día estaba envuelta en confusión, así que sin saber cómo había empezado a anochecer, y Suzanne y yo estábamos llevando a Mitch a su casa, cruzando como un rayo las carreteras secundarias de Marin en su coche.

Mitch iba sentado detrás y Suzanne conducía. Yo estaba sentada delante. Lo miraba de vez en cuando por el retrovisor; parecía sumido en una confusión sin rumbo. Luego volvía en sí de un brinco y se nos quedaba mirando con asombro. Yo no acababa de entender por qué habíamos sido las escogidas para llevar a Mitch a casa. La información me llegaba con cuentagotas, así que lo único que sabía era que debía estar con Suzanne. Todas las ventanillas abiertas al olor de la tierra veraniega y a los destellos secretos de otras entradas, de otras vidas, a lo largo de aquella estrecha carretera a la sombra del monte Tamalpais. Las mangueras de jardín enrolladas, las bonitas magnolias. A veces Suzanne se metía en el carril contrario, y chillábamos con un terror alegre y confundido, aunque mis gritos sonaban un tanto apagados: no creía que pudiera pasar jamás nada malo, no realmente.

Mitch se puso un traje blanco parecido a un pijama, un recuerdo de su estancia de tres semanas en Benarés. Nos tendió un vaso a cada una; detecté el olorcillo medicinal de la ginebra y algo más, también, un toque de amargura. Me lo bebí sin problemas. Iba colocada de una forma casi patológica, y seguí tragando mientras se me taponaba la nariz. Me reí un poco para mis adentros. Qué raro era estar en la casa de Mitch Lewis, entre altares atestados y muebles nuevos.

–Los Airplane estuvieron viviendo aquí unos meses –dijo. Parpadeó pesadamente–. Con un perro de ésos –siguió diciendo mientras miraba a su alrededor–. Ésos blancos y grandes. ¿Cómo se llaman? ¿Terranova? Dejó el césped destrozado.

No parecía importarle que no le hiciésemos caso. Estaba muy pasado, un silencio vidrioso cayó sobre él. De pronto se levantó y puso un disco, con el volumen tan alto que me sobresalté, pero Suzanne se echó a reír y le hizo subirlo todavía más. Era su propia música, lo que me avergonzó. La gruesa barriga apretando contra la camisola, tan suelta como un vestido.

–Sois unas chicas muy divertidas –dijo con voz débil.
Miraba a Suzanne, que se había puesto a bailar. Los
pies sucios sobre la alfombra blanca. Había encontrado
pollo en la nevera y había arrancado un trozo con los dedos; iba masticando mientras movía las caderas.
–Es pollo kona –comentó Mitch–. Del Trader Vic's.
Qué comentario tan banal: Suzanne y yo cruzamos
una mirada.
–¿Qué? –preguntó Mitch. Y cuando seguimos riendo,
él también se echó a reír–. Qué divertido –repetía por encima de la música. No dejaba de decirnos cuánto le había
gustado la canción a un actor que conocía–: La pilló de
verdad. No dejaba de ponerla. Un tío muy en la onda.

Era nuevo para mí, eso de que pudieras tratar a alguien famoso como si no fuese tan especial, ver de cuántas maneras era decepcionante, o normal, o que su cocina
olía mal porque no había sacado la basura. Los recuadros
fantasmales de la pared, donde en su día colgó alguna fo-
tografía, los discos de oro apoyados en el rodapié, envueltos todavía en plástico. Suzanne actuaba como si en realidad sólo importásemos ella y yo, y todo eso fuera un
jueguecito al que estábamos jugando con Mitch. Él era el
telón de fondo de una historia que iba más allá, la nuestra, y nos compadecíamos de él y al mismo tiempo le estábamos agradecidas por cómo se sacrificaba por nuestro
placer.

Mitch sacó un poco de coca, y fue casi doloroso ver
cómo la esparcía cuidadosamente encima de un libro sobre meditación trascendental, mirando sus propias manos
con una distancia chocante, como si no fueran suyas. Preparó tres rayas, y luego las examinó. Estuvo enredando
hasta que una fue notablemente más grande y la esnifó rápido, inspirando muy hondo.

–Ahh... –dijo, y se recostó, con la piel de la nuez irritada y atravesada por una incipiente barba dorada.

Le pasó el libro a Suzanne, que se acercó bailando y esnifó otra raya; yo me metí la última.

La coca hizo que me entrasen ganas de bailar, así que bailé. Suzanne me cogía de las manos, me sonreía. Fue un momento extraño: estábamos bailando para Mitch, pero los ojos de Suzanne me consumían. Cómo me empujaba a seguir, el placer con el que me miraba bailar.

Mitch intentaba decir algo, contarnos alguna historia de su novia. Lo solo que estaba desde que ella se había ido a Marruecos, en un arranque, diciendo que necesitaba más espacio.

–Bobadas –decía una y otra vez–. Bah, bobadas.

Estábamos dándole coba: yo tomé ejemplo de Suzanne, que iba asintiendo pero luego me miraba con los ojos en blanco o le insistía a gritos para que nos siguiera contando. Estuvo hablando de Linda esa noche, aunque su nombre entonces no me dijo nada. Apenas le escuchaba: había cogido una cajita de madera dentro de la que tintineaban unas diminutas bolas plateadas y la hacía oscilar de un lado a otro, intentando que las bolitas entrasen en unos agujeros pintados que representaban bocas de dragón.

Linda sería ya su ex novia en el momento de los asesinatos. Tenía sólo veintiséis años, aunque esa edad era algo difuso para mí en aquella época, como el golpe de alguien llamando a una puerta lejana. Su hijo, Christopher, tenía cinco años, pero había estado ya en diez países; su madre se lo llevaba a los viajes como un fardo, igual que la bolsa de joyas de escarabajos, o las botas camperas de piel de avestruz, que rellenaba de bolas de papel de periódico para que no perdieran la forma. Linda era guapa, aunque estoy segura de que la cara se le habría ido volviendo grosera, o vulgar. Dormía con su niño de cabellos dorados en la cama, como si fuera un oso de peluche.

Yo me había entregado de tal forma a la sensación de que el mundo había quedado reducido a Suzanne y a mí que Mitch no era más que un relleno cómico: ni siquiera me planteaba otras posibilidades. Entré en su lavabo, usé su extraño jabón negro y husmeé en el botiquín, cargado de frascos de Dilaudid. El brillo del esmalte de la bañera, el rastro de lejía en el aire: supe que tenía señora de la limpieza.

Estaba acabando de mear cuando alguien abrió de improviso la puerta del baño. Me asusté y traté de taparme instintivamente. Vi a un hombre deslizando una mirada fugaz a mis piernas desnudas antes de retroceder de nuevo al pasillo.

–Disculpas –le oí decir desde el otro lado de la puerta.

Una cadena de pajarillos de color caléndula que colgaba junto al lavamanos se balanceó con suavidad.

–Lo lamento muchísimo –dijo el hombre–. Estaba buscando a Mitch. Siento haberte molestado.

Lo noté vacilar al otro lado de la puerta. Luego dio un golpecito en la madera y se marchó. Me subí los pantalones. La adrenalina que me recorría aflojó sin desaparecer del todo. Lo más probable es que fuera algún amigo de Mitch. Yo estaba alterada por la coca, pero no me asusté. Y tenía lógica: nadie pensaba entonces que los desconocidos pudieran ser otra cosa que amigos. Nuestro amor mutuo no tenía límites, el universo entero era una colchoneta extendida.

Comprendí meses después que aquél debía de ser Scotty Weschler. El guarda que vivía en la casita de atrás, una pequeña cabaña de tablones blancos con un hornillo y una estufa. El hombre que limpiaba los filtros del jacuzzi y regaba el césped y se aseguraba de que Mitch no se hubiese metido una sobredosis esa noche. Con una calva prematura y gafas de montura metálica, Scotty había sido cadete en una academia militar de Pensilvania antes de dejarlo y mudarse al Oeste. Pero nunca se desprendió de su idealismo de cadete: le escribía cartas a su madre sobre los bosques de secuoyas y el océano Pacífico, y usaba palabras como «majestuoso» o «grandiosidad».

Él sería el primero. El que intentó defenderse, escapar. Ojalá pudiera sacar algo más de nuestro breve encuentro. Creer que cuando abrió la puerta yo sentí un escalofrío por lo que iba a ocurrir. Pero lo único que distinguí fue el atisbo de un desconocido, y no le di más vueltas. Ni siquiera le pregunté a Suzanne quién era aquel hombre.

El salón estaba vacío cuando volví. La música atronadora, un cigarrillo soltando humo en el cenicero. La puerta de cristal que daba a la bahía estaba abierta. Me sorprendió la inmediatez del agua cuando salí al porche, el muro de luces borrosas: San Francisco nublado.

No había nadie en la orilla. Entonces oí, desde el agua, un eco distorsionado. Y allí estaban, los dos, salpicando entre las olas, el agua formando una espuma en torno a sus piernas. Mitch chapoteaba con su traje blanco, que ahora parecía una sábana empapada; Suzanne con ese vestido al que llamaba su vestido del Hermano Conejo. El corazón me dio un vuelco: quería ir con ellos. Pero algo me retuvo allí. Me quedé plantada en los escalones que bajaban a la arena, oliendo la madera ablandada por el mar. ¿Acaso sabía lo que iba a ocurrir? Vi cómo Suzanne se desprendía del vestido, cómo se lo sacaba con dificultad etílica, y de inmediato Mitch se echó sobre ella. Bajó la cabeza para lamerle un pecho desnudo. Los dos tambaleándose en el agua. Estuve mirándolos más tiempo del que parecía apropiado. La cabeza me zumbaba y me daba vueltas cuando giré sobre mis talones y deambulé hacia la casa.

Bajé la música. Cerré la puerta de la nevera, que Suzanne había dejado abierta. Los huesos pelados del pollo. Pollo kona, como había insistido Mitch: la visión me dio náuseas. Aquella carne demasiado rosada desprendía frío. Yo siempre sería ésa, pensé, la que cerraba la nevera. La que miraba desde los escalones como una aparición mientras Suzanne le dejaba hacer a Mitch lo que quisiera. Los celos empezaron a oscilar en el estómago. Una comezón extraña al imaginar sus dedos dentro de ella, cómo sabría a agua salada. Y confusión, también, por lo rápido que habían cambiado las cosas y yo había quedado fuera de nuevo.

El placer químico se había esfumado de mi cabeza, así que lo único reconocible era su ausencia. No estaba cansada, pero no quería sentarme en el sofá y esperar a que volvieran. Encontré una habitación que no estaba cerrada con llave y que parecía un cuarto de invitados: nada de ropa en el armario, las sábanas de la cama algo revueltas. Olían a otra persona, y había un único pendiente de oro en la mesilla de noche. Me acordé de mi casa, del peso y el tacto de mis sábanas: y de pronto, el deseo repentino de dormir en casa de Connie. Acurrucada contra su espalda, colocadas a nuestra manera ritual y familiar, las sábanas con estampados de mullidos arcoíris infantiles.

Me tumbé en la cama y escuché los ruidos que hacían Suzanne y Mitch en el otro cuarto. Como si fuera el novio cachas de Suzanne, la misma matraca de rabia legítima.

No iba contra ella, exactamente: odiaba a Mitch con una ferocidad que me impedía pegar ojo. Quería que supiera cómo se había estado riendo de él Suzanne, que supiera el grado exacto de pena que me daba. Qué impotente era mi furia, un estallido que no tenía dónde golpear, y qué familiar resultaba: los sentimientos ahogados dentro de mí, como un niño a medio hacer, crispado y resentido.

Más adelante estuve casi segura que ése debió de ser el cuarto en el que estarían durmiendo Linda y su hijo. Aunque sé que había otras habitaciones, otras posibilidades. Linda y Mitch ya habían roto la noche del asesinato, pero seguían siendo amigos. La semana antes, él le había traído a Christopher una enorme jirafa de peluche por su cumpleaños. Linda sólo se había quedado en casa de Mitch porque su apartamento de Sunset estaba lleno de moho; tenía pensado pasar allí un par de noches. Luego Christopher y ella irían a Woodside con su novio, que era el dueño de una cadena de marisquerías.

Después de los asesinatos, vi al hombre en un programa de televisión: con la cara enrojecida, presionando un pañuelo contra los ojos. Me pregunté si llevaría hecha la manicura. Le dijo al presentador que tenía pensado pedirle matrimonio a Linda. Pero a saber si era verdad.

Hacia las tres de la mañana, llamaron a mi puerta. Era Suzanne, que entró dando tumbos sin esperar respuesta. Iba desnuda, y trajo con ella una ráfaga de olor a salmuera y humo de cigarrillo.

–Hola –dijo, tirando de las sábanas.

Yo estaba medio dormida, arrullada por la monotonía del techo oscuro, y ella era como una criatura salida de un sueño, irrumpiendo así en la habitación, con ese olor. Las sábanas se humedecieron cuando se metió en la cama a mi lado. Creía que había venido por mí. Para estar conmigo, un gesto de disculpa. Pero qué rápido se esfumó ese pensamiento cuando me di cuenta de su urgencia, de su mirada drogada y vidriosa: supe que había venido por él.

–Venga –dijo, y se echó a reír. Su cara parecía nueva bajo la extraña luz azulada–. Es bonito, ya verás. Y él va con cuidado.

Como si eso fuera lo más que se pudiera pedir. Me recosté en la cama, agarrada a las sábanas.

–Mitch es un asqueroso –le dije.

Se me hizo evidente que estábamos en casa de un desconocido. Aquel cuarto de invitados, enorme y vacío, con esas emanaciones desagradables de otros cuerpos.

–Evie. No seas así.

La cercanía, sus ojos moviéndose como una flecha en la oscuridad. Con qué facilidad apretó entonces su boca contra la mía, cómo internó la lengua entre mis labios. Recorrió con la punta los bordes de mis dientes, sonriendo en mi boca, y dijo algo que no alcancé a oír.

Noté el goteo de la cocaína en su boca, el salobre. Quise besarla otra vez, pero ya se había alejado, con una sonrisa, como si fuera un juego, como si hubiésemos hecho algo divertido e irreal. Se puso a juguetear con mi pelo.

Yo estaba encantada de deformar los significados, de malinterpretar deliberadamente las señales. Acceder a lo que me pedía Suzanne parecía el mejor regalo que podía hacerle, una manera de liberar sus sentimientos hacia mí. Y ella estaba atrapada, a su manera, igual que lo estaba yo, pero no me daba cuenta, me dejaba llevar sin más en la dirección que ella indicara. Como aquel juguete de madera, la bolita plateada tintineando cuando yo la desviaba y

211

la empujaba hacia los agujeros pintados, buscando la caída ganadora.

La habitación de Mitch era grande, y el suelo de baldosas estaba frío. La cama, en una plataforma elevada, tenía figuras balinesas talladas. Cuando me vio aparecer detrás de Suzanne, Mitch sonrió, enseñando un instante los dientes, y abrió los brazos hacia nosotras: una espuma de pelo le cubría el pecho desnudo. Suzanne fue directa hacia él, pero yo me senté al borde de la cama, con las manos enlazadas en el regazo. Mitch se incorporó sobre los codos.

–No –dijo, y dio una palmada en el colchón–. Aquí. Ven aquí.

Yo corrí a tumbarme a su lado. Noté la impaciencia de Suzanne, el modo en que se le acercó tímidamente.

–A ti no te quiero todavía –le dijo Mitch.

No pude verle la cara a Suzanne, pero imaginé el dolor repentino.

–¿Te las puedes quitar? –Mitch dio unos golpecitos con la mano en mis bragas.

Sentí vergüenza: eran unas bragas altas e infantiles, con la goma dada de sí. Me las bajé por las caderas hasta las rodillas.

–Oh, dios –dijo Mitch, sentándose en la cama–. ¿Puedes abrir un poco las piernas?

Lo hice. Se encorvó sobre mí. Noté su cara acercándose a mi montículo de niña. Su hocico desprendía el calor húmedo de un animal.

–No voy a tocarte –dijo, y yo sabía que mentía–. Dios –suspiró.

Le hizo un gesto a Suzanne para que se acercara. Murmurando, nos colocó como a muñecas. Iba soltando nerviosos apartes a nadie en particular. Suzanne me miraba

212

como una extraña en aquella habitación extraña, como si la parte de ella que yo conocía se hubiese retirado.

Sorbió mi lengua en su boca. Podía quedarme inmóvil, prácticamente, mientras Mitch me besaba, y recibir la sonda de su lengua con una distancia hueca, incluso sus dedos ahí dentro, como algo curioso y carente de significado. Se levantó y empujó dentro de mí, gruñendo un poco cuando empezó a costar. Se escupió en la mano, me frotó y probó de nuevo, y con qué rapidez ocurrió, él meneándose entre mis piernas, y con qué sorpresa e incredulidad me repetía a mí misma que estaba ocurriendo en verdad, y entonces noté la mano de Suzanne deslizándose hacia mí y cogiendo la mía.

Puede que Mitch la hubiese hecho acercarse, pero yo no lo vi. Cuando Suzanne me volvió a besar, me convencí de que lo estaba haciendo por mí, de que ésa era nuestra manera de estar juntas. Que Mitch no era más que el ruido de fondo, la excusa necesaria que hacía posible su boca ansiosa, sus dedos enroscados en los míos. Me llegaba mi olor, y el suyo también. Un sonido profundo de su garganta que creí para mí, como si su placer estuviese en un tono que Mitch no podía oír. Me llevó la mano a su pecho, y le recorrió un escalofrío cuando acaricié el pezón. Cerró los ojos como si yo hubiese hecho algo bueno.

Mitch se apartó de mí para mirar. Manoseándose la punta de la polla, el colchón inclinado hacia su peso.

Yo seguí besando a Suzanne, tan distinto de besar a un hombre. La presión enérgica de los hombres transmitía la idea de un beso, pero no esta forma de articularlo. Hice como que Mitch no estaba allí, aunque notaba su mirada fija, la boca abierta como el maletero de un coche. Di un respingo cuando Suzanne trató de abrirme las piernas, pero me sonrió, así que la dejé. Tanteó con la lengua, al

213

principio, y luego también con los dedos, y me dio vergüenza estar tan mojada, los ruidos que hice. Mi cabeza chisporroteando con un placer tan desconocido que no sabía siquiera cómo llamarlo.

Mitch nos folló a las dos después de eso, como si pudiera rectificar nuestra obvia preferencia por la otra. Sudando a mares, los ojos fruncidos por el esfuerzo. La cama se iba apartando de la pared.

Cuando me levanté por la mañana y vi el enredo sucio de mis bragas en el suelo de baldosas de Mitch, sentí borbotear en mí una vergüenza tan incontenible que casi me eché a llorar.

Mitch nos llevó de vuelta al rancho. Yo iba callada, mirando por las ventanillas. Las casas parecían llevar siglos dormidas, los coches de lujo cubiertos con sus fundas color caqui. Suzanne iba sentada delante. Se volvía para sonreírme de vez en cuando. Una disculpa, estaba claro, pero yo tenía la cara rígida, el corazón en un puño. Un dolor que no terminaba de consentir.

Estaba apuntalando mis malos sentimientos, supongo, como si pudiera adelantarme al dolor con bravuconadas, con la desconsideración con que pensaba en Suzanne para mis adentros. Me había acostado con alguien: ¿y qué? No era para tanto, una función más del cuerpo humano. Como comer, algo mecánico y accesible a cualquiera. Tras todas esas exhortaciones santurronas a esperar, a que te convirtieras en un regalo destinado a tu futuro marido, fue un alivio la sencillez del acto en sí. Miré a Suzanne desde el asiento de atrás, se estaba riendo de algo que había dicho Mitch y bajando la ventanilla. Su pelo se alzó con la corriente de aire.

214

Mitch detuvo el coche en el rancho.

—Hasta luego, chicas —se despidió, levantando la palma rosada de la mano.

Como si nos hubiese llevado a tomar un helado, una salida inocente, y ahora nos devolviera a la cuna de la casa de nuestros padres.

Suzanne había ido de inmediato en busca de Russell; se separó de mí sin una palabra. Más tarde comprendí que debía de estar pasándole el informe. Explicándole qué tal había visto a Mitch, si lo habíamos hecho lo bastante feliz para que cambiara de idea. En aquel momento yo sólo vi el abandono.

Intenté ocuparme en algo; me puse a pelar ajos en la cocina con Donna. Aplastaba los dientes entre la hoja plana de un cuchillo y la encimera, como me había enseñado. Donna deslizó el botón de la radio de un extremo del dial al otro y atrás otra vez, pasando por una diversidad de niveles de estática y por los compases alarmantes de Herb Alpert. Terminó por rendirse y volvió a aporrear un montón de masa oscura.

—Roos me ha puesto vaselina en el pelo —me dijo. Sacudió la cabeza y el pelo apenas se movió—. Me va a quedar muy suave cuando me lo lave.

No le respondí. Donna vio que estaba distraída y clavó los ojos en mí.

—¿Te ha enseñado la fuente del jardín trasero? —me preguntó—. La trajo de Roma. La casa de Mitch tiene muchas vibraciones... —continuó—, muchos iones, por el océano.

Yo me puse roja y traté de concentrarme en separar el ajo de su cáscara leñosa. El zumbido de la radio me pareció de pronto sucio, contaminante, el locutor hablaba demasiado rápido. Todas habían pasado por allí, comprendí, por la extraña casa de Mitch junto al mar. Yo había reproducido un patrón y, en cuanto que chica, había aportado un valor conocido. Encontré algo casi reconfortante en ello, en la claridad del propósito, aunque me avergonzara. No entendía que se pudiera esperar nada más.

No había visto la fuente. No lo dije.

A Donna le brillaban los ojos.

–¿Sabes? Los padres de Suzanne en realidad son muy ricos. Por el propano o no sé qué. Y tampoco ha vivido nunca en la calle ni nada de eso. –Seguía trabajando la masa sobre la encimera mientras hablaba–. No ha estado en ningún hospital. Ninguna de todas las mierdas que cuenta. Se arañó ella misma con un clip, le entró un rollo raro.

Yo estaba mareada por el tufo que echaban los restos de comida reblandeciéndose en el fregadero. Me encogí de hombros como si me diera un poco igual. Donna siguió hablando.

–No me crees. Pero es verdad. Estábamos en Mendocino, en una granja de manzanas. Iba pasadísima de ácido y empezó a darle con el clip hasta que la hicimos parar. No le llegó a salir sangre, de todos modos.

Cuando vio que no respondía, Donna tiró la masa en el cuenco de un golpe y la aplastó con el puño.

–Piensa lo que quieras –me dijo.

Suzanne vino al cuarto más tarde, mientras me estaba cambiando. Me encogí para cubrirme el pecho desnudo; ella se dio cuenta, y parecía a punto de burlarse de mí, pero se contuvo. Me fijé en las cicatrices de la muñeca, pero no me permití preguntas incómodas: Donna sólo estaba celosa. Pasando de Donna y de su pelo rígido de vaselina, tieso y apestoso como el de una rata almizclera.

–Anoche fue una pasada –dijo.

216

Yo me aparté cuando trató de rodearme con el brazo.

—Ah, venga, tú querías. Te vi.

Puse cara de asco; se rió. Me dediqué a colocar bien las sábanas, como si esa cama pudiera ser algo más que una madriguera fría y húmeda.

—Ah, no pasa nada. Tengo algo que te subirá los ánimos.

Pensaba que iba a disculparse. Pero entonces se me ocurrió: iba a besarme de nuevo. El aire se escurrió de la penumbra del cuarto. Casi sentí que sucedía, una inclinación imperceptible, pero Suzanne se limitó a lanzar el bolso sobre la cama, los flecos arremolinados en el colchón. El bolso contenía un peso extraño. Suzanne me lanzó una mirada triunfante.

—Venga. Mira lo que hay.

Resopló ante mi terquedad y lo abrió ella misma. No entendía qué había dentro, ese extraño centelleo metálico. Las esquinas puntiagudas.

—Sácalo —dijo, impaciente.

Era un disco de oro enmarcado en cristal, mucho más pesado de lo que esperaba.

Suzanne me dio un codazo.

—Cómo nos quedamos con él, ¿eh?

Su mirada expectante: ¿pretendía explicar algo con eso? Miré el nombre, grabado en una pequeña placa: Mitch Lewis. El disco *Sun King*.

Suzanne se echó a reír.

—Tío, tendrías que verte la cara ahora mismo. ¿No sabes que estoy de tu lado?

El disco lanzó un débil destello en el cuarto oscuro, pero ni siquiera su bonito brillo egipcio logró conmoverme: no era más que un artefacto de esa casa extraña, nada demasiado valioso. Ya empezaba a tener los brazos cansados del peso.

9

Me sobresaltó el ruido en el porche, seguido del sonido de la risa evanescente de mi madre, los pasos pesados de Frank. Yo estaba en el salón, repantingada en el sillón de mi abuelo, leyendo un número de *McCall's* de mi madre. Esas fotos de patas de jamón con un brillo genital, aderezadas con piña. Lauren Hutton relajándose en un acantilado rocoso, con un sujetador Bali. Mi madre y Frank entraron en el salón dando voces, pero se callaron tan pronto me vieron. Frank con sus botas camperas; mi madre, tragándose lo que fuera que estuviese diciendo.

–Cariño.

Tenía la mirada nublada, su cuerpo se balanceaba lo suficiente para hacerme saber que iba borracha y que trataba de ocultarlo, aunque la rojez del cuello –que la camisa de gasa dejaba a la vista– la habría delatado de todos modos.

–Hola.

–¿Qué estás haciendo en casa, cariño?

Mi madre se acercó a envolverme con sus brazos, y yo la dejé hacer, a pesar del olor metálico a alcohol que desprendía, del rastro mustio del perfume.

–¿Está enferma Connie?

218

–Nah –respondí con gesto de indiferencia.

Volví a la revista. Página siguiente: una chica con un vestido amarillo mantequilla, arrodillada frente a una caja blanca. Un anuncio de Moon Drops.

–Normalmente entras y sales tan rápido...

–Tenía ganas de estar en casa. ¿No es mi casa también?

Mi madre sonrió, acariciándome el pelo.

–Qué chica tan bonita, ¿verdad que sí? Pues claro que es tu casa. ¿A que es bonita? –dijo, dirigiéndose a Frank–. Qué chica tan bonita –repitió, a nadie.

Frank le devolvió la sonrisa, pero parecía intranquilo. Yo odiaba ese conocimiento involuntario, el modo en que había empezado a notar cualquier diminuta traslación de poder y control, las fintas y los derechazos. ¿Por qué no podían ser recíprocas las relaciones, que las dos personas fueran adquiriendo interés al mismo ritmo? Cerré la revista de golpe.

–Buenas noches –dije.

No quería imaginar lo que vendría después. Las manos de Frank en la gasa. Mi madre lo bastante atenta para apagar las luces, deseosa de una benévola oscuridad.

Éstas eran las fantasías que yo avivaba: que marchándome un tiempo del rancho podría provocar la aparición repentina de Suzanne, que me pediría que volviese con ella; la soledad de la que podría atiborrarme, como esos crackers que me comía a paquetes, deleitándome con el regusto de sodio en la boca. Cuando vi *Embrujada,* Samantha me hizo sentir una irritación nueva. La nariz de pedante, la manera en que dejaba a su marido como un tonto. La desesperación de su amor imbécil lo convertía en un chiste. Una noche me paré a examinar la foto de estudio de mi abuela que colgaba en el pasillo, con su casquete lacado de rizos. Estaba guapa, rebosante de salud. Sólo los ojos parecían soñolientos, como si se acabara de despertar de un florido sueño. Constatarlo fue reconfortante: no nos parecíamos en nada.

Fumé un poco de hierba asomada a la ventana, y luego me estuve tocando hasta cansarme mientras leía un cómic o una revista, daba igual. Sólo importaba la forma de los cuerpos, soltar la mente con ellos. Podía mirar el anuncio de un Dodge Charger, una chica sonriente con un sombrero vaquero blanco como la nieve, y proyectarla furiosamente en posturas obscenas. Con la cara floja e hinchada, chupando y lamiendo, la barbilla mojada de saliva. Se suponía que debería entender la noche con Mitch, tomarme las cosas con naturalidad, pero lo único que tenía era una rabia rígida y formal. Y ese estúpido disco de oro. Me esforcé por extraer un significado nuevo, como si se me hubiera pasado por alto alguna señal importante, una mirada cargada de sentido que Suzanne me hubiese lanzado a espaldas de Mitch. Mitch, con esa cara de chivo, goteando sudor sobre mí hasta que tuve que volverme.

La mañana siguiente me alegré de encontrar la cocina desierta: mi madre se estaba dando una ducha. Me eché azúcar en el café y me senté a la mesa con un paquete de crackers. Me gustaba desmenuzarlos en la boca y luego arrastrar aquel engrudo de fécula con el café. Estaba tan absorta en este ritual que la presencia repentina de Frank me sobresaltó. Arrastró la otra silla y la acercó de un tirón a la mesa al sentarse. Vi cómo se fijaba en los restos de crackers, lo que me produjo una vaga vergüenza. Estaba a punto de escabullirme, pero empezó a hablar antes de que pudiera hacerlo.

–¿Algún plan bueno para hoy? –me preguntó. Intentaba ir de colega. Yo hice girar el paquete de crackers para cerrarlo y me sacudí las migas de las manos, de repente escrupulosa.

–No sé.

Qué pronto desapareció el barniz de paciencia.

–¿Te vas a quedar dando vueltas por casa con la cara larga? Me encogí de hombros; eso era exactamente lo que iba a hacer. Le tembló un músculo en la mejilla.

–Al menos sal fuera. Siempre metida en el cuarto como si estuvieses encerrada.

Frank no llevaba puestas las botas, sólo unos calcetines de un blanco deslumbrante. Me tragué una risita incontenible; era ridículo ver a un hombre adulto en calcetines. Él reparó en mis labios contraídos y se puso nervioso.

–A ti todo te hace gracia, ¿eh? Haces lo que te da la gana. ¿Te crees que tu madre no se da cuenta de lo que pasa?

Yo me puse rígida pero no lo miré. Había tantas cosas a las que se podía estar refiriendo: el rancho, lo que había hecho con Russell, con Mitch. Los pensamientos que tenía con Suzanne.

–El otro día se quedó muy descolocada –siguió diciendo–. Le falta dinero. Le ha desaparecido del bolso.

Sabía que se me habían puesto las mejillas coloradas, pero no respondí. Clavé los ojos en la mesa con la mirada entornada.

–Dale un respiro, ¿eh? Es una buena mujer.

–No le estoy robando. –Mi voz, aguda y falsa.

–Cogiendo prestado, pues. No voy a decir nada. Lo pillo. Pero deberías dejarlo. Te quiere mucho, ¿sabes?

Paró el ruido de la ducha, lo que significaba que mi madre aparecería pronto. Traté de calcular si era verdad

221

que Frank no iba a decir nada: estaba intentando ser amable, entendí, no meterme en problemas. Pero no quería mostrarme agradecida. No quería imaginarlo siendo paternal conmigo.

–Las fiestas del pueblo aún duran –dijo–. Hoy, y mañana, también. Podrías ir y divertirte un rato. Estoy seguro de que a tu madre la alegraría. Que hicieras cosas.

Cuando entró mi madre, secándose las puntas con una toalla, me animé de inmediato y puse cara de estar escuchándolo.

–¿No te parece, Jeanie? –dijo él, mirando a mi madre.

–¿Si me parece qué?

–¿No debería ir Evie a echar un vistazo a la feria? A eso del centenario. Hacer cosas.

Mi madre recibió esa idea fija como un ramalazo de genialidad.

–No sé si es el centenario exactamente...

–Bueno, las fiestas del pueblo –la cortó Frank–, el centenario, lo que sea...

–Pero es buena idea –dijo ella–. Te lo pasarás genial.

Sentí la mirada de Frank sobre mí.

–Sí, claro –respondí.

–Qué bien veros charlando –añadió mi madre tímidamente.

Yo hice una mueca mientras recogía la taza y los crackers, pero mi madre no se dio cuenta: ya se había inclinado para darle un beso a Frank. La bata se le abrió y me dejó ver un triángulo de pecho impreciso y salpicado de manchas solares; tuve que apartar la vista.

El pueblo celebraba ciento diez años, al final, no cien, y ese número engorroso marcaba el tono del mísero asunto. Llamarlo siquiera feria era un exceso de generosidad, aunque estaba allí casi todo el pueblo. Habían montado una subasta de canastas en el parque y una obra sobre la fundación del pueblo en el anfiteatro del instituto; los miembros del consejo de estudiantes sudaban con los disfraces del departamento dramático. Habían cerrado la carretera al tráfico, así que me encontré zarandeada de aquí para allá por una muchedumbre que daba empujones y agarrones por la promesa de ocio y diversión. Maridos con la cara tensa por un deber resentido, flanqueados por hijos y esposas que necesitaban animales de peluche. Que necesitaban limonada ácida y blanquecina, perritos calientes y mazorcas asadas. Todas las pruebas de que se estaban divirtiendo. El río estaba ya cuajado de basura, una lenta deriva de bolsas de palomitas, latas de cerveza y abanicos de papel.

Mi madre se había quedado impresionada por la milagrosa habilidad de Frank para hacerme salir de casa. Justo como él quería. Para que ella pudiera imaginar lo bien que encajaría en el molde de padre. Yo me estaba divirtiendo exactamente tanto como esperaba. Me comí una bola de granizado; el papel del cucurucho se fue ablandando hasta que el sirope empezó a gotear. Tiré el resto, pero me seguían resbalando goterones por las manos, incluso después de secármelas en los pantalones cortos.

Me moví entre la multitud, entrando y saliendo de la sombra. Vi a chicos que conocía, pero eran el relleno de la escuela, nadie con quien hubiese pasado nunca un rato a conciencia. Aun así, sin querer, invoqué mentalmente sus nombres y apellidos. Norm Morovich, Jim Schumacher. Chicos de granja, sobre todo, con botas que olían a podrido. Las respuestas en voz baja que daban en clase, donde sólo hablaban cuando se les pedía expresamente, el humilde aro de suciedad en sus sombreros vaqueros, boca abajo sobre la mesa. Eran educados y virtuosos, llevaban encima el rastro de vacas lecheras, campos de tréboles y hermanitas pequeñas. Nada que ver con los habitantes del rancho, que sentirían lástima de unos chicos que todavía respetaban la autoridad de sus padres o se limpiaban las botas antes de entrar en la cocina de su madre. Me pregunté qué estaría haciendo Suzanne; nadando en el arroyo, tal vez, o tumbada por ahí con Donna, o con Helen, o puede que incluso con Mitch, un pensamiento que me hizo morderme el labio y juguetear con un pliegue de piel seca entre los dientes.

Sólo tenía que quedarme en la feria un rato más y luego ya podría volver a casa: Frank y mi madre estarían satisfechos con mi saludable dosis de actividad social. Intenté ir en dirección al parque, pero estaba atestado: había comenzado el desfile, las plataformas de las camionetas cargadas de maquetas en papel maché del ayuntamiento. Empleados de banco y chicas disfrazadas de indias saludando desde las carrozas; el ruido de la banda, violento y opresivo. Me abrí camino hacia fuera y apreté el paso por la periferia. Sin alejarme de las calles secundarias más tranquilas. El ruido de la banda se hizo más fuerte: el desfile estaba torciendo por East Washington. Una risa, teatral y malintencionada, entró en mi rango de atención: supe, antes de volverme, que iba dirigida a mí.

Era Connie, May y Connie, con una bolsa de red colgada de la muñeca. Distinguí una lata de refresco de naranja y demás comestibles tensando las asas, el borde de un bañador bajo la camisa. Allí codificado estaba su día entero: el aburrimiento del calor, el refresco de soda desbravado. Los bañadores secándose en el porche.

Mi primera sensación fue de alivio, como la familiaridad de girar por el camino de entrada de mi propia casa. Luego vino la inquietud, el encaje de los hechos. Connie estaba enfadada conmigo. Ya no éramos amigas. Vi cómo abandonaba su sorpresa inicial. La mirada de sabueso de May se afiló, deseosa de drama. Los aparatos le hacían la boca más grande. Connie y ella intercambiaron unas palabras entre susurros, luego Connie se acercó.

—Hola —dijo, precavida—. ¿Qué tal va?

Yo esperaba ira, o burla, pero Connie actuaba con normalidad, incluso parecía algo contenta de verme. Llevábamos casi un mes sin hablar. Examiné la cara de May en busca de alguna pista, pero era tenazmente inexpresiva.

—Normal —respondí.

Debería haber salido fortalecida de las últimas semanas, la existencia del rancho debería haber reducido la importancia de nuestros dramas familiares, y sin embargo qué rápido volvían las antiguas lealtades, el impulso animal de la manada. Quería caerles bien.

—Nosotras igual —dijo Connie.

Mi súbita gratitud hacia Frank: qué bien haber venido, qué bien estar cerca de gente como Connie, que no era complicada ni confusa como Suzanne, sino sólo una amiga, alguien a quien yo conocía más allá de los cambios diarios. Cómo veíamos la tele juntas hasta que nos entraba un dolor de cabeza cegador y nos reventábamos los granos de la espalda la una a la otra a la cruda luz del lavabo.

—Qué rollazo, ¿eh? —dijo, haciendo un gesto en dirección al desfile—. Ciento diez años.

—Hay un montón de gente rara por ahí —soltó May, y me pregunté si lo decía de algún modo por mí—. En el río. Apestan.

—Sí —dijo Connie, más amable—. La obra también ha sido una chorrada. El vestido de Susan Thayer era prácticamente transparente. Le ha visto las bragas todo el mundo.

Intercambiaron una mirada. Sentí celos de su recuerdo compartido, de cómo debieron de sentarse juntas entre el público, aburridas e inquietas bajo el sol.

–A lo mejor vamos a nadar –añadió Connie.

La afirmación les resultó a ambas vagamente hilarante, y yo me sumé a sus risas, indecisa. Como si entendiera el chiste.

–Hum. –Connie pareció confirmar sin palabras algo con May–. ¿Quieres venir con nosotras?

Debería haber sabido que aquello no acabaría bien. Que estaba sucediendo demasiado fácilmente, que no aceptarían mi retirada.

–¿A nadar?

May dio un paso al frente, asintiendo.

–Sí, al Club Meadow. Nos puede llevar mi madre. ¿Quieres venirte?

La idea de ir con ellas era un anacronismo absurdo, como si se desplegase un universo paralelo en el que Connie y yo seguíamos siendo amigas y May nos estuviera invitando a ir a nadar al Club Meadow. Allí tenían batidos y bocadillos de queso fundido con filigranas de queso quemado. Sabores sencillos, comida infantil, todo pagado con sólo apuntar el nombre de tus padres. Me permití un sentimiento de halago, recordé la familiaridad que tenía con Connie. Su casa me era tan conocida que ni siquiera tenía que pararme a pensar dónde iba cada cuenco en el armario, cada vaso de plástico con los bordes desgastados por el lavavajillas. Qué bonito parecía, qué sencillo, el sólido transcurrir de nuestra amistad.

Entonces fue cuando May dio un paso hacia mí, a la vez que sacudía la lata de refresco: el líquido me dio en la cara

226

de refilón, así que más que mojarme me salpicó. Ah, pensé, y el estómago me dio un vuelco. Ah, por supuesto. El aparcamiento osciló. El refresco estaba tibio, y me llegó un olor químico, el goteo asqueroso sobre el asfalto. May tiró al suelo la lata casi vacía, que rodó un poco y se paró. La cara le brillaba como una moneda, y parecía asustada de su propia audacia. Connie estaba más indecisa, su cara una bombilla parpadeante; volvió en sí a toda potencia cuando May hizo repiquetear el bolso como si fuera una campana de alarma.

El líquido apenas me rozó. Podría haber sido peor, podrían haberme dejado empapada en lugar de quedarse en ese magro intento, pero en cierto modo desearía haberme empapado. Que aquel suceso fuese tan enorme y despiadado como la humillación que sentía.

–Que lo pases bien este verano –gorjeó May, y se cogió del brazo de Connie.

Y se fueron, con los bolsos rozándoles al andar y las sandalias resonando en la acera. Connie se volvió a mirarme, pero vi que May tiraba de ella, fuerte. Un efluvio de música surf cruzó la calle desde la ventanilla abierta de un coche: me pareció ver al volante a Henry, el amigo de Peter, pero tal vez fuera mi imaginación, proyectando una red conspiratoria aún mayor sobre mi humillación infantiloide, como si eso la hiciera mejor.

Mantuve en la cara una calma de lunática, por miedo a que alguien estuviese mirando, atento a signos de debilidad. Aunque estoy segura de que era obvio: la tensión en mis rasgos, esa insistencia herida en que estaba bien, en que no pasaba nada, que era sólo un malentendido, chiquilladas entre amigas. *Ja ja ja,* como las risas de *Embrujada* que despojaban la mirada de horror en la cara de mazapán de Darrin de cualquier significado.

Sólo habían pasado dos días sin Suzanne, pero ya había vuelto a caer fácilmente en la corriente anodina de la vida adolescente: en los dramas imbéciles de Connie y May. Las manos frías de mi madre, de pronto en el cuello, como si intentara que la quisiera del susto. Esa feria horrible y mi horrible pueblo. Mi rabia hacia Suzanne era de difícil acceso, un jersey viejo guardado del que apenas me acordaba. Si pensaba en Russell abofeteando a Helen, emergía un leve fallo en el reverso de ciertos pensamientos, un recuerdo de cautela. Pero siempre encontraba maneras de darle sentido a las cosas.

Al día siguiente estaba de nuevo en el rancho.

Encontré a Suzanne en el colchón, inclinada atentamente sobre un libro. Ella nunca leía, y fue raro verla inmóvil por la concentración. En la cubierta medio rota había un pentagrama futurista y unas letras blancas y macizas.

–¿De qué va? –le pregunté desde la puerta.

Suzanne levantó la vista, sobresaltada.

–Del tiempo. Del espacio.

Verla me trajo fogonazos de la noche con Mitch, pero desenfocados, como un reflejo indirecto. Suzanne no dijo nada de mi ausencia. Ni de Mitch. Lo único que hizo fue soltar un suspiro y dejar el libro a un lado. Se tumbó de espaldas, examinando sus uñas. Pellizcándose la piel de los brazos.

–Fofa –declaró, esperando que yo protestase. Como sabía que haría.

Me costó mucho dormir esa noche, no dejé de dar vueltas en el colchón. Había regresado a ella. Tan atenta a cualquier clave en su cara que acabé mareada de mirarla, pero feliz, también.

228

–Me alegro de haber vuelto –susurré; la oscuridad me permitió decir esas palabras.

Suzanne rió por lo bajo, medio dormida.

–Pero siempre puedes volver a casa.

–A lo mejor no vuelvo nunca.

–Liberad a Evie.

–En serio. No me quiero marchar nunca de aquí.

–Eso es lo que dicen todos los niños cuando se termina el campamento de verano.

Distinguí el blanco de sus ojos. Antes de que pudiera decir nada, dejó escapar un hondo y repentino suspiro.

–Tengo mucho calor –anunció. Se destapó de una patada y me dio la espalda.

10

El reloj hacía mucho ruido en casa de los Dutton. Las manzanas del cesto se veían cerosas y pasadas. Vi fotos en la repisa: las caras familiares de Teddy y de sus padres. De su hermana, que se había casado con un comercial de IBM. No dejaba de esperar que se abriese la puerta principal, que alguien detectara nuestra intrusión. El sol iluminaba una estrella de papel que había en la ventana y la hacía brillar. La señora Dutton debía de haber dedicado tiempo a colgarla allí, a poner bonita su casa.

Donna desapareció en otro cuarto y luego reapareció. Oí el temblor de cajones, de cosas moviéndose.

Aquel día vi la casa de los Dutton como si fuera la primera vez. Reparé en que el salón estaba enmoquetado. En que la mecedora tenía un cojín de punto de cruz en el asiento que parecía cosido a mano. La antena torcida de la televisión, un olor como a popurrí revenido en el ambiente. Todo estaba impregnado del hecho de la ausencia de la familia: la disposición de los papeles en la mesa de centro, el tubo de aspirinas destapado en la cocina. Nada de ello tenía ningún sentido sin la animación de la presencia de los Dutton, como los borrosos jeroglíficos de imágenes en 3D antes de que las gafas los volvieran nítidos de golpe.

Donna no dejaba de alargar un brazo o un pie para mover algo de sitio: cosas pequeñas. Un jarrón de flores azul medio palmo a la izquierda. Un mocasín apartado de su pareja de una patada. Suzanne no tocó nada, no al principio. Cogía las cosas con los ojos, absorbiéndolo todo: las fotos enmarcadas, el vaquero de cerámica. El vaquero hizo que Donna y Suzanne flaquearan de la risa, y yo sonreí también, pero no pillé el chiste: sólo un sentimiento raro en el estómago, la crudeza de aquella luz vacía.

Esa tarde habíamos hecho las tres una incursión en las basuras, en un coche prestado, un Trans Am, seguramente de Mitch. Suzanne encendió la radio, la KFRC, K. O. Bayley en el 610 del dial. Tanto Suzanne como Donna parecían llenas de energía, así que yo también lo estaba. Feliz de volver a estar entre ellas. Suzanne paró en un Safeway con escaparate de cristal que me resultaba conocido, la pendiente del tejado verde. Mi madre compraba ahí de vez en cuando.

–Al rico gusanito –anunció Donna, haciéndose reír a sí misma.

Donna se subió al contenedor, ávida como un animal. Se ató la falda en torno a las caderas para escarbar más hondo. Aquello le ponía, le encantaba revolcarse en la porquería, aquel húmedo chapoteo.

De vuelta en el rancho, Suzanne hizo un anuncio.

–Es hora de hacer un viajecito –dijo, reclutando a Donna para el plan.

Me gustó saber que estaba pensando en mí, que intentaba apaciguarme. Había notado una desesperación nueva en ella después de lo de Mitch. Era más consciente de sus atenciones, de cómo no me perdía de vista.

–¿Adónde? –pregunté.

–Ya lo verás –respondió ella, buscando la mirada de Donna–. Es como nuestra medicina, como una cura para lo que te aflija.

–Ooh –exclamó Donna, y se inclinó hacia delante. Parecía haber entendido de inmediato a qué se refería Suzanne–. Sí, sí, sí.

–Necesitamos una casa. Eso es lo primero. Una casa vacía. –Me lanzó una ojeada–. Tu madre no está, ¿verdad?

No sabía lo que iban a hacer. Pero reconocí un matiz de alarma, ya entonces, y tuve la sensación de que debía evitar mi casa. Me removí en el asiento.

–Mi madre está en casa todo el día.

Suzanne soltó un murmullo de decepción. Pero yo ya estaba pensando en otra que tal vez estuviese vacía. Y se la ofrecí, sin problemas.

Le indiqué el camino a Suzanne, vi cómo las calles se hacían cada vez más familiares. Cuando detuvo el coche y Donna salió y embadurnó de barro los dos primeros números de la matrícula, me preocupé sólo un poco. Invoqué una valentía desconocida, la sensación de cruzar límites, y traté de entregarme a la incertidumbre. Estaba encerrada en mi cuerpo de un modo nuevo. Era el saber, quizás, que haría cualquier cosa que quisiera Suzanne. Un pensamiento extraño, que no hubiera más que esta banal impresión de ser llevada por el río luminoso de lo que fuese a pasar. Que pudiera ser así de fácil.

Suzanne conducía de manera errática; se saltó una señal de stop y apartaba la vista de la carretera largo rato, atrapada en sus ensueños particulares. Enfiló mi calle. Las verjas como una sarta de abalorios, una detrás de otra.

–Ahí –dije, y Suzanne fue frenando.

Las ventanas de la casa de los Dutton eran sencillas, con cortinas; el camino de losas de piedra trazaba una línea hasta la entrada. No había ningún coche en el garaje, sólo un brillo de aceite en el asfalto. La bicicleta de Teddy no estaba en el jardín: él también había salido. La casa parecía vacía.

Suzanne aparcó un poco más abajo, prácticamente fuera de la vista, mientras Donna corría al jardín lateral. Yo caminaba detrás de Suzanne, pero me iba rezagando un poco, arrastrando las sandalias por la tierra.

Suzanne se dio la vuelta.

–¿Vienes o qué?

Me reí, pero estoy segura de que vio el esfuerzo que me costaba.

–Es sólo que no entiendo lo que estamos haciendo.

Ella ladeó la cabeza y sonrió.

–¿De verdad te importa?

Yo estaba asustada y no sabía decir por qué. Me burlé de mí misma por dejar que mi cabeza se pusiera frenéticamente en lo peor. Lo que fuesen a hacer: robar, lo más seguro. No lo sabía.

–Date prisa –me dijo Suzanne. Era evidente que se estaba enfadando, pero mantuvo la sonrisa–. No nos podemos quedar aquí plantadas.

Las sombras sesgadas de la tarde empezaban ya a cruzar por entre los árboles. Donna reapareció por la cancela de madera.

–La puerta de atrás está abierta.

Me dio un vuelco el estómago: no había forma de parar lo que fuera a ocurrir. Y de pronto ahí estaba Tiki, que se acercaba agazapado hacia nosotras, ladrando con terri-

233

ble alarma. Los gañidos le sacudían el cuerpo entero, los hombros huesudos crispados.

–Mierda –murmuró Suzanne. Donna dio un paso atrás también.

El perro podría haber sido excusa suficiente, supongo, podríamos habernos metido otra vez en el coche y haber vuelto al rancho. Una parte de mí quería eso. Pero la otra quería satisfacer ese impulso enfermizo que sentía en el pecho. Los Dutton me parecían culpables también, igual que Connie y May y que mis padres. Todos en cuarentena por su egoísmo, por su estupidez.

–Esperad –dije–. Me conoce.

Me agaché y le tendí la mano. Sin apartar los ojos de él. Tiki se acercó, me husmeó la palma.

–Tiki bueno –dije, acariciándolo, rascándole debajo de la barbilla, y entonces los ladridos cesaron y entramos.

No me podía creer que no pasara nada. Que ningún coche de la poli nos persiguiera ululando. Ni siquiera después de meternos con tanta facilidad en los dominios de los Dutton, de cruzar los límites invisibles. ¿Y por qué lo habíamos hecho? ¿Por qué habíamos alterado sin motivo el tejido inmaculado de un hogar? ¿Sólo para demostrar que éramos capaces? La máscara de tranquilidad en la cara de Suzanne mientras tocaba las cosas de los Dutton me desconcertaba, su extraño alejamiento, aun cuando yo resplandecía con un placer insólito e indescifrable. Donna andaba inspeccionando un tesoro de la casa, una baratija de cerámica lechosa. Me acerqué a mirar y vi que era una figurita de una holandesa. Qué raros, los residuos de la vida de la gente fuera de su contexto. Hacía que hasta las cosas valiosas parecieran trastos.

Aquel vaivén en mi interior me hizo recordar una tarde, años atrás. Mi padre y yo encorvados sobre la orilla del lago Clear. Él con los ojos entornados a la luz implacable del mediodía, los muslos paliduchos asomando del bañador. Me señaló una sanguijuela en el agua, que se retorcía, turgente de sangre. Estaba encantado, dándole toquecitos con un palo para hacer que se moviera, pero yo tenía miedo. Aquella sanguijuela oscura me dejó un peso en el estómago que sentí de nuevo allí, en casa de los Dutton, con los ojos de Suzanne buscando los míos desde el otro lado del salón.

–¿Te gusta? –preguntó. Con una leve sonrisa–. Es una pasada, ¿eh?

Donna apareció en el recibidor. Los antebrazos le brillaban con un jugo pegajoso, y sostenía en la mano una tajada de sandía, con el rosa esponjoso de un órgano.

–Saludos y bienvenidos –dijo, masticando ruidosamente.

Emanaba de Donna una secreción casi animal, como un mal olor; el vestido con el bajo raído de irlo pisando: qué fuera de lugar parecía al lado de la lustrosa mesita de café, de las pulcras cortinas. Goterones de jugo de sandía cayeron al suelo.

–Hay más en el fregadero –dijo–. Está muy buena.

Donna se sacó una semilla negra de la boca con un delicado gesto de los dedos y luego la lanzó a un rincón de la sala.

Sólo llevábamos allí una media hora, aunque parecía mucho más. Encendiendo y apagando la tele. Hojeando el correo que había sobre la consola. Seguí a Suzanne escaleras arriba mientras me preguntaba dónde estaría Teddy, dónde estaría su familia. ¿Seguía Teddy esperando a que le llevase la hierba? Tiki iba dando golpes por el pasillo. Me di cuenta con un sobresalto de que conocía a los Dutton de toda la vida. Bajo las fotografías colgadas se distinguía el borde del papel, que empezaba a despegarse, las diminutas florecillas rosas. Las manchas de dedos. Pensaría a menudo en esa casa. En lo inocente que me dije que era aquello: diversión inofensiva. Fui temeraria, por querer recuperar la atención de Suzanne, por sentir que estábamos de nuevo alineadas contra el mundo. Queríamos desgarrar una costura en la vida de la familia Dutton, para que se vieran a ellos mismos de un modo distinto, siquiera por un momento. Para que notasen una ligera perturbación, para que tratasen de recordar cuándo habían cambiado los zapatos de sitio o metido el reloj en el cajón. Eso sólo podía ser bueno, me decía, la perspectiva forzada. Les estábamos haciendo un favor.

Donna estaba en el cuarto de los padres, con una combinación de seda larga por encima del vestido.

–Necesito el Rolls a las siete –dijo, haciendo ondear la tela acuosa, del color del champán.

Suzanne rió por la nariz. Vi un frasco de perfume de cristal tallado volcado sobre la mesita de noche, y los tubos dorados de pintalabios tirados como cartuchos de bala en la alfombra. Suzanne ya se había puesto a revolver en la cómoda, metiendo las manos entre el nailon color carne, creando bultos obscenos. Los sujetadores eran pesados y tenían una pinta ortopédica, rígidos por los alambres. Cogí uno de los pintalabios y lo destapé. Aspiré el aroma a talco del rojo anaranjado.

–Oh, sí –dijo Donna al verme.

Agarró uno también y fingió pintarse los labios con una mueca caricaturesca.

–Tendríamos que dejarles un mensajito –dijo, y miró alrededor.

–En las paredes –propuso Suzanne. La idea la excitaba, era evidente.

Yo quise protestar: dejar una señal parecía casi violento. La señora Dutton tendría que frotar la pared, y aun así seguramente siempre quedaría una marca raspada, el comprobante de todo aquel restregar. Pero no dije nada.

–¿Un dibujo?

–Haz el corazón –le dijo Suzanne, acercándose–. Yo lo hago.

En ese momento tuve una visión chocante de ella. La desesperación que se entrevió, la sensación repentina de que se abría un espacio oscuro en su interior. No pensé en lo que podría ser capaz de hacer ese espacio oscuro, sólo en cómo se multiplicaba mi deseo de estar cerca de él.

Suzanne cogió el pintalabios de manos de Donna, pero no había llegado a tocar la pared de marfil con la punta cuando oímos un ruido en el camino de entrada.

–Mierda –dijo.

Donna levantó las cejas con un punto de curiosidad: ¿qué iba a pasar ahora?

Se abrió la puerta principal. Noté el mal sabor de boca, el rancio anuncio del miedo. Suzanne también parecía asustada, pero el suyo era un miedo distante y jocoso, como si eso fuera el juego de las sardinas en lata y sólo estuviésemos escondidas hasta que nos encontraran los demás. Supe que era la señora Dutton cuando oí los tacones altos.

–¿Teddy? –llamó–. ¿Estás en casa?

Habían aparcado más abajo, pero aun así: estaba convencida de que la señora Dutton habría reparado en aquel coche desconocido. Puede que pensara que era de algún amigo de Teddy, alguno del vecindario, mayor que él. Donna reía tontamente, tapándose la boca. Los ojos desorbitados por la alegría. Suzanne la hizo callar con una mueca exagerada. El pulso me retumbaba en los oídos. Tiki pataleaba por las habitaciones del piso de abajo, y oí cómo la señora Dutton lo arrullaba, los suspiros que soltó él en respuesta.

–¿Hola? –llamó.

La estela de silencio que siguió fue claramente inquietante. Pronto subiría la escalera, ¿y entonces qué?

–Venga –susurró Suzanne–. Salgamos por detrás.

Donna reía en silencio.

–Joder –decía–. Joder.

Suzanne dejó el pintalabios encima de la cómoda, pero Donna se dejó puesta la combinación y se colocó bien los tirantes.

–Tú primero –le dijo a Suzanne.

No había manera de salir sin cruzarse con la señora Dutton en la cocina.

Debía de estar preguntándose por aquel destrozo rosado de sandía en el fregadero, por los charcos pegajosos del suelo. A lo mejor ya empezaba a detectar la perturbación en el ambiente, el hormigueo de los desconocidos en casa. Una mano nerviosa temblando en su garganta, el deseo repentino de tener a su marido al lado.

Suzanne comenzó a bajar la escalera, con Donna y conmigo empujando detrás. El jaleo de nuestros pasos cuando esquivamos a la señora Dutton y cruzamos la cocina disparadas. Donna y Suzanne se reían como locas, la señora Dutton chilló del susto. Tiki nos perseguía ladrando, veloz y frenético; las uñas le resbalaban en el suelo. La señora Dutton dio un paso atrás, a todas luces asustada.

–Eh, alto –dijo, pero le falló la voz.

Tropezó con un taburete y perdió el equilibrio. Cayó de culo sobre las baldosas. Eché un vistazo atrás mientras corría como una bala: ahí estaba la señora Dutton, despatarrada en el suelo. El reconocimiento le tensó la cara.

–Te he visto –gritó, luchando por incorporarse, la respiración desbocada–. Te he visto, Evie Boyd.

Tercera parte

Julian volvió de Humboldt con un amigo que quería que lo llevara a Los Ángeles. Se llamaba Zav. El nombre me pareció vagamente rastafari, por cómo lo pronunció, aunque Zav era paliducho y tenía una maraña de pelo rojizo que llevaba recogido con una goma de mujer. Era mucho mayor que Julian, puede que tuviera treinta y cinco, pero iba vestido como un adolescente: los mismos pantalones militares demasiado largos, la camiseta hecha puré. Se paseó por la casa de Dan con una mirada afilada y tasadora. Cogió la figurita de un buey, tallada en hueso o en marfil, y volvió a dejarla en su sitio. Luego examinó una foto de Julian en brazos de su madre en la playa, y devolvió el marco al estante, ahogando una risita.

–No pasa nada porque se quede esta noche, ¿verdad? –preguntó Julian. Como si yo fuese la matriarca allí.

–Es tu casa.

Zav se acercó y me dio la mano.

–Gracias –dijo–, es muy amable por tu parte.

Daba la impresión de que Sasha y Zav se conocían, y pronto los tres estaban hablando de un lúgubre bar cerca

243

de Humboldt propiedad de un tipo canoso que cultivaba maría. Julian descansaba el brazo sobre los hombros de Sasha con el aire adulto de un hombre que regresara de las minas. Costaba imaginarlo haciéndole daño a un perro, o a nadie, al ver a Sasha tan obviamente contenta de estar cerca de él. Había sido infantil y reservada conmigo todo el día, ni rastro de la conversación de la noche anterior. Zav dijo algo que la hizo reír, una risa bonita, contenida. Se tapó un poco la boca, como si no quisiera que se le viesen los dientes.

Yo tenía pensado ir a cenar al pueblo, dejarlos solos, pero Julian me vio camino de la puerta.

–Eh, eh, eh –dijo.

Todos se volvieron a mirarme.

–Voy a ir un rato al pueblo.

–Cena con nosotros, anda –propuso Julian.

Sasha asintió, acurrucándose a su lado. Con esa atención descuidada y ausente de alguien en la órbita de su amado.

–Tenemos cantidad de comida –dijo ella.

Yo puse las típicas excusas sonrientes, pero acabé por quitarme la chaqueta. Empezaba a acostumbrarme a la atención.

Habían parado a comprar de vuelta de Humboldt: una pizza congelada gigantesca, algo de ternera picada de oferta en una bandeja de poliestireno.

–Un festín –dijo Zav–. Tenemos proteínas, tenemos calcio... –Se sacó un frasco de píldoras del bolsillo–. Y aquí las verduras.

Empezó a liar un porro sobre la mesa, un proceso que implicaba numerosos papeles y un gran revuelo en torno a la elaboración. Zav contempló su obra a cierta distancia y luego cogió un poco más de maría del frasco; el cuarto se fue marinando en la pestilencia de la hierba húmeda.

Julian estaba haciendo la ternera al fuego; la carne fue perdiendo su brillo. Daba toquecitos a los medallones crudos con un cuchillo de untar mantequilla, removiendo y oliendo. Cocina de residencia de estudiantes. Sasha metió la pizza en el horno y luego hizo una bola con el envoltorio de plástico. Colocó servilletas de papel enfrente de cada silla; un recuerdo residencial de tareas domésticas, ese de poner la mesa para cenar. Zav bebía cerveza y miraba a Sasha con un divertido desdén. No había encendido el porro todavía, pero lo hacía girar entre los dedos con evidente placer.

Los escuché a él y a Julian hablar de drogas con la pasión de unos profesionales, intercambiando estadísticas como corredores de bonos. La producción de invernadero versus la de cultivos al aire libre. Comparaciones de los niveles de THC en diversas cepas. Aquello no tenía nada que ver con las drogas recreativas de mi juventud: nosotros plantábamos maría al lado de una tomatera y la pasábamos en tarros de conserva. Podías coger semillas de un cogollo y plantarlas tú mismo, si te apetecía. Cambiar una onza por gasolina para ir hasta la ciudad. Era raro oír a alguien reduciendo las drogas a una cuestión de números, un producto conocible, algo que no tenía nada de portal místico. Puede que la manera de Zav y Julian fuese mejor, puede que hubiera que cortar con todo ese idealismo alelado.

–Joder –exclamó Julian. La cocina olía a ceniza y a masa quemada–. Mierda, mierda, mierda.

Abrió el horno, sacó la pizza con las manos y la lanzó sobre la encimera entre maldiciones. Estaba negra y humeante.

–Tío –dijo Zav–, y era de las buenas. Cara.

Sasha estaba frenética. Corrió a consultar el dorso de la caja de la pizza.

—Precalentar el horno a doscientos treinta grados —leyó con voz monótona—. Eso he hecho. No lo entiendo.

—¿A qué hora la has metido? —le preguntó Zav.

Los ojos de Sasha saltaron hacia el reloj.

—El reloj no funciona, idiota —le dijo Julian. Agarró la caja y la embutió en el cubo de la basura. Sasha parecía a punto de llorar—. En fin —dijo asqueado.

Probó la capa de queso quemado y luego se frotó los dedos para limpiárselos. Pensé en el perro del profesor. Aquel pobre animal, cojeando en círculos. El sistema vascular enlodado de veneno. Todas las demás cosas que Sasha no me habría contado.

—Puedo preparar algo —ofrecí—. Hay un poco de pasta en el armario.

Busqué la mirada de Sasha. Quería transmitirle alguna combinación de advertencia y apoyo. Pero Sasha era inalcanzable, herida por su fracaso. La cocina se quedó en silencio. Zav jugueteaba con el porro entre los dedos, esperando a ver qué pasaba.

—Hay un montón de carne, supongo —dijo Julian al fin, y su enfado se desvaneció—. No es para tanto.

Le frotó la espalda a Sasha, bruscamente, me pareció, aunque el gesto dio la impresión de consolarla, de traerla de vuelta al mundo. Cuando Julian la besó, ella cerró los ojos.

Nos bebimos una de las botellas de vino de Dan en la cena; el poso se instaló en las grietas de los dientes de Julian. Después cerveza. El alcohol rebajaba el olor a carne en nuestro aliento. No sabía qué hora era. Las ventanas estaban oscuras, un hilo de aire se colaba por entre los aleros. Sasha estaba juntando los trocitos mojados de la etiqueta de vino en una pila meticulosa. Notaba su mirada sobre mí de rato en rato, mientras Julian le masajeaba la nuca. Zav y él mantuvieron un parloteo constante a lo largo de toda la cena, y Sasha y yo nos disolvimos en un silencio bien conocido desde la adolescencia: la recompensa por el esfuerzo de penetrar en la alianza de Zav y Julian no merecía la pena. Era más sencillo observarlos, observar a Sasha, que actuaba como si sólo estar sentada allí ya fuera suficiente.

—Porque tú eres buen tío —decía Zav una y otra vez—. Tú eres buen tío, Julian, y por eso a ti no te hago pagar por adelantado. Ya sabes que con McGinley, Sam y todos esos subnormales no me queda otra.

Estaban borrachos, los tres, y puede que yo también, el techo gris por el humo exhalado. Habíamos compartido un porro cargado; una languidez sexual cayó sobre Zav. Los ojos entornados en un gesto satisfecho y rendido. Sasha se había metido más en sí misma, y se había bajado la cremallera de la sudadera; tenía el pecho pálido y surcado de tenues venas azules. Llevaba los ojos más pintados que antes: no sabía cuándo se había añadido maquillaje.

Me puse de pie cuando terminamos de cenar.

—Tengo que hacer unas cosas —dije.

Hicieron algún intento desganado por que me quedase, pero yo me despedí con la mano. Cerré la puerta de mi cuarto, por la que se iban colando retazos de conversación.

—Yo te respeto —le decía Julian a Zav—. Siempre te he respetado, colega, desde que Scarlet se puso en plan: «Tienes que conocer a este tío.» —Escenificando una admiración extravagante, esa tendencia de las personas colocadas al compendio optimista.

247

Zav respondió y retomaron su experto toma y daca. Podía oír el silencio de Sasha.

Cuando pasé por allí más tarde, no vi grandes cambios. Sasha seguía escuchando su conversación como si fuera materia de examen. Y la ebriedad de Julian y de Zav había entrado en una fase agotadora; tenían el nacimiento del pelo bañado en sudor.

–¿Hablamos muy alto? –preguntó Julian. Esa chocante educación de nuevo, con qué facilidad se activaba.

–Para nada. Sólo quería un poco de agua.

–Siéntate con nosotros –dijo Zav, estudiándome–. A charlar.

–No os preocupéis.

–Vamos, Evie –insistió Julian. La familiaridad extraña de oírle pronunciar mi nombre me sorprendió.

La mesa estaba estampada de cercos de las botellas, los restos de la cena. Me puse a recoger los platos.

–No hace falta que recojas –dijo Julian, echándose atrás para que pudiera alcanzar su plato.

–Tú has hecho la cena –respondí.

Sasha pió un agradecimiento cuando añadí su plato a la pila. El teléfono de Zav se iluminó y se desplazó temblequeante por la mesa. Tenía una llamada: la foto borrosa de una mujer en ropa interior parpadeaba en la pantalla.

–¿Ésa es Lexi? –le preguntó Julian.

Zav asintió, ignorando la llamada.

Se cruzaron una mirada: hice como que no me daba cuenta. Zav eructó y los dos se echaron a reír. Olí el recuerdo de la carne masticada.

–Benny ahora está metido en mierdas de ordenadores –dijo Zav–, ¿lo sabías?

Julian dio un golpe sobre la mesa.

248

–No me jodas.

Llevé los platos al fregadero y recogí las servilletas de papel hechas una bola sobre la encimera y las migas en la palma de la mano.

–Está gordo de cojones, es para partirse.

–¿Benny es aquel chico de tu instituto? –le preguntó Sasha a Julian.

Él asintió. Dejé que el fregadero se llenara de agua. Vi cómo Julian giraba sobre la silla para quedar frente a Sasha y pegaba sus rodillas a las de ella. La besó en la sien.

–Vosotros dos sois la hostia –dijo Zav.

Su tono tenía un filo astuto y mordaz. Hundí los platos en el agua. Una red de grasa espumosa se formó en la superficie.

–Yo no lo pillo –siguió diciendo Zav–, no sé qué haces tú con Julian. Estás demasiado buena para él.

Sasha soltó una risita, pero lancé una mirada hacia atrás y vi su esfuerzo por calcular una respuesta.

–Quiero decir, esta chica es un quesito, ¿no?

Julian sonrió con lo que me pareció una sonrisa de hijo único, alguien convencido de que siempre iba a conseguir lo que quisiera. Seguramente siempre lo conseguía. Estaban los tres iluminados como en la escena de una película que yo era ya demasiado vieja para ver.

–Pero Sasha y yo nos conocemos, ¿verdad? –Zav le sonrió–. Me gusta Sasha.

Ella mantuvo una sonrisa básica en la cara, mientras con los dedos ordenaba la pila de trocitos de etiqueta.

–No le gustan sus tetas –dijo Julian, tamborileando con los dedos en la nuca de Sasha–, pero yo le digo que son bonitas.

–¡Sasha! –Zav fingió disgusto–. Tienes unas tetas increíbles.

Yo me sonrojé y me di prisa en terminar con los platos.

–Sí –dijo Julian, aún con la mano en el cuello de Sasha–, Zav te lo diría si no fuera así.

–Yo siempre digo la verdad.

–Siempre. Eso es cierto.

–Enséñamelas –dijo Zav.

–Son demasiado pequeñas –respondió Sasha. Tenía la boca apretada, como si estuviese haciendo burla de sí misma, y se removió en la silla.

–No te colgarán nunca, así que mejor –dijo Julian. Le hizo cosquillas en el hombro–. Déjaselas ver a Zav.

Sasha se puso roja.

–Hazlo, nena –insistió él, con una aspereza en la voz que hizo que me volviera. Miré a Sasha a los ojos: me dije a mí misma que había en su cara una expresión suplicante.

–Venga, chicos –dije.

Se volvieron hacia mí con divertida sorpresa. Aunque creo que tenían claro desde el principio dónde estaba. Que mi presencia era parte del juego.

–¿Qué? –dijo Julian, con una expresión instantánea de inocencia.

–Bajaos un poco.

–Ah, no pasa nada –intervino Sasha, riendo un poco y sin apartar la vista de Julian.

–¿Qué estamos haciendo? –preguntó Julian–. ¿De dónde nos tenemos que bajar exactamente?

Zav y él se rieron por la nariz: que rápido volvían todos los viejos sentimientos, ese humillante titubeo interior. Me crucé de brazos, mirando a Sasha.

–La estáis molestando.

–Sasha está bien –dijo Julian. Le colocó un mechón de pelo detrás de la oreja; ella sonrió débilmente, una sonrisa forzada–. Además, ¿de verdad eres la más indicada para darnos lecciones? –El corazón me dio un vuelco–. ¿Tú no mataste a alguien o algo así?

Zav sorbió aire entre los dientes y luego soltó una risita nerviosa.

Mi voz sonó ahogada.

–Desde luego que no.

–Pero tú sabías lo que iban a hacer –continuó Julian, sonriendo con el placer de la captura–. Tú estabas con Russell Hadrick y toda esa mierda.

–¿Hadrick? –dijo Zav–. ¿Te estás quedando conmigo?

Traté de controlar el tono histérico que se estaba colando en mi voz.

–Yo apenas pasé por allí.

Julian se encogió de hombros.

–Ésa no es la impresión que dio.

–No lo crees de verdad. –Pero no había un solo punto de acceso en sus caras.

–Eso dices tú, según Sasha. Que podrías haberlo hecho.

Cogí aire bruscamente. La patética traición: Sasha le había contado a Julian todo lo que habíamos hablado.

–Bueno, pues enséñanoslas –dijo Zav, volviendo a Sasha. Yo era de nuevo invisible–. Enséñanos esas famosas tetas.

–No tienes por qué hacerlo –le dije.

Sasha me lanzó una mirada fugaz.

–Tampoco es que sea nada del otro mundo –respondió, con un tono que rezumaba un frío y obvio desdén. Tiró del cuello de la camiseta y miró pensativamente hacia abajo.

–¿Ves? –me dijo Julian, impostando una sonrisa–. Escucha lo que dice Sasha.

Yo había ido a uno de los recitales de Julian cuando

Dan y yo todavía teníamos una relación estrecha. Julian debía de tener nueve años, más o menos. Se le daba bien el chelo, recordaba: sus bracitos entregados a la lúgubre labor adulta. Las aletas de la nariz bordeadas de mocos, el instrumento en cuidadoso equilibrio. Parecía imposible que el niño que invocaba aquellos sonidos de belleza y añoranza fuera el mismo joven que observaba ahora a Sasha con un barniz de frialdad en los ojos.

Ella se bajó la camiseta, con la cara sonrojada pero sobre todo distraída. El tirón impaciente, profesional, cuando el cuello llegó a la altura del sujetador. Y al momento quedaron expuestos sus dos pechos pálidos, la marca del sujetador dibujada en la piel. Zav exclamó con aprobación y alargó el brazo para manosear un pezón rosado mientras Julian miraba.

Yo hacía mucho que había perdido cualquier utilidad que pudiera tener allí.

1969

11

Me pillaron; vaya si me pillaron.

La señora Dutton en el suelo de la cocina, gritando mi nombre como quien da con la respuesta correcta. Y yo dudé, sólo un segundo: una reacción aturdida y bovina al escuchar mi nombre, la certeza de que debía ayudar a la señora Dutton, allí tirada. Pero Suzanne y Donna siguieron corriendo, y para cuando caí en la cuenta, casi las había perdido de vista. Suzanne se dio la vuelta el tiempo justo para ver cómo la señora Dutton agarraba mi brazo con una mano temblorosa.

Las declaraciones dolidas y perplejas de mi madre: que yo era un fracaso, un caso patológico. Vestía ese aire de crisis como un favorecedor abrigo nuevo; un torrente de ira escenificado para un jurado invisible. Quería saber quién había entrado conmigo en casa de los Dutton.

—Judy vio a dos chicas más. Puede que tres. ¿Quiénes eran?

—Nadie.

Yo velaba por mi rígido silencio como un pretendiente lleno de sentimientos honrados. Antes de que ella y Donna desaparecieran, intenté lanzarle un mensaje a Suzanne: yo asumiría la responsabilidad. No tenía por qué preocuparse. Entendía por qué se habían ido sin mí.

—Fui sólo yo.

La rabia le hacía confundir las palabras.

—No puedes vivir en esta casa y soltar esa perorata de mentiras.

Vi cuánto la desquiciaba aquella situación nueva y desconcertante. Su hija no se había metido nunca en ningún problema, siempre había tirado sin resistencia, tan pulcra y autosuficiente como esos peces que limpian ellos mismos la pecera. ¿Por qué iba ella a molestarse en esperar otra cosa o a prepararse siquiera para la posibilidad?

—Te has pasado todo el verano diciéndome que ibas a casa de Connie —dijo mi madre, casi a gritos—. Me lo dijiste muchísimas veces. A la cara. Adivina qué. He hablado con Arthur. Dice que hace meses que no vas por allí. Casi dos.

Mi madre parecía un animal en ese momento, la cara irreconocible por la rabia, una corriente jadeante de lágrimas.

—Eres una mentirosa. Me mentiste en eso y ahora mientes también. —Las manos apretadas con fuerza en sendos puños. No paraba de levantarlas y de dejarlas caer a los lados.

—Estaba con amigos —le solté—. Tengo otros amigos aparte de Connie.

—Otros amigos. Seguro. Tú estabas por ahí follándote a algún novio o Dios sabe qué. Eres una mentirosa despreciable. —Apenas me miraba, sus palabras eran tan compulsivas y enfebrecidas como las obscenidades entre dientes de un pervertido—. A lo mejor tendría que llevarte al reformatorio. ¿Es eso lo que quieres? Está claro que yo ya no soy capaz de controlarte. Que se te queden allí. A ver si ellos te ponen recta.

Yo me di la vuelta y me largué, pero ni siquiera en el pasillo, ni siquiera con la puerta de mi cuarto cerrada, dejé de oír a mi madre con su amarga cantinela.

Llamó a Frank de refuerzo: vi desde la cama cómo sacaba la puerta de mi cuarto de sus goznes. Lo hizo con cuidado y sin hacer ruido, aunque le llevó un buen rato, y al final la extrajo lentamente del marco como si fuera de cristal y no de madera hueca y barata. La apoyó con suavidad contra la pared. Luego se demoró un momento en el dintel, ahora vacío, mientras hacía tintinear los tornillos en las manos como dados.

—Disculpa por esto —dijo, como si no fuera más que un empleado doméstico, el encargado de mantenimiento, cumpliendo con los deseos de mi madre.

Yo no quería tener que reparar en la amabilidad que había en sus ojos, en cómo ésta despojó todo mi resentido relato de Frank de cualquier fervor real. Me lo imaginé en México por primera vez, algo tostado por el sol, con el vello de los brazos teñido de rubio platino. Dando sorbos a un refresco de limón mientras supervisaba su mina; me imaginé una cueva con el interior adoquinado de pedregosas vetas de oro.

Esperaba que en cualquier momento Frank le contara a mi madre lo del dinero robado. Para añadir más problemas a la lista. Pero no lo hizo. Puede que viera que ya estaba lo bastante enfadada. Mantuvo una silenciosa vigilia sentado a la mesa durante las numerosas conversaciones telefónicas con mi padre, mientras yo escuchaba desde el pasillo. Las quejas chillonas de mi madre, todas sus preguntas reducidas a un registro histérico. ¿Qué clase de persona se mete en casa de un vecino? ¿De una familia que conoce de toda la vida?

–Porque sí –añadió con estridencia. Una pausa–. ¿Te crees que no se lo he preguntado? ¿Te crees que no lo he intentado?

Silencio.

–Ah, claro, seguro, estoy convencida. ¿Quieres probar?

Así que me mandaron a Palo Alto.

Pasé dos semanas en el apartamento de mi padre. Los Apartamentos Portofino, enfrente de un Denny's, eran tan cuadriculados y estaban tan vacíos como amplia y recargada era la casa de mi madre. Tamar y mi padre se habían mudado al más grande, y por todas partes se podían ver las naturalezas muertas de adultez que ella tan obviamente había colocado: un cuenco de fruta encerada en la encimera, la mesa camarera con las botellas sin abrir. La alfombra, que conservaba las huellas anodinas del aspirado.

Suzanne se olvidaría de mí, pensé, el rancho seguiría avanzando a toda mecha sin contar conmigo y yo me quedaría sin nada. Mis ideas persecutorias engullían y engordaban con estas preocupaciones. Suzanne era como esa novia que esperaba al soldado en casa y que la distancia volvía vaporosa y perfecta. Pero puede también que parte de mí se sintiera aliviada. De pasar un tiempo al margen. Lo de la casa de los Dutton me había asustado, ese vacío que había visto en el rostro de Suzanne. Eran pequeños detalles, pequeños malestares y titubeos internos, pero, de todos modos, allí estaban.

¿Qué esperaba yo de vivir con mi padre y con Tamar? ¿Que mi padre tratara de averiguar el porqué de mi comportamiento? ¿Que me castigara, que actuase como un padre? Daba la impresión de que consideraba el castigo un derecho al que había renunciado, y me trataba con la misma educada cortesía que uno le dispensaría a un pariente anciano.

Se sorprendió al verme: habían pasado más de dos meses. Pareció recordar que debía abrazarme, y dio un tumbo hacia mí. Noté un abultamiento nuevo en sus orejas, y la camisa de vaquero que llevaba no se la había visto antes. Sabía que también yo estaba distinta. Llevaba el pelo más largo, y las puntas sin arreglar, como Suzanne. El vestido del rancho estaba tan gastado que podía meter el dedo gordo por un agujero de la manga. Mi padre hizo un gesto de ayudarme con la bolsa, pero yo la lancé al asiento de atrás antes de que me alcanzara.

—Gracias igualmente —dije, intentando sonreír.

Él extendió los brazos a los lados, y cuando me devolvió la sonrisa, fue como la disculpa desvalida de un extranjero que necesita que le repitan cómo llegar a un sitio. Mi cerebro, para él, era un misterioso truco de magia ante el que sólo cabía maravillarse. Sin molestarse jamás en descubrir el compartimento secreto. Mientras nos sentábamos, pude sentir cómo reunía fuerzas para invocar el papel de padre.

—No tendré que encerrarte con llave en tu cuarto, ¿verdad? —me dijo. Una risa vacilante—. ¿Nada de colarse en casa de nadie?

Cuando asentí, se relajó visiblemente. Como si se hubiese quitado algo de en medio.

—Es buena época para que nos visites —siguió diciendo, como si todo eso fuera algo voluntario—. Ahora ya estamos instalados. Tamar es muy especial con los muebles y demás. —Encendió el motor, lejos ya de cualquier mención a problema alguno—. Fue hasta el rastro de Half Moon Bay para comprar una mesa camarera.

Hubo un instante en que quise alargar la mano hacia

259

él, en el asiento de al lado, trazar una línea que fuera de mí hasta ese hombre que era mi padre, pero el momento pasó.

–Escoge tú la emisora –ofreció, y me pareció tan tímido como un chico en un baile.

Los primeros días, los tres estuvimos nerviosos. Me levanté temprano para hacer la cama del cuarto de invitados, intentando volver a dejar los cojines de adorno tal y como estaban. Mi vida se limitaba a mi bolso saco y a mi bolsa de ropa, una existencia que me esforzaba en mantener tan ordenada e invisible como fuera posible. Como de acampada, pensé, como una pequeña aventura de autosuficiencia. La primera noche, mi padre trajo a casa una tarrina de helado con vetas de chocolate, y sirvió unas raciones descomunalmente generosas. Tamar y yo sólo tomamos de la nuestra, pero mi padre convirtió en algo personal comerse otro cuenco. No dejaba de levantar la vista hacia nosotras, como para confirmar su propio placer. Sus mujeres y su helado.

Tamar fue la sorpresa. Tamar, con sus pantalones cortos de rizo y la camiseta de una universidad de la que yo nunca había oído hablar. Que se depilaba las piernas a la cera en el baño con un complicado artefacto que dejaba el apartamento inundado de la humedad del alcanfor. Con sus correspondientes ungüentos y aceites capilares, y esas uñas cuya superficie lunar inspeccionaba en busca de signos de deficiencias nutricionales.

Al principio, no pareció muy contenta con mi presencia. Ese abrazo incómodo que me dio, como si aceptara gravemente la tarea de ser mi nueva madre. Yo también estaba decepcionada. No era más que una chica, y no la mujer exótica que había imaginado en su día: todo lo que me había parecido especial en ella era en realidad una mera prueba de eso que Russell llamaría una excursión por el mundo normal. Tamar hacía lo que se esperaba de ella. Trabajar para mi padre, ponerse su trajecito. Se moría por ser la esposa de alguien.

Pero esa formalidad se disolvió de inmediato, un velo de adultez tan provisional como un disfraz. Me dejaba revolver en el neceser acolchado en el que guardaba el maquillaje, y entre sus frascos de perfume vulgar, observándome con el orgullo de una auténtica coleccionista. Me plantó en las manos una blusa suya, con las mangas acampanadas y botones de nácar.

–Ya no es mi estilo –dijo, encogiéndose de hombros y arrancando un hilo suelto–. Pero a ti te quedará bien, lo sé. Isabelino.

Y me quedaba bien. Tamar sabía esas cosas. Sabía el número de calorías de la mayor parte de alimentos, que recitaba con tono sarcástico, como haciendo burla de sus propios conocimientos. Preparaba verduras vindaloo. Ollas de lentejas bañadas en una salsa amarilla que despedía un brillo insólito. Los tubos de antiácidos que mi padre se tragaba como si fuesen caramelos. Tamar le acercaba la mejilla para que se la besara, pero lo ahuyentaba cuando él intentaba cogerle la mano.

–Estás todo sudado –le dijo.

Cuando mi padre vio que me había dado cuenta, soltó una risita, pero parecía avergonzado.

A mi padre le divertía nuestra connivencia, aunque alguna que otra vez daba pie a que nos riésemos de él. Un día, Tamar y yo estábamos hablando de Spanky and Our Gang y él quiso meter baza. Debía de ser algo como La Pandilla, imaginaba. Tamar y yo nos miramos.

–Es una banda –dijo ella–. Ya sabes, esa música de rock and roll que les gusta a los jóvenes.

261

Y la cara confundida y huérfana de mi padre nos hizo estallar de nuevo.

Tenían un lujoso tocadiscos que Tamar decía siempre que quería mover a otro rincón de la sala por motivos acústicos y estéticos diversos. Mencionaba sin cesar los planes futuros de suelos de roble y molduras en el techo, e incluso de trapos nuevos para secar los platos, aunque la planificación en sí ya parecía satisfacerla. La música que ponía era más refinada que el jaleo del rancho. Jane Birkin y ese marido viejo suyo con cara de rana, Serge.

–Es guapa –dije, estudiando la portada del disco.

Y lo era, la piel color de nuez y la cara delicada, y esos dientecillos de conejo. Serge era asqueroso. Esas canciones sobre la Bella Durmiente, una chica que parecía de lo más deseable porque sus ojos estaban siempre cerrados. ¿Por qué lo querría Jane? Tamar quería a mi padre, las chicas querían a Russell. Hombres que no tenían nada que ver con los chicos que me dijeron que me iban a gustar. Chicos con el pecho lampiño y los rasgos suaves, todo un reguero de imperfecciones en las espaldas. No quería pensar en Mitch porque me hacía recordar a Suzanne: aquella noche había tenido lugar en otra parte, en una casita de muñecas en Tiburon, con una piscinita y un césped verde diminuto. Una casita de muñecas que yo podía mirar desde arriba, a la que podía levantarle el techo para ver las habitaciones divididas como las cavidades del corazón. La cama del tamaño de una caja de cerillas.

Tamar era distinta de Suzanne, en el sentido de que era más sencilla. No era complicada. No controlaba mi atención tan de cerca, no me empujaba a apoyar sus afirmaciones. Cuando quería que me apartara, lo decía. Me relajé, algo a lo que no estaba acostumbrada. Aun así, echaba de menos a Suzanne: Suzanne, a la que recordaba como un sueño en el que abriera la puerta de una habitación olvidada. Tamar era dulce y amable, pero el mundo en el que se movía parecía un plató de televisión: limitado, sencillo y trivial, con los códigos y estructuras de la normalidad. Desayuno, comida y cena. No había una brecha atemorizante entre la vida que llevaba y lo que pensaba de esa vida, un barranco oscuro que a menudo sí percibía en Suzanne, y puede que también en mí misma. Ni ella ni yo podíamos participar plenamente de nuestros días, aunque más adelante Suzanne lo haría de un modo que no podría borrar jamás. Me refiero a que no acabábamos de creer que bastara con eso, con lo que se nos ofrecía, y en cambio Tamar parecía aceptar el mundo alegremente, como un fin de trayecto. Sus planes no pretendían cambiar nada, en realidad: sólo estaba recolocando las mismas cantidades conocidas, definiendo un orden nuevo como si la vida fuera un plano de distribución de asientos extendido.

Tamar estaba haciendo la cena mientras esperábamos a mi padre. Parecía más joven que de costumbre: se había lavado la cara con un limpiador que, según me explicó, contenía proteínas de leche de verdad, para prevenir las arrugas. El pelo mojado, que le oscurecía los hombros de la camiseta; los pantalones cortos de algodón, con el borde de encaje. Su sitio estaba en una residencia de estudiantes de alguna parte, comiendo palomitas y bebiendo cerveza.

–¿Me pasas un bol?

Lo hice, y Tamar apartó una ración de lentejas.

–Sin especias. –Puso los ojos en blanco–. Para los estómagos delicados.

Tuve un destello amargo de mi madre haciendo eso mismo: pequeños consuelos, pequeños ajustes, para que el mundo reflejara los deseos de mi padre. Comprándole diez pares de calcetines iguales para que nunca los llevase desparejados.

—A veces es casi como si fuera un niño, ¿sabes? —dijo Tamar, cogiendo una pizca de cúrcuma—. Me fui un fin de semana, y cuando volví lo único que había de comer era cecina y una cebolla. Se moriría si tuviera que cuidar de sí mismo. —Me miró—. Pero a lo mejor no tendría que estar contándote esto, ¿no?

Tamar no estaba siendo ruin, pero me sorprendió, esa facilidad con la que desmontó a mi padre. Nunca se me había pasado por la cabeza, en realidad, que pudiera ser una figura cómica, alguien que cometía errores, o que actuaba como un niño, o que iba tropezando sin remedio por el mundo y necesitaba que lo guiaran.

No había pasado nada terrible entre él y yo. No había ni un solo momento concreto que pudiese recordar, ninguna pelea a gritos ni ningún portazo. Pero ésa fue la sensación que tuve, una sensación que empezó a infiltrarlo todo hasta que resultó obvio que no era más que un hombre corriente. Como cualquier otro. Que le preocupaba lo que los demás pensaran de él y los ojos se le escapaban al espejo que había junto a la puerta. Que seguía empeñado en aprender francés por su cuenta con una cinta y lo oía repetir palabras por lo bajo. La forma en que su barriga, más grande de lo que recordaba, le asomaba a veces por entre los botones de la camisa. Franjas de piel, rosada como la de un recién nacido.

—Y quiero a tu padre —dijo Tamar. Con palabras cuidadosas, como si las fuesen a archivar—. Lo quiero. Me invitó a cenar seis veces antes de que aceptara, pero fue tan amable... Como si supiera antes que yo que acabaría diciendo que sí.

Pareció caer en la cuenta de lo que había dicho: las dos estábamos pensando lo mismo. Mi padre vivía en casa entonces. Dormía en la cama con mi madre. Tamar se estremeció; estaba claro que esperaba que yo dijese algo, pero no pude invocar ninguna rabia. Eso era lo raro: no odiaba a mi padre. Quería algo. Igual que yo quería a Suzanne. O mi madre a Frank. Querías algo y no podías evitarlo, porque no había nada más que tu vida, era sólo contigo con quien te despertabas, ¿y cómo te ibas a decir a ti mismo que lo que querías estaba mal?

Tamar y yo estábamos echadas en la alfombra, las rodillas flexionadas, la cabeza vuelta hacia el tocadiscos. La boca me zumbaba todavía por la acidez del zumo de naranja que habíamos comprado en un puesto tras andar cuatro manzanas. Los talones de madera de mis sandalias golpeando la acera; Tamar parloteando alegremente en la cálida oscuridad veraniega.

Mi padre entró y sonrió, pero vi que le molestaba la música, que sonara sincopada a propósito.

–¿Puedes bajar eso?

–Venga –replicó Tamar–. No está tan alta.

–Eso –secundé yo, feliz con la novedad de una aliada.

–¿Ves? Escucha a tu hija.

Alargó la manó sin mirar para darme una palmadita en el hombro. Mi padre se marchó sin decir nada, y un minuto después volvió y levantó la aguja; el salón abruptamente silencioso.

–¡Eh! –protestó Tamar mientras se incorporaba, pero mi padre se alejaba ya indignado, y oí la ducha en el baño–. Que te jodan –farfulló. Se puso de pie, con los nudos de la alfombra marcados en la parte de atrás de las piernas. Me echó una mirada–. Lo siento –dijo con gesto ausente.

La oí hablar en voz baja en la cocina. Estaba al teléfono, y veía cómo sus dedos atravesaban las espirales del cable, una y otra vez. Tamar se reía, y se tapaba la boca al hacerlo, acercándose el auricular. Tuve la incómoda certeza de que se estaba riendo de mi padre.

No sé cuándo me di cuenta de que Tamar lo dejaría. No enseguida, pero pronto. Su cabeza estaba ya en otra parte, escribiendo una vida más interesante para ella, una en la que mi padre y yo seríamos el decorado de una anécdota. Un desvío dentro de un viaje más largo y acertado. La redecoración de su propia historia. ¿Y quién le quedaría a mi padre entonces, para quién ganaría dinero, a quién le traería postre? Me lo imaginé abriendo la puerta del apartamento vacío después de un largo día de trabajo. Las habitaciones estarían tal como las habría dejado, inalteradas por el paso de otra persona. Y habría un momento, antes de encender la luz, en el que tal vez imaginaría una vida distinta revelándose en la oscuridad, algo más, aparte de los perfiles solitarios del sofá, y de esos cojines que conservaban todavía la forma de su cuerpo soñoliento.

Mucha gente joven se escapaba de casa: en aquel entonces podías marcharte simplemente porque estabas aburrido. No hacía falta siquiera una tragedia. La decisión de volver al rancho no fue difícil. Mi otra casa ya no era una opción, existía la posibilidad ridícula de que mi madre me llevara a rastras a comisaría. ¿Y en la de mi padre qué había? Tamar, la forma en que insistía en mi alianza juvenil. El pudin de chocolate después de cenar, frío de la nevera, que era como nuestra cuota diaria de placer.

Puede que antes del rancho esa vida hubiese sido suficiente.

Pero el rancho demostraba que se podía vivir a un ritmo más extraño. Que se podían derribar esas insignificantes debilidades humanas y adentrarse en un amor más grande. Yo creía, a la manera de los adolescentes, en la superioridad y el acierto absolutos de mi amor. Mis propios sentimientos daban forma a la definición. Ese tipo de amor era algo que ni mi padre, ni siquiera Tamar, podrían entender nunca, y por supuesto tenía que marcharme de allí.

Mientras yo me pasaba el día viendo la tele en la penumbra sofocante y recalentada del apartamento de mi padre, el rancho se estaba viniendo abajo. Aunque yo tardaría un tiempo en ser consciente de hasta qué punto. El problema era el contrato discográfico: no habría ninguno, y eso era algo que Russell no podía aceptar. Tenía las manos atadas, le había dicho Mitch: él no podía obligar a la compañía a cambiar de idea. Mitch era un músico de éxito, un guitarrista con talento, pero no tenía esa clase de poder.

Era cierto: y eso hace que mi noche con él resulte lamentable, un runrún de ruedas que patinan sin tocar suelo. Pero Russell no creía a Mitch, o tal vez había pasado a dar igual. Éste se convirtió en el práctico depositario de un asco universal. Las diatribas caminando arriba y abajo se incrementaron en frecuencia y duración; Russell le echaba la culpa de todo a Mitch, ese Judas sobrealimentado. Los rifles del 22 que cambiaron por Buntlines, los delirios de traición que infundió Russell en los demás. Ya ni siquiera se molestaba en ocultar su cólera. Guy iba repartiendo speed; Suzanne y él se metían corriendo en el cobertizo de la bomba de agua y volvían con los ojos negros como bayas. Las prácticas de tiro en los árboles. El rancho nunca había sido parte del mundo exterior, pero se aisló todavía más. Sin periódicos, sin televisión, sin radio. Russell empezó a rechazar visitantes y mandaba a Guy con las chicas en cada incursión que hacían en las basuras. Un caparazón se endureció en torno al lugar.

Me imagino a Suzanne levantándose de la cama, esas mañanas, sin noción alguna del paso de los días. La situación con la comida se estaba volviendo desesperada, todo tocado por una leve putrefacción. No comían mucha proteína, sus cerebros funcionaban a base de simples carbohidratos y algún que otro bocadillo de mantequilla de cacahuete. El speed dejaba a Suzanne pelada de sentimientos: debía de moverse por la estática porosa de su propio embotamiento como si atravesara un océano profundo.

A todo el mundo, después, le parecería increíble que los del rancho se quedaran allí dada la situación. Una situación tan indiscutiblemente mala. Pero Suzanne no tenía nada más: le había entregado su vida por completo a Russell, y para entonces era ya algo que él podía coger entre las manos, y darle vueltas y vueltas, calibrando su peso. Suzanne y las demás chicas habían perdido la capacidad de hacer ciertos juicios, el músculo sin usar de su ego se había ido quedando flojo y atrofiado. Hacía mucho tiempo que no habitaban un mundo en el que el bien y el mal existieran de un modo real. Cualquier instinto que hubiesen tenido jamás –un débil nudo en el estómago, un reconcomio de preocupación– era ahora inaudible. Si es que esos instintos habían sido detectables alguna vez.

No hizo falta mucho: yo sabía que el simple hecho de ser una chica perjudicaba la capacidad de creer en ti misma. Los sentimientos parecían algo en absoluto fiable, como los galimatías llenos de errores que le arrancábamos a la ouija. Las visitas de mi infancia al médico de cabecera solían ser situaciones estresantes por ese motivo. Me hacía preguntas consideradas: ¿cómo me encontraba? ¿Cómo describiría el dolor? ¿Era más bien agudo o difuso? Y yo me lo quedaba mirando con desesperación. Lo que necesitaba era que me lo *dijeran,* ésa era la gracia de ir al médico. Que me hiciesen un análisis, que me metiesen en una máquina que me peinara por dentro con radiológica precisión y me dijeran cuál era la verdad.

Por descontado las chicas no se fueron del rancho: es mucho lo que uno puede soportar. Cuando tenía nueve años, me rompí la muñeca al caer de un columpio. Un crujido impactante, un dolor como para desmayarse. Pero aun así, aun con la muñeca hinchándose con un brazalete de sangre estancada, yo insistía en que me encontraba bien, que no era nada, y mis padres me creyeron hasta que el doctor les enseñó la radiografía, los huesos partidos limpiamente en dos.

12

Tan pronto como hice la bolsa, dio la impresión de que no había pasado nunca nadie por el cuarto de invitados: mi ausencia quedó absorbida de inmediato, lo que tal vez fuese la clave de cuartos como ése. Pensaba que Tamar y mi padre ya se habrían ido a trabajar, pero cuando entré en el salón, mi padre soltó un gruñido desde el sofá.

–Tamar ha salido a comprar zumo de naranja o no sé qué tontería –me dijo.

Nos sentamos juntos y estuvimos viendo la tele. Tamar tardó mucho rato. Mi padre no dejaba de frotarse la mandíbula recién afeitada, parecía que tuviese la cara a medio cocer. Los anuncios me incomodaron con sus sentimientos estridentes, por cómo daban la sensación de burlarse de nuestra embarazosa quietud. La forma en que mi padre medía nerviosamente el silencio. Lo tensa por la expectación que habría estado yo un mes antes. Dragando mi vida en busca de alguna joya que ofrecerle de entre mis experiencias. Pero ya no era capaz de hacer ese esfuerzo. Conocía a mi padre mejor que nunca, y al mismo tiempo, era más que nunca un desconocido: un simple hombre, sensible a las especias, haciendo estimaciones sobre sus mercados extranjeros. Aplicándose con al francés.

Se puso un momento de pie cuando oyó las llaves de Tamar enredando en la puerta.

—Tendríamos que haber salido hace media hora —dijo. Tamar me echó una mirada, se recolocó la tira del bolso.

—Lo siento. —Le lanzó una sonrisa tensa.

—Sabías la hora a la que nos teníamos que ir.

—He dicho que lo siento.

Y dio la impresión, por un momento, de que lo sentía de verdad. Pero entonces los ojos se le fueron sin poder evitarlo a la tele, que seguía encendida, y aunque intentó volver a conectar, mi padre se había dado cuenta.

—Y ni siquiera traes zumo de naranja —dijo, con la voz temblándole de dolor.

Una pareja joven fueron los primeros en cogerme. La chica tenía el pelo del color de la mantequilla, una blusa anudada a la cintura, y no dejaba de darse la vuelta para sonreírme y ofrecerme pistachos de una bolsa. Cuando besaba al chico, podía ver su lengua inquieta.

Yo no había hecho nunca autoestop. Me ponía nerviosa tener que encajar en lo que fuera que los desconocidos esperasen de una chica de pelo largo: no sabía qué grado de indignación mostrar hacia la guerra, cómo hablar de los estudiantes que lanzaban ladrillos a la policía o secuestraban aviones de pasajeros y exigían que los llevasen a Cuba. Yo siempre me había quedado al margen de todo eso, como si estuviese viendo una película de lo que debería ser mi vida. Pero era distinto, ahora que me encaminaba al rancho.

No dejaba de imaginarme el momento en el que Ta-

271

mar y mi padre, al volver de la oficina, se darían cuenta de que me había ido. Lo irían comprendiendo lentamente, y lo más probable era que Tamar llegase a la conclusión antes que mi padre. El apartamento vacío, ni rastro de mis cosas. Y puede que mi padre llamara a mi madre, pero ¿qué iban a hacer ellos? ¿Qué castigo podían imponerme? No sabían adónde había ido. Había escapado de su radio de acción. Hasta su preocupación era emocionante, en cierto sentido: llegaría un momento en el que tendrían que preguntarse por qué me había ido, una culpabilidad turbia emergería a la superficie, y no tendrían más remedio que sentirla con toda su fuerza, aunque fuese sólo por un segundo.

La pareja me llevó hasta Woodside. Esperé en el aparcamiento del Cal-Mart hasta que me recogió un hombre en un Chevrolet desastrado. Iba camino de Berkeley a dejar un componente de motocicleta. Cada vez que pasaba por un bache, la guantera, cerrada con celo, repiqueteaba. Los árboles lanudos pasaban como una exhalación por la ventanilla, cargados de sol, con la franja morada de bahía al otro lado. Yo me puse el bolso encima de la falda. El hombre se llamaba Claude, y parecía avergonzado por cómo desentonaba ese nombre con su aspecto.

–A mi madre le gustaba ese actor francés –masculló.

Claude se empeñó en rebuscar en la cartera para enseñarme fotos de su hija. Era una niña regordeta, con el puente de la nariz rosado. Unos tirabuzones pasados de moda. Dio la impresión de que Claude percibía mi lástima, porque me arrancó la cartera de las manos.

–Las chicas no tendríais que estar haciendo esto.

Negó con la cabeza y vi en su cara un leve atisbo de preocupación por mí, un reconocimiento, pensé yo, de lo valiente que era. Aunque debería haber sabido que cuando

272

los hombres te advierten de que vayas con cuidado, a menudo te están previniendo de la película oscura que les pasa a ellos por la cabeza. Alguna ensoñación violenta que los impulsa a exhortarte con culpabilidad a volver «sana y salva a casa».

–Mira, ojalá hubiese sido como tú –dijo Claude–. Libre y sin complicaciones. Viajando por ahí y punto. Pero siempre tenía trabajo.

Deslizó la vista hacia mí antes de ponerla de nuevo en la carretera. La primera punzada de incomodidad: había cogido práctica descifrando ciertas expresiones masculinas de deseo. Un carraspeo para aclarar la garganta, una frialdad tasadora en la mirada.

–Vosotros no trabajáis nunca, ¿eh?

Estaba de broma, lo más seguro, pero yo no lo tenía del todo claro. Había acritud en el tono de su voz, un aguijonazo de auténtico resentimiento. A lo mejor debería haberme asustado. Un hombre mayor que yo, que veía que estaba sola, que creía que le debía algo: eso era lo peor que podía creer un hombre. Pero no tenía miedo. Estaba protegida, un atolondramiento alegre e intocable se había apoderado de mí. Volvía al rancho. Iba a ver a Suzanne. Claude apenas me parecía real: un payaso de papel, inofensivo y risible.

–¿Aquí está bien? –preguntó Claude.

Había parado cerca del campus de Berkeley, el campanario y las casas con escalinatas escondían las colinas más allá. Apagó el motor. Sentí el calor de fuera, el fluir cercano del tráfico.

–Gracias –me despedí, cogiendo mis cosas.

–No corras tanto –dijo cuando yo empezaba a abrir la puerta–. Quédate conmigo un segundo, ¿eh?

Suspiré pero volví a sentarme. Vi las colinas áridas sobre Berkeley y recordé, con un sobresalto, ese breve momento en invierno en el que se ponían verdes, orondas y húmedas. Entonces ni siquiera conocía a Suzanne. Noté que Claude me miraba de reojo.

—Oye. —Se rascó el cuello—. Si necesitas dinero...

—No necesito dinero. —No tuve miedo mientras me despedía con un adiós rápido e indiferente y abría la puerta—. Gracias de nuevo. Por llevarme.

—Espera —dijo, agarrándome de la muñeca.

—Vete a la mierda —solté, con una fuerza desconocida en la voz, y de un tirón liberé la mano del brazalete con que me aferraba. Antes de cerrar de un portazo, vi la cara débil y balbuceante de Claude. Me alejé, sin aliento. Casi riendo. La acera irradiaba incluso calor, el pulso del sol repentino. Estaba exaltada por el intercambio, como si éste hubiese dejado de pronto más espacio en el mundo.

—Zorra —gritó Claude, pero no me volví a mirar.

La avenida Telegraph estaba abarrotada: había gente vendiendo altares de incienso y joyería de conchos, los bolsos de piel colgaban de la valla de un callejón. La ciudad de Berkeley estaba rehaciendo todas las calles ese verano, por lo que había pilas de escombros acumuladas en las aceras, zanjas abriéndose en mitad del asfalto como en una película de catástrofes. Un grupo con túnicas hasta el suelo agitó unos panfletos hacia mí. Chicos sin camiseta y con los brazos impresos de tenues moratones me miraron de arriba abajo. Vi a chicas de mi edad arrastrando bolsos de alfombra que les chocaban contra las rodillas, con levitas de terciopelo en el calor de agosto.

Incluso después de lo que había pasado con Claude, no tenía miedo de hacer autoestop. Claude no era más que alguien inofensivo que flotaba a la deriva en el límite de mi campo de visión, alejándose tranquilamente hacia el vacío. Tom fue la sexta persona a la que abordé; le di unos golpecitos en el hombro cuando se disponía a meterse en el coche. Pareció halagado por la petición, como si fuese una excusa que yo había inventado para acercarme a él. Sacudió con prisas el asiento del pasajero, lanzando una lluvia silenciosa de migas a la alfombrilla.

–Podría estar más limpio –dijo. Excusándose, como si yo fuera a ponerme quisquillosa.

Tom conducía el pequeño coche japonés justo a la velocidad máxima, y miraba por encima del hombro antes de cambiar de carril. Su camisa de cuadros estaba desgastada por los codos, pero la llevaba limpia y metida por dentro; había en sus muñecas delgadas una cualidad juvenil que me conmovió. Me llevó hasta el mismo rancho, a pesar de que quedaba a una hora de Berkeley. Dijo que iba a visitar a unos amigos del colegio universitario de Santa Rosa, pero mentía muy mal: vi cómo se le ponía rojo el cuello. Era educado, un estudiante de Berkeley. Estaba en el curso de acceso a medicina, aunque le gustaba la sociología, también, y la historia.

–Lyndon B. Johnson –dijo–. Eso sí que era un presidente.

Tenía una gran familia, supe, y una perra llamada Sister, y muchos deberes: estaba en la escuela de verano, intentando sacarse los prerrequisitos. Me preguntó en qué estaba matriculada yo. El error me ilusionó: debía de pensar que tenía dieciocho, como mínimo.

–Yo no voy a la universidad –le dije. Y estaba a punto de explicarle que aún iba al instituto, pero Tom se puso a la defensiva de inmediato.

–Yo también estaba pensando en hacer eso. En dejarlo. Pero voy a terminar las clases de verano. Ya he pagado la inscripción. Es decir, ojalá no lo hubiese hecho, pero...
–Se le fue apagando la voz. Me miró hasta que me di cuenta de que buscaba mi perdón.

–Qué rollazo –le dije, y eso pareció bastar.

Se aclaró la garganta.

–Entonces, ¿tienes trabajo o algo? Si no estudias... –preguntó–. Vaya, a no ser que sea una pregunta grosera. No tienes por qué responder.

Yo me encogí de hombros, con una soltura fingida. Aunque tal vez sí que me sintiera cómoda en aquel trayecto en coche, como si pudiera habitar el mundo con esa fluidez. Con esas maneras sencillas de responder a las necesidades. Hablar con desconocidos, lidiar con situaciones.

–El sitio al que voy... He pasado un tiempo allí –le dije–. Es un grupo grande. Nos cuidamos los unos a los otros.

Tenía los ojos puestos en la carretera, pero me escuchó con atención mientras le explicaba cómo era el rancho. Esa curiosa casa antigua, los niños. La instalación de agua que Guy había montado en el patio, una maraña de tuberías.

–Parece la Casa Internacional –dijo–. Donde vivo yo. Somos quince. Hay un calendario de tareas en el pasillo, y hacemos todos turnos con las peores.

–Sí, puede –respondí, aunque sabía que el rancho no se parecía en nada a la Casa Internacional, con estudiantes de filosofía bizcos discutiendo sobre quién había dejado los platos de la cena sin lavar y una chica polaca mordisqueando pan de centeno y llorando por un novio lejano.

–¿De quién es la casa? ¿Es como un centro o algo?

Era raro explicarle a alguien quién era Russell, recordar que había mundos enteros en los que Russell o Suzanne no existían.

276

–Su disco saldrá hacia Navidad, seguramente –recuerdo que le dije.

Seguí hablándole del rancho, de Russell. Y cómo dejé caer el nombre de Mitch, igual que había hecho Donna aquel día en el autobús, con un estudiado y cuidadoso despliegue. Cuanto más nos acercábamos, más me exaltaba yo. Como esos caballos que se desbocan por añoranza del establo y se olvidan del jinete.

–Suena bien –dijo Tom.

Estaba claro que mis historias lo habían entusiasmado, había una excitación soñadora en sus rasgos. Fascinado por cuentos de otros mundos.

–Podrías quedarte un rato –le dije–. Si quieres.

Tom se iluminó al oír la oferta; la gratitud lo hizo avergonzarse.

–Sólo si no es molestia –dijo, con el rubor coagulando en sus mejillas.

Imaginé que Suzanne y los demás estarían contentos conmigo por traer una persona nueva. Engrosar las filas, los trucos de siempre. Un admirador con cara alelada que alzara su voz con nosotros y contribuyera a las reservas de comida. Pero había otra cosa que me interesaba ampliar: aquel silencio tenso y agradable del coche, el calor estancado que levantaba vapores del cuero. La imagen distorsionada de mí misma en el retrovisor, que sólo me dejaba ver la cantidad de pelo, la piel pecosa del hombro. Adopté la forma de una chica. El coche cruzó el puente y atravesó el velo apestoso del vertedero. Veía el arco de otra autopista lejana, bordeada de agua, y las planicies pantanosas que precedían la súbita pendiente del valle, el rancho oculto tras las colinas.

277

Para entonces, el rancho que yo había conocido era un lugar que ya no existía. El fin ya había llegado: cada interacción, su propia elegía. Pero había en mí un ímpetu ilusionado demasiado grande para darme cuenta. El vuelco que sentí cuando el coche de Tom enfiló el camino del rancho: habían pasado dos semanas, no era nada, pero el regreso me desbordó. Y sólo cuando vi que todo seguía allí, todavía tan vivo, extraño y medio de ensueño como siempre, comprendí que tenía miedo de que se hubiese esfumado. Las cosas que amaba, esa casa milagrosa: era como la de *Lo que el viento se llevó,* me di cuenta, al encontrarme con ella de nuevo. El rectángulo cenagoso del estanque, medio lleno, rebosante de algas y con el cemento a la vista: todo podía volver a mí.

Cuando Tom y yo bajamos del coche tuve un atisbo de duda, reparé en que los vaqueros de Tom estaban demasiado limpios. A lo mejor las chicas se burlaban de él, a lo mejor había sido mala idea invitarlo. Me dije a mí misma que iría bien. Vi cómo asimilaba el panorama: interpreté su expresión como la de alguien impresionado, aunque debía de estar fijándose en el abandono, en los armazones desguazados de los coches. En la envoltura reseca de una rana muerta flotando en la superficie del estanque. Pero todo eso eran detalles que a mí ya no me parecían destacables, como las llagas en las piernas de Nico, llenas de gravilla. Mis ojos ya estaban acostumbrados a la textura de la decadencia, así que sentía que había entrado de nuevo en el círculo de luz.

13

Donna se detuvo al vernos. Llevaba en los brazos un nido de ropa limpia que olía igual que el aire polvoriento.

–Qué peligro –soltó riendo. Peligro. Una palabra de un mundo perdido en el olvido–. Aquella mujer te pilló bien, ¿eh? Tío. Qué fuerte.

Unas ojeras oscuras le dibujaban medias lunas bajo los ojos, sus rasgos estaban hundidos y huecos, pero estos detalles quedaron eclipsados por la emoción de la familiaridad. Se la veía muy contenta de verme, pero cuando le presenté a Tom me deslizó una mirada.

–Me ha traído en coche –expliqué, solícita.

La sonrisa de Donna titubeó, y se recolocó la colada en los brazos.

–¿Todo bien si me quedo? –me susurró Tom, como si yo tuviera algún poder.

En el rancho siempre habían recibido a los visitantes con los brazos abiertos, y los sometían a su socarrona retahíla de atenciones. No se me ocurría por qué podría haber cambiado eso.

–Sí –dije, volviéndome hacia Donna–. ¿Verdad?

279

–Bueno. Yo no lo sé. Será mejor que hables con Suzanne. O con Guy. Sí.

Soltó una risita ausente. Estaba rara, aunque a mí me pareció la típica cháchara de Donna; hasta le tenía cariño a esas cosas. Un movimiento entre la hierba le llamó la atención: una lagartija correteando en busca de sombra.

–Russell vio un puma hace unos días –le comentó a nadie en particular. Con los ojos como platos–. Qué pasada, ¿eh?

–Mira quién ha vuelto –me saludó Suzanne, con un ramalazo de rabia en la voz. Como si hubiese desaparecido para tomarme unas pequeñas vacaciones–. Pensaba que te habías olvidado del camino.

Y pese a que había visto cómo me detenía la señora Dutton, no dejaba de echarle miraditas a Tom, como si él fuera el motivo de que me hubiese ido. Pobre Tom, que deambulaba por el jardín arrastrando los pies, con el paso vacilante de los visitantes de un museo y la nariz crispada por los olores de los animales, el retrete atascado. La expresión de Suzanne estaba bañada en la misma incomprensión distante que la de Donna: ya no concebían un mundo en el que uno pudiera ser castigado. De pronto me sentí culpable por las noches con Tamar, por las tardes enteras en las que ni siquiera había pensado en Suzanne. Intenté que el apartamento de mi padre sonara peor de lo que había sido, como si me hubiesen tenido vigilada en todo momento y hubiera padecido castigos sin fin.

–Dios –dijo Suzanne, resoplando–. Qué coñazo.

La sombra del rancho se extendía por la hierba como un extraño cuarto al aire libre, y nos sentamos en esa bendición a cubierto, con una hilera de mosquitos revoloteando a la tenue luz de la tarde. El aire crepitaba con un brillo de feria; los cuerpos familiares de las chicas chocaban contra el mío, devolviéndome a mí misma. Un fugaz destello metálico entre los árboles: Guy estaba moviendo un coche a empujones detrás del rancho, las voces resonaban con un eco y luego desaparecían. La silueta soñolienta de los niños, haciendo el tonto en charcos poco profundos: alguien había olvidado cerrar la manguera. Helen estaba envuelta en una manta, subida hasta la barbilla como una gola de lana, y Donna intentaba todo el rato quitársela de un tirón y dejar a la vista el cuerpo de reina del baile que había debajo, el moratón en el muslo de Helen. Yo era consciente de la presencia de Tom, sentado incómodamente en el polvo, pero sobre todo estaba encantada de tener la forma familiar de Suzanne a mi lado. Hablaba rápido, con un brillo de sudor en la cara. El vestido estaba mugriento, pero los ojos le resplandecían.

Tamar y mi padre no habrían vuelto a casa todavía, me di cuenta, y qué raro era estar ya en el rancho cuando ellos ni siquiera sabían que me había ido. Nico iba montado en un triciclo demasiado pequeño para él, oxidado, pedaleando enérgicamente con un ruido metálico.

–Qué mono –dijo Tom. Donna y Helen se echaron a reír.

Tom no estaba seguro de qué había dicho que hiciese gracia, pero parpadeó como si tuviera voluntad de aprender. Suzanne arrancó un tallo de hierba y se sentó en un viejo sillón orejero que habían sacado de la casa. Yo estaba atenta por si aparecía Russell, pero no lo veía por ninguna parte.

–Ha ido un rato a la ciudad –explicó Suzanne.

Las dos nos dimos la vuelta al oír un grito: sólo era Donna, que intentaba hacer el pino en el porche, el azote

281

de sus pies al golpear el suelo. Le había volcado la cerveza a Tom, pero era él el que se estaba disculpando, mirando alrededor como si fuera a encontrar una fregona.

–Dios –le dijo Suzanne–. Relájate.

Se secó las manos sudadas en el vestido, los ojos le saltaban un poco: el speed la dejaba rígida como un gato chino. Las chicas del instituto lo tomaban para no engordar, pero yo no lo había probado nunca: no parecía encajar con el colocón lánguido que yo asociaba con el rancho. Hacía a Suzanne más inalcanzable de lo normal, un cambio que no quería reconocerme a mí misma. Daba por hecho que sólo estaba enfadada. Su mirada no acababa de enfocar en ningún momento, detenida siempre justo al borde.

Estábamos hablando como hacíamos siempre, mientras nos pasábamos un porro que hizo toser a Tom, pero al mismo tiempo fui reparando en otras cosas con un ligero deje de inquietud: el rancho estaba menos concurrido que antes, no había desconocidos dando vueltas por allí con un plato vacío y preguntando a qué hora estaría lista la cena. Sacudiéndose el pelo hacia atrás mientras recordaban el largo viaje en coche hasta Los Ángeles. Y tampoco veía a Caroline por ninguna parte.

–Estaba rara –me explicó Suzanne cuando le pregunté por ella–. Como si le pudieras ver por dentro a través de la piel. Se fue a casa. Vino una gente a recogerla.

–¿Sus padres? –La idea sonaba ridícula, que alguien en el rancho tuviese padres siquiera.

–No pasa nada –dijo Suzanne–. Una furgoneta que iba hacia el norte, a Mendocino o por allí, creo. Los conocía de alguna parte.

Intenté imaginarme a Caroline de vuelta en casa de sus padres, dondequiera que estuviese. No llevé los pensamientos mucho más lejos de eso, de Caroline sana y salva y en otra parte.

Tom se sentía a todas luces incómodo. Seguro que estaba acostumbrado a universitarias con trabajos a media jornada, carnet de la biblioteca y las puntas abiertas. Helen, Donna y Suzanne eran toscas, desprendían una nota agria que me chocó también a mí, a la vuelta de dos semanas de cañerías milagrosas y de cercanía con el acicalamiento obsesivo de Tamar, con ese cepillo especial de nailon que usaba sólo para las uñas. No quería percibir las dudas de Tom, la sombra de apocamiento cada vez que Donna se dirigía a él directamente.

–Bueno, ¿y qué novedades hay con el disco? –pregunté en voz alta.

Esperaba una invocación de éxito que afirmase la fe de Tom. Porque aquello seguía siendo el rancho, y todo lo que yo había dicho era verdad: sólo tenía que abrirse a ello. Pero Suzanne me lanzó una mirada extraña, y las demás esperaron a que ella marcase el tono. No había resultado, eso era lo que querían decir sus ojos.

–Mitch es un puto traidor –dijo.

Yo estaba demasiado desconcertada para captar por completo el matiz inquietante de su odio: ¿cómo podía ser que Russell no hubiese conseguido el contrato? ¿Cómo podía ser que Mitch no hubiese visto ese algo en él, el aura de electricidad extraña, el murmullo del aire en torno a él? ¿Acaso era algo específico de este sitio, el poder que tenía Russell? Pero la estridente furia de Suzanne me recuperó para la causa.

–Mitch se acojonó, a saber por qué. Mintió. Esa gente... Putos imbéciles.

–No puedes jugar así con Russell –dijo Donna, sumándose–. Decirle una cosa y luego otra. Mitch no sabe quién es Russell. Russell no tendría ni que mover un dedo.

Russell había abofeteado a Helen, aquel día, como si nada. Los cambios incómodos que tuve que hacer yo, la bizquera mental, para ver las cosas de manera distinta.

–Pero a lo mejor Mitch cambia de idea, ¿no? –pregunté. Cuando por fin miré hacia Tom, él no estaba prestando atención, tenía los ojos puestos más allá del porche.

Suzanne se encogió de hombros.

–No lo sé. Le dijo a Russell que no lo volviera a llamar. –Soltó un resoplido–. Que le jodan. Desaparecer así, como si no hubiera hecho ninguna promesa.

Yo estaba pensando en Mitch. Su deseo, esa noche, lo volvió un bruto al que le dio igual mi mueca de dolor cuando me pilló el pelo bajo el brazo. Una mirada empañada que nos hacía indistinguibles, nuestros cuerpos el mero símbolo de un cuerpo.

–Pero no pasa nada –dijo Suzanne, con una sonrisa forzada–. No es...

La interrumpió la repentina sorpresa de Tom al ponerse en pie de un salto. Bajó del porche armando ruido y se puso a correr en dirección al estanque. Gritó algo que no entendí. Se le salió la camisa del pantalón, el chillido descarnado y vulnerable.

–¿Qué le pasa? –preguntó Suzanne, y yo no lo sabía. Me ruboricé con una vergüenza desesperada que se transformó en miedo: Tom seguía gritando, bajando a toda prisa los peldaños del estanque.

–El niño –dijo–. El chico.

Nico: vi un segundo la forma silenciosa de su cuerpo en el agua, sus pequeños pulmones encharcados y llenos. El porche tembló. Cuando llegamos corriendo al estanque, Tom ya estaba sacándolo trabajosamente del agua fangosa, y quedó claro de inmediato que estaba bien. Todo estaba bien. Nico se sentó en la hierba, chorreando, con una expresión de agravio en la cara. Los puños apretados, apartando a Tom. Lloraba más por él que por otra cosa, por ese hombre raro que le había gritado, que lo había arrastrado fuera del estanque cuando él sólo se estaba divirtiendo.

–¿A qué ha venido eso? –le preguntó Donna a Tom. Le dio unas burdas palmaditas a Nico en la cabeza, como si fuera un buen perro.

–Se ha tirado. –El pánico de Tom resonaba por todo su cuerpo, tenía los pantalones y la camisa empapados. Una ventosa húmeda en los zapatos.

–¿Y?

Tom abrió los ojos como platos, sin entender que tratar de explicarlo lo empeoraría aún más.

–Pensaba que se había caído al estanque.

–Pero hay agua dentro –dijo Helen.

–Esa cosa que moja –se burló Donna.

–El niño está bien –dijo Suzanne–. Lo has asustado.

–Glu glu glu. –A Helen le entró un ataque de risa–. ¿Pensabas que estaba muerto o algo?

–Se podría haber ahogado –replicó Tom, alzando la voz–. No había nadie vigilándolo. Es muy pequeño para nadar de verdad.

–Qué cara –dijo Donna–. Estás todo acojonado, ¿verdad?

La visión de Tom escurriendo el pestazo biológico del agua del estanque de su camisa. Los trastos tirados en el jardín brillando al sol. Nico se puso de pie y se sacudió el pelo. Se sorbió un poco la nariz con su infantil y chocante dignidad. Las chicas estaban riendo, todas ellas, así que Nico se alejó dando pisotones fácilmente, sin que nadie se diera cuenta de que se iba. Y yo fingí que tampoco me había preocupado, que había sabido en todo momento que no pasaba nada, porque Tom parecía patético, el pánico ahí mismo en la superficie, sin un lugar donde esconderse, y hasta el niño se había enfadado con él. Me sentía avergonzada de haberlo traído, por el jaleo que había armado, y Suzanne tenía los ojos clavados en mí, así que supe exactamente lo estúpida que había sido la idea. Tom me miró en busca de ayuda, pero vio la distancia en mi cara, la forma en que deslicé la vista al suelo.

—Es sólo que creo que tendríais que ir con cuidado —dijo.

Suzanne resopló.

—¿Nosotras tendríamos que ir con cuidado?

—Trabajé de socorrista —dijo, y le falló la voz—. La gente se ahoga en un palmo de agua.

Pero Suzanne no le escuchaba, le estaba haciendo una mueca a Donna. Su aversión compartida me incluía, pensé. No podía soportarlo.

—Relájate —le dije a Tom.

Parecía herido.

—Este sitio es horrible.

—Deberías irte, entonces —le respondió Suzanne—. ¿No te parece buena idea?

El golpeteo del speed, la sonrisa ausente, cruel: lo estaba tratando peor de lo necesario.

—¿Puedo hablar contigo un segundo? —me dijo Tom.

Suzanne se echó a reír.

—Ah, tío. Ya estamos.

—Sólo un segundo.

Al verme dudar, Suzanne soltó un suspiro.

—Ve a hablar con él. Dios.

Tom se apartó de las demás y yo lo seguí con paso vacilante, como si la distancia pudiese prevenir el contagio. No dejaba de mirar atrás, al grupo. Las chicas volvieron al porche. Yo quería estar entre ellas. Estaba furiosa con Tom, con esos estúpidos pantalones y ese pelo tieso.

–¿Qué? –dije. Impaciente, los labios apretados.

–No lo sé. Sólo que creo que... –Dudó, mirando un segundo a la casa, tirándose de la camisa–. Puedes volverte conmigo, si quieres. Hay una fiesta esta noche. En la Casa Internacional.

Me lo podía imaginar. Galletitas Ritz, grupos formales arremolinados en torno a fuentes de hielo deshecho. Hablando de los Estudiantes por una Sociedad Democrática y comparando listas de lecturas. Hice un leve gesto de indiferencia, un mínimo movimiento del hombro. Dio la impresión de que él pillaba aquel gesto como la falsedad que era.

–Podría dejarte mi número –dijo–. Es el teléfono del pasillo, pero sólo tienes que preguntar por mí.

Me llegó la cruda vaharada de la risa de Suzanne a través del aire.

–No te preocupes –le respondí–. Además aquí no hay teléfono.

–No son buena gente –dijo Tom, mirándome a los ojos. Parecía un cura rural después de un bautismo, los pantalones mojados pegados a las piernas, la mirada severa.

–¿Y tú qué sabes? –respondí, con un calor alarmante aflorando en mis mejillas–. Ni siquiera las conoces.

Tom hizo un gesto de frustración con las manos.

–Es un basurero –farfulló–. ¿Es que no lo ves?

Señaló la casa ruinosa, la maraña de malas hierbas. Todos los coches desguazados, los barriles de gasolina y las mantas de pícnic abandonadas al moho y las termitas. Y yo lo veía todo, pero no asimilaba nada: ya me había blindado contra él y no había nada más que decir.

La marcha de Tom permitió a las chicas profundizar en su naturaleza sin la fractura que suponía la mirada de un extraño. Se acabó la charla plácida y adormilada, se acabaron esos agradables momentos de tranquilo silencio.

–¿Dónde está tu amiguito? –dijo Suzanne–. ¿Tu colega? El afecto falso, la pierna zangoloteando, pese a que tenía una expresión vacía.

Yo intenté reírme como ellas, pero, no sabía por qué, me ponía nerviosa la idea de que Tom se volviera a Berkeley. Tenía razón sobre lo de la basura en el jardín, había más, y tal vez Nico se podría haber hecho daño de verdad, ¿y entonces qué? Vi que todas estaban más delgadas, no sólo Donna, y que había una cualidad quebradiza en su pelo, un agotamiento opaco en sus ojos. Cuando sonreían, atisbaba esa lengua blanquecina que se ve en los que pasan hambre. Sin conciencia de ello, puse un montón de esperanzas en el regreso de Russell. Quería que afianzara los flecos ondeantes de mis pensamientos.

–Rompecorazones –me reprendió Russell al verme–. Estás siempre escapándote, y nos dejas el corazón roto cuando te vas.

Intenté convencerme, viendo aquella familiaridad en el rostro de Russell, de que el rancho seguía siendo el mismo, pero cuando me abrazó vi que llevaba la mandíbula embadurnada de algo. Eran las patillas. No eran punteadas, como el pelo, sino lisas. Me fijé mejor. Las llevaba pintadas, vi, con una especie de carboncillo o lápiz de ojos. La idea me perturbó; lo obstinado, lo precario del engaño. Como ese chico de Petaluma que robaba maquillaje en las tiendas para taparse los granos. La mano de Russell me acarició el cuello, y me transmitió una descarga de energía. No sabía decir si estaba enfadado o no. Y con qué rapidez el grupo se espabiló con su llegada y lo siguió en tropel, como patitos desarrapados. Yo intenté llevarme a Suzanne a un lado, cogerme de su brazo como en los viejos tiempos, pero ella se limitó a sonreír, una sonrisa apagada y desenfocada, y se soltó, decidida a seguir a Russell.

Supe que Russell había estado asediando a Mitch durante las últimas semanas. Que se había presentado en su casa sin avisar. Que había enviado a Guy para que volcara sus cubos de basura, de modo que cuando Mitch volvía a casa se encontraba el césped sembrado de cajas de cereales plegadas, papel parafinado hecho trizas y envoltorios de aluminio pringados de restos de comida. El guarda de Mitch había visto también a Russell por allí, sólo una vez: Scotty le contó que había visto a un tío aparcado junto a la verja, mirando, y que cuando le había pedido que se marchara, Russell había sonreído y le había dicho que era el antiguo dueño de la casa. Y se había presentado también en casa del ingeniero de sonido, con la intención de sacarle las cintas de la sesión con Mitch. La esposa del hombre estaba en casa. Más tarde recordaría que le molestó el ruido del timbre: su hijo recién nacido dormía en el cuarto de atrás. Cuando abrió la puerta, se encontró a Russell con sus Wranglers mugrientos y su sonrisa torcida.

Su marido le había contado historias acerca de la sesión, así que sabía quién era Russell, pero no se asustó. No realmente. No era un hombre que diera miedo la primera vez que uno lo veía, y cuando la mujer le dijo que su marido no estaba en casa, él se encogió de hombros.

—Puedo coger las cintas en un momento —dijo, esforzándose por echar un vistazo detrás de ella—. Entro y salgo, así de rápido.

Ahí es cuando ella se inquietó un poco. Cuando remetió los pies en las viejas zapatillas; el alboroto del niño llegando por el pasillo.

–Él guarda todo eso en el trabajo –le dijo, y Russell la creyó.

La mujer recordaba haber oído un ruido en el jardín más tarde esa misma noche, un revuelo entre las rosas, pero cuando miró por la ventana no vio nada más que el camino adoquinado, los rastrojos de césped a la luz de la luna.

La primera noche tras la vuelta no se pareció en nada a las de antes. Las de antes estaban llenas de vida: nuestras caras rebosaban una dulzura juvenil. Yo acariciaba al perro, que iba husmeando por allí en busca de cariño, y le rascaba efusivamente detrás de las orejas, la mano en movimiento instándome a un ritmo alegre. Y había noches extrañas, también; cuando todos tomábamos ácido, o Russell tenía que plantarle cara a un motero borracho, empleando toda su lógica disuasoria con él. Pero nunca había pasado miedo. Esa noche fue distinta, sentadas junto al círculo de piedras con un fuego de lo más pobre ardiendo. Nadie hizo caso cuando las llamas se extinguieron, la energía turbulenta de todo el mundo concentrada en Russell, que se movía como una goma elástica a punto de partirse.

–Esta de aquí –dijo. Caminaba arriba y abajo, improvisando una canción–. Me la acabo de inventar y ya es un éxito.

La guitarra estaba desafinada, emitía unas notas demasiado graves; Russell no parecía darse cuenta. Su voz atropellada y frenética.

–Y otra –dijo.

Enredó un poco con las clavijas antes de soltar unos

290

rasgueos chirriantes. Busqué la mirada de Suzanne, pero estaba centrada en Russell.

—Esto es el futuro de la música —dijo por encima de aquel barullo—. Se creen que saben lo que está bien porque ponen sus canciones en la radio, pero eso no importa una mierda. En sus corazones no hay amor de verdad.

Nadie parecía darse cuenta de cómo se deshilachaban sus palabras por los bordes: todos repetían lo que él decía, sus bocas se retorcían en un sentimiento compartido. Russell era un genio, eso le había dicho yo a Tom, y podía imaginar la expresión de lástima en que se contraería su cara si estuviese allí para verlo. Odié a Tom por ello, pero yo también lo oía, todo ese vacío en las canciones que te hacía ver que eran burdas, ni siquiera burdas, sencillamente malas: sensiblerías empalagosas, letras sobre el amor tan insulsas como las de un niño de primaria, como un corazón dibujado por una mano regordeta. Sol, flores y sonrisas. Pero, aun así, no era capaz de reconocerlo del todo. La cara de Suzanne cuando lo miraba... Yo quería estar con ella. Creía que amar a alguien actuaba como una especie de medida de protección, como si los demás entendieran la escala y la intensidad de tus sentimientos y actuasen en consecuencia. Eso me parecía justo, como si la justicia fuese una medida que le importase algo al universo.

A veces tenía unos sueños de los que me despertaba creyendo que cierta imagen o cierto hecho eran reales, y me llevaba esa certeza del mundo de los sueños a la vigilia. Y qué desconcertante era darme cuenta de que no estaba casada, de que no había desentrañado el secreto de volar, me entristecía de verdad.

El momento exacto en el que Russell le dijo a Suzanne que fuese a casa de Mitch Lewis y le diera una lección, estaba convencida de haberlo presenciado: la noche cerrada, el canto titilante de los grillos y todos esos robles siniestros. Pero por supuesto no fue así. Leí tanto al respecto que creía poder verlo claramente, una escena con los colores exagerados de un recuerdo infantil.

Yo estaba esperando en el cuarto de Suzanne. Irritable, desesperada por que volviera. Había intentado hablar con ella en muchos momentos de la noche, le tiraba del brazo, buscaba su mirada, pero ella se me quitaba de encima todo el rato. «Luego», me dijo, y eso fue lo único que hizo falta para que yo me imaginara su promesa cumpliéndose en la oscuridad del cuarto. Se me hizo un nudo en el pecho cuando oí unos pasos entrando en el cuarto, la mente se me inflamó con la idea –Suzanne estaba ahí–, pero entonces noté el suave golpe de refilón y abrí los ojos: sólo era Donna. Me había lanzado un cojín.

–Bella Durmiente –me dijo, soltando una risita.

Intenté volver a tumbarme en un bello reposo; la sábana recalentada por el roce inquieto de mi cuerpo, los oídos sugestionados ante cualquier sonido que señalara el regreso de Suzanne. Pero no vino al cuarto esa noche. Estuve esperando todo lo que pude, alerta a cualquier crujido y chirrido, antes de caer en ese sopor a retazos del sueño reticente.

Suzanne estuvo con Russell. El ambiente del remolque seguramente sofocante de follar, Russell desvelándole sus planes para Mitch, él y Suzanne mirando el techo. Me lo imagino yendo justo hasta el límite antes de abordar los detalles, para que Suzanne empezara a pensar que ella había tenido la misma idea, que era suya también.

–Mi pequeña diablesa –le había susurrado él, con los ojos girando como molinillos movidos por una manía que podía confundirse con amor.

292

Era extraño pensar que Suzanne se sintiera halagada en ese momento, pero desde luego lo estaba. Russell le rascaba la cabeza, ese mismo placer agitado que a los hombres les gustaba incitar en los perros, y me imagino cómo empezó a crecer la presión, el deseo de lanzarse a la corriente más rápida.

–Tiene que ser algo grande –le dijo Russell–. Algo que no puedan obviar.

Lo veo retorciendo un mechón de su pelo en torno al dedo y tirando de él, un tirón levísimo, y Suzanne no sabría si la punzada que sentía era de dolor o de placer. La puerta que Russell abrió, empujando a Suzanne a cruzarla.

Suzanne estuvo distraída todo el día siguiente. A la suya, con la urgencia reflejada en la cara, o metida en conversaciones apremiantes y susurradas con Guy. Yo estaba celosa, desesperada por no poder competir con esa parte de ella que había entregado a Russell. Se encerró en sí misma y yo era una preocupación lejana.

Alimenté mi propia confusión, ocupada en justificaciones cargadas de esperanza, pero cuando le sonreía, ella parpadeaba con un reconocimiento tardío, como si yo fuese una desconocida que le devolviera una cartera olvidada. No podía dejar de percibir una expresión soldada en sus ojos, un sombrío repliegue. Más tarde comprendería que se estaba preparando.

La cena fueron unas alubias recalentadas que sabían a aluminio, con restos quemados de la olla. Pastel de chocolate de la panadería, pasado, con un mazacote blanquecino de cobertura. Quisieron comer dentro, así que nos sentamos en el suelo astillado, con el plato en la falda. Encorvados a la fuerza como primitivos hombres de las cavernas, nadie pareció comer demasiado. Suzanne apretó el pastel con un dedo y lo observó desmenuzarse. Las miradas que se cruzaban de punta a punta de la sala rebosaban de una hilaridad contenida, como confabuladas para una fiesta sorpresa. Donna le pasó un trapo a Suzanne con aire elocuente. Yo no entendía nada, una penosa desubicación me tenía ansiosa y en la inopia.

Me armé de valor para forzar una conversación con Suzanne, pero cuando levanté la vista del asqueroso mejunje de mi plato, vi que ya se estaba levantando, sus movimientos inspirados por una información invisible para mí.

Iban a alguna parte, comprendí cuando la alcancé, siguiendo el revoloteo del haz de luz de su linterna. La sacudida, la náusea de la desesperación: Suzanne iba a abandonarme allí.

—Déjame ir —le dije. Intentando no quedarme atrás, siguiendo la brecha veloz que abría a través de la hierba. No le veía la cara.

—¿Ir adónde? —respondió ella, inexpresiva.

—A donde vayáis. Sé que vais a alguna parte.

El tono burlón y cantarín.

—Russell no te ha pedido que vayas.

—Pero quiero ir. Por favor.

Suzanne no dijo que sí, exactamente, pero aflojó lo suficiente para que pudiera seguirle el ritmo, un paso nuevo para mí, decidido.

—Tendrías que cambiarte —me dijo Suzanne.

Bajé la vista y traté de averiguar qué era lo que no le gustaba: la camisa de algodón, la falda larga.

—Ponte ropa oscura.

14

El trayecto en coche fue tan nebuloso e increíble como una larga enfermedad. Guy al volante, Helen y Donna junto a él. Suzanne sentada atrás, mirando por la ventana, y yo justo a su lado. La noche había caído, profunda y oscura; el coche pasaba bajo las farolas. Su resplandor amarillento se deslizaba por la cara de Suzanne; los demás sumidos en un estupor. A veces tengo la impresión de que nunca llegué a bajar del coche. Que una versión de mí sigue siempre allí. Russell se quedó en el rancho esa noche, algo que ni siquiera percibí como extraño. Suzanne y los demás eran su familia, sueltos por el mundo: siempre había sido así. Suzanne, Helen y Donna lo seguían sin titubeos, y Guy era como su padrino en un duelo. Roos debería haber ido también, pero no lo hizo: afirmaría, más tarde, que tuvo un mal presentimiento y se quedó en el rancho, pero no sé si es verdad. ¿La retuvo Russell, que vio en ella una terca virtud que tal vez la amarrara al mundo real? Roos y Nico, su propio hijo. Roos, que se convertiría en la testigo principal contra los otros y subiría al estrado con un vestido blanco y el pelo peinado con raya en medio.

No sé si Suzanne le dijo a Russell que yo también iba; nadie respondió nunca esa pregunta. La radio del coche estaba encendida, sonaba la banda sonora, ridículamente ajena, de las vidas de otra gente. Otra gente que se preparaba para acostarse, madres que rebañaban los últimos restos de pollo de la cena para tirarlos a la basura. Helen iba cotorreando sobre una ballena varada en Pismo, y que si creíamos que era verdad que eso era una señal de que iba a haber un gran terremoto. Se levantó sobre las rodillas, como si la idea la emocionara.

–Tendríamos que ir al desierto –dijo.

Nadie le siguió el juego: un silencio había caído sobre el coche. Donna murmuró algo y Helen cerró la boca.

–¿Puedes bajar la ventanilla? –pidió Suzanne.

–Pero tengo frío –lloriqueó Helen con su voz de niña.

–Venga ya –dijo Suzanne, golpeando el respaldo del asiento–. Me estoy asando.

Helen bajó la ventanilla y el coche se llenó de aire, aderezado de tubo de escape. La sal del mar allí al lado.

Y allí estaba yo, con ellos. Russell había cambiado, las cosas se habían agriado, pero yo estaba con Suzanne. Su presencia reprimía cualquier preocupación dispersa. Como el niño que cree que su madre, velándolo a la hora de dormir, ahuyentará a los monstruos. El niño que no sabe descifrar que tal vez su madre también tenga miedo. La madre que comprende que no puede hacer nada por protegerlo salvo ofrecer su propio y débil cuerpo a cambio.

Puede que una parte de mí supiera adónde iba aquello, un brillo trémulo oculto en la oscuridad: tal vez intuí la posible trayectoria y seguí adelante de todos modos. Más tarde aquel verano, y en varios momentos a lo largo de mi vida, repasé a conciencia la textura de aquella noche, palpándola a ciegas.

Lo único que dijo Suzanne fue que íbamos a hacerle una visita a Mitch. Sus palabras claveteadas de una crueldad que yo no había escuchado antes, pero aun así esto fue lo más lejos que alcanzó mi mente: íbamos a hacer lo mismo que en casa de los Dutton. Llevaríamos a cabo una perturbadora intromisión parapsicológica para que Mitch se asustara, sólo un instante, y tuviera que poner orden de nuevo en su mundo. Bien: el odio de Suzanne hacia él avalaba e inflamaba el mío. Mitch, con esos dedos gordos y hurgones; el parloteo sin sentido, entrecortado, que no dejó de soltar mientras nos examinaba. Como si sus palabras mundanas nos fueran a engañar, como si fuesen a evitar que nos diésemos cuenta de que su mirada rezumaba porquería. Yo quería que se sintiera débil. Ocuparíamos la casa de Mitch como espíritus burlones salidos de otro mundo.

Y sí que sentí eso, es verdad. Que algo nos unía a todos en aquel coche, el soplo fresco de otros mundos en nuestra piel y en nuestro pelo. Pero no se me pasó por la cabeza, en ningún momento, que ese otro mundo pudiera ser la muerte. No me lo creí de verdad hasta que las noticias tomaron ese impulso brutal. Y después de eso, claro, la presencia de la muerte pareció teñirlo todo, como una neblina inodora que llenaba el coche y presionaba contra las ventanillas, una neblina que inhalamos y exhalamos y que dio forma a cada una de nuestras palabras.

No habíamos ido demasiado lejos, puede que estuviésemos a veinte minutos del rancho. Guy tomaba con cuidado las curvas estrechas y oscuras de las colinas, y luego, al salir a los tramos desiertos de planicie, volvía a coger velocidad. Las arboledas de eucaliptos que dejábamos atrás, el frescor de la niebla al otro lado de la ventanilla. Mi estado de alerta lo conservó todo en un ámbar preciso. La radio, el movimiento de los cuerpos, la cara de Suzanne de perfil. Eso era lo que ellos tenían todo el tiempo, imaginé, esa red de presencia mutua, demasiado cercana para que pudieran identificarla. Apenas una sensación de ir flotando por una corriente fraterna, de pertenencia. Suzanne descansó la mano en el asiento, entre las dos. Esa visión familiar me removió, me hizo recordar cómo me había cogido en la cama de Mitch. La superficie moteada de sus uñas, quebradizas por la mala dieta.

Yo estaba enferma de ridícula esperanza, creía que me quedaría para siempre en el espacio bendecido de su atención. Intenté cogerle la mano. Un toquecito en la palma, como si le quisiera pasar una nota. Suzanne se sobresaltó un poco, y despertó de un aturdimiento en el que yo no había reparado hasta que se rompió.

–¿Qué? –me espetó.

Mi cara perdió toda capacidad de disfrazarse. Suzanne debió de ver aquel necesitado hervidero de amor. Debió de medir las dimensiones, como si lanzara una piedra a un pozo, sólo que ningún sonido marcó el fin. Sus ojos se apagaron.

–Para el coche –dijo.

Guy siguió conduciendo.

–Frena –dijo Suzanne.

Guy nos lanzó una ojeada, y luego se detuvo en el arcén del carril derecho.

–¿Qué pasa?... –empecé a decir, pero ella me cortó.

–Fuera –ordenó, abriendo la puerta. Se movía demasiado rápido para que yo pudiese detenerla, el rollo de película siguió adelante y el sonido quedó atrás, rezagado.

–Venga ya –respondí, como divertida con la broma. Suzanne ya estaba fuera del coche, esperando a que me bajara. No bromeaba.

–Pero aquí no hay nada –dije, lanzando un vistazo desesperado alrededor de la autopista.

Suzanne se balanceaba impaciente. Miré a los otros en busca de ayuda. Sus caras estaban iluminadas por la luz del techo, que vaciaba sus rasgos de tal modo que parecían tan fríos e inhumanos como figuras de bronce. Donna apartó la vista, pero Helen me observaba con una curiosidad quirúrgica. Guy se removió en el asiento del conductor y ajustó el retrovisor. Helen dijo algo entre dientes, Donna la hizo callar.

–Suzanne, por favor. –Un deje de impotencia en mi voz. Ella no respondió. Cuando al fin me deslicé por el asiento y salí, Suzanne no vaciló siquiera. Se metió dentro del coche y cerró la puerta, la luz del techo se apagó y los devolvió a todos a la oscuridad.

Y luego se alejaron.

Estaba sola, comprendí, y aun cuando albergaba cierto deseo ingenuo –volverían, no era más que una broma, Suzanne nunca me abandonaría de esa manera–, sabía que me habían dejado tirada. Sólo era capaz de alejar el zoom, colocarlo en algún punto próximo a la línea de árboles y contemplar desde allí a una chica sola en mitad de la noche. Nadie que yo conociera.

15

Hubo todo tipo de rumores aquellos primeros días. Howard Smith informó, erróneamente, de que habían asesinado a Mitch Lewis, aunque este rumor fue rectificado con más rapidez que otros. David Brinkley informó de que había seis víctimas a las que habían cortado en pedazos, tiroteado y dejado tiradas en el césped. Luego corrigieron la cifra a cuatro. Brinkley fue el primero en afirmar la presencia de capuchas, sogas y símbolos satánicos, un equívoco que empezó por el corazón de la sala de estar. Pintado con la punta de una toalla empapada en la sangre de la madre.

La confusión tenía lógica: pues claro que habían visto un significado macabro en su forma, claro que dieron por hecho que se trataba de algún garabato críptico, funesto. Era más fácil verlo como el rastro de una misa negra que creer la verdad: que no era más que un corazón, como el que pintarrajearía en la libreta cualquier chica sensiblera.

A un par de kilómetros, encontré una salida y una gasolinera de la Texaco. Entré y salí de las luces amarillentas, que emitían un sonido como de beicon en la sartén.

Me balanceé sobre los dedos de los pies, con la vista en la carretera. Cuando al fin desistí de que alguien me recogiera, marqué el número de mi padre en la cabina. Contestó Tamar.

–Soy yo –dije.

–Evie. Gracias a Dios. ¿Dónde estás? –Me la imaginaba enrollando el cable en la cocina, juntando los bucles–. Sabía que llamarías pronto. Se lo dije a tu padre.

Le expliqué dónde estaba. Debió de notar que se me quebraba la voz.

–Salgo ahora. Tú quédate ahí.

Me senté en el bordillo a esperar, con los brazos apoyados en las rodillas. El aire refrescaba con el primer asomo del otoño, y la constelación de luces de freno avanzaba por la 101. Los camiones se encabritaban al coger velocidad. Yo bullía de excusas para Suzanne, alguna explicación para su comportamiento que tuviera sentido. Pero no había nada más que la certeza terrible e inmediata: nunca habíamos estado unidas. Yo no había significado nada.

Notaba miradas curiosas sobre mí, camioneros que compraban bolsas de pipas en la gasolinera y escupían chorros de tabaco al suelo. Con andares de padre y sombreros de vaquero. Sabía que estaban valorando las circunstancias de mi soledad. Las piernas desnudas y el pelo largo. Mi furiosa conmoción debía de despedir alguna clase de barrera protectora que los ahuyentaba: me dejaron en paz.

Por fin vi un Plymouth blanco acercándose. Tamar no apagó el motor. Me senté en el asiento del pasajero, la gratitud por la cara conocida de Tamar me hizo titubear. Llevaba el pelo mojado.

–No me ha dado tiempo de secármelo –dijo.

La mirada que me echó era amable pero perpleja. Vi

301

que quería hacerme preguntas, pero debió de entender que yo no iba a explicar nada. El mundo secreto que habitan los adolescentes, y que sólo emerge de vez en cuando y por la fuerza, para acostumbrar a sus padres a asumir su ausencia. Yo ya estaba desaparecida.

–No te preocupes –me dijo–. No le ha dicho a tu madre que te fuiste. Le dije que aparecerías y que sería preocuparla sin motivo.

Mi dolor se duplicaba, la ausencia era mi único contexto. Suzanne me había abandonado, para siempre. Una caída sin fricción, el susto de perder pie en los escalones. Tamar rebuscó en su bolso con una mano hasta que encontró una cajita dorada, forrada de piel rosa grabada. Como un tarjetero. Dentro había un único porro, y ella hizo un gesto en dirección a la guantera. Encontré un encendedor.

–No se lo digas a tu padre. –Inhaló, con los ojos en la carretera–. A lo mejor me castiga a mí también.

Tamar decía la verdad: mi padre no había llamado a mi madre, y aunque temblaba de rabia, también estaba avergonzado: su hija era una mascota a la que había olvidado dar de comer.

–Te podría haber pasado algo –me dijo, como un actor intentando recordar su diálogo.

Tamar le dio unas palmaditas tranquilizadoras en la espalda de camino a la cocina y se sirvió una Coca-Cola. Me dejó allí con su respiración sulfurada y nerviosa, la cara asustada, parpadeando sin cesar. Me miraba desde la otra punta del salón, su disgusto se iba apagando. Con todo lo que había pasado..., la furia neutralizada de mi padre no me daba ningún miedo. ¿Qué me iba a hacer? ¿Qué me iba a arrebatar?

Y volví a mi insípido cuarto de Palo Alto; la luz de la lámpara, la misma luz anodina del viajero de negocios.

El apartamento estaba vacío cuando salí de la habitación la mañana siguiente; mi padre y Tamar ya se habían ido a trabajar. Uno de ellos –Tamar, lo más probable– se había dejado un ventilador en marcha, y una planta de aspecto artificial tiritaba al paso del aire. Sólo quedaba una semana para que me fuera al internado, y siete días parecían demasiado tiempo para quedarme en el apartamento de mi padre, siete cenas que aguantar al pie del cañón, pero también un plazo injustamente breve: no tendría tiempo para crearme hábitos, contexto. Sólo tenía que esperar.

Encendí la televisión, el parloteo una banda sonora reconfortante mientras yo asaltaba la cocina. En la caja de Rice Krispies del armario sólo quedaba una mísera capa de cereales: me la comí de un puñado y luego plegué el cartón vacío. Me puse un vaso de té helado, coloqué en equilibrio una pila de galletitas saladas con la agradable abundancia y altura de las fichas de póquer. Cargué con la comida hasta el sofá. Pero antes de que pudiera ponerme cómoda, la pantalla me paralizó.

El sinfín de imágenes, duplicándose y propagándose.

La búsqueda del autor o autores, todavía sin éxito. El presentador dijo que Mitch Lewis no estaba en disposición de hacer declaraciones. Las galletitas quedaron hechas trizas entre mis manos sudorosas.

Sólo pasado el juicio las cosas se esclarecieron y esa noche adoptó el arco argumental hoy día conocido. Cada detalle e insignificancia se hicieron públicos. A veces intentaba adivinar qué papel habría tenido yo. Cuánto me habría tocado a mí. Lo más fácil es pensar que no habría hecho nada, o que los habría hecho parar, mi presencia el amarre que retendría a Suzanne en el reino de lo humano. Ése era el deseo, la parábola convincente. Pero había otra posibilidad que se deslizaba encorvada, insistente e imperceptible. El monstruo bajo la cama, la serpiente al pie de la escalera: puede que yo también hubiese hecho algo. Puede que hubiese sido fácil.

Habían ido directos a casa de Mitch después de dejarme en el arcén. Otra media hora de coche, media hora en la que tal vez mi dramática expulsión los reafirmara, la consolidación del grupo ahora reducido a los auténticos pioneros. Suzanne apoyada en el asiento de delante con los brazos flexionados, despidiendo un zumbido anfetamínico, una lúcida seguridad. Guy dejaría la autopista y cogería la carretera de dos carriles que cruzaba la laguna. Los moteles bajos, de estuco, en cada salida; los eucaliptos acechantes aderezando el aire. Helen afirmó, en su testimonio en el juicio, que ése fue el primer momento en el que expresó sus reservas a los otros. Pero yo no me lo creo. Si alguno de ellos se cuestionó algo, tuvo que ser bajo la superficie, una burbuja vaporosa flotando y estallando en su cerebro. Sus dudas perderían fuerza como la pierden los detalles de un sueño. Helen se dio cuenta de que había olvidado el cuchillo en casa. Suzanne le pegó un grito, de acuerdo con los documentos del juicio, pero el grupo desechó cualquier plan de volver a buscarlo. Estaban ya lanzados, subyugados por un impulso mayor.

Aparcaron el Ford en la carretera, sin molestarse siquiera en ocultarlo. Mientras se abrían paso hasta la verja de casa de Mitch, sus mentes dieron la impresión de planear y asentarse en los mismos movimientos, como un solo organismo.

Me imagino el paisaje. La casa de Mitch, tal como se veía desde el camino de gravilla. La tranquilidad de la bahía, la proa del salón. Era algo familiar para ellos. Habían pasado un mes viviendo con Mitch antes de que yo los conociera, acumulando tickets de entrega y recogiendo moluscos con toallas mojadas. Pero aun así. Creo que esa noche la casa debió de impresionarles como si fuera la primera vez, angulosa y reluciente como azúcar cande. Sus habitantes ya condenados; tanto, que el grupo sintió una lástima casi anticipada por ellos. Por lo absolutamente desvalidos que estaban frente a movimientos superiores, sus vidas ya desechables, como una cinta grabada con estática.

Esperaban encontrar a Mitch. Todo el mundo se conoce esta parte: que a Mitch lo habían llamado de Los Ángeles para trabajar en un tema que había hecho para *Dioses de piedra,* película que no llegó a estrenarse nunca. Había cogido el último vuelo de TWA que salía de San Francisco esa noche y había aterrizado en Burbank. Dejó la casa en las manos de Scotty, que había cortado la hierba esa mañana pero aún no había limpiado la piscina. La antigua novia de Mitch llamó pidiendo un favor, preguntando si Christopher y ella podían quedarse allí dos noches, dos noches solamente.

A Suzanne y los demás les sorprendió encontrar extraños en la casa. Nadie a quien conocieran. Y ése podría haber sido el momento de abortar, de cruzarse una mirada de acuerdo. La vuelta al coche, el silencio abatido. Pero no se echaron atrás. Hicieron lo que Russell les había dicho que hicieran.

La gente de la casa principal se estaba preparando para ir a la cama, Linda y su pequeño. Le había hecho espaguetis para cenar y le había robado un poco del plato, pero no se molestó en preparar nada para ella. Dormirían en el cuarto de invitados: la ropa colgando de la bolsa de viaje acolchada. El mugriento lagarto de peluche de Christopher, con los ojos de botón de azabache.

Scotty había invitado a su novia, Gwen Sutherland, a escuchar discos y a bañarse en el jacuzzi de Mitch mientras éste estaba fuera. Tenía veintitrés años, se acababa de licenciar en el colegio universitario de Marin y había conocido a Scotty en una barbacoa en Ross. No era especialmente atractiva, pero sí amable y simpática, el tipo de chica a la que los chicos siempre están pidiendo que les cosa un botón o les corte el pelo.

Los dos se habían tomado varias cervezas. Scotty fumó un poco de hierba, pero Gwen no. Pasaron la tarde en la casita del guarda, en la que Scotty mantenía unos estándares de limpieza militares: las sábanas del futón tensas, con las esquinas en mitra.

Scotty fue el primero con quien se toparon Suzanne y los demás. Sesteando en el sofá. Suzanne se adelantó para investigar el ruido que hacía Gwen en el baño, mientras Guy les indicaba con un gesto a Helen y a Donna que fuesen a la casa principal. Guy despertó a Scotty con un toquecito. Éste resopló y salió del sueño con un sobresalto. No llevaba las gafas puestas —las había dejado descansando sobre el pecho cuando se durmió— y debió de pensar que Guy era Mitch, que regresaba antes de tiempo.

—Perdón —dijo, pensando en la piscina—, perdón.
—Mientras buscaba a tientas las gafas.

Entonces consiguió ponérselas torpemente y vio el cuchillo sonriendo en la mano de Guy.

Suzanne trajo a la chica del lavabo. Gwen estaba inclinada sobre el lavamanos, echándose agua en la cara. Cuando se enderezó, vio una silueta por el rabillo del ojo. –Hola –saludó, con la cara goteando. Era una chica educada. Amable, aun sorprendida. Puede que Gwen pensara que era una amiga de Mitch o de Scotty, aunque en cuestión de segundos debió de hacerse evidente que algo fallaba. Que la chica que le devolvía la sonrisa (porque Suzanne, como es bien sabido, le devolvió la sonrisa) tenía los ojos como un muro de ladrillo.

Helen y Donna cogieron a la mujer y al niño de la casa principal. Linda estaba alterada, la mano en la garganta, temblorosa, pero fue con ellas. En bragas, con una camiseta grande: debió de pensar que mientras se estuviera callada y se comportase, no le pasaría nada. Intentó tranquilizar a Christopher con la mirada. La mano regordeta en la suya, las uñas sin cortar. El niño no lloró hasta más adelante; Donna dijo que al principio parecía interesado, como si fuera un juego. El escondite, la muralla china.

Intento imaginar qué debía de estar haciendo Russell mientras pasaba todo esto. Puede que encendieran una fogata en el rancho y él tocara la guitarra bajo la luz tornadiza. O puede que se llevase a Roos o a alguna otra chica al remolque, y que estuviesen compartiendo un porro y viendo cómo el humo flotaba y ondeaba contra el techo. La chica ufana bajo su mano, su atención especial, aunque por descontado Russell tendría la cabeza muy lejos de allí, en una casa de Edgewater Road con el mar al pie de la

307

puerta. Puedo ver su gesto taimado, encogiéndose de hombros, la espiral interna de sus ojos, que los volvía fríos y lustrosos como pomos. «Querían hacerlo –diría más adelante. Riéndose en la cara del juez. Riendo con tanta fuerza que se atragantaba–. ¿Cree que los obligué? ¿Cree que estas manos hicieron algo?» El alguacil tuvo que sacarlo de la sala, tan sonoras eran las carcajadas.

Los llevaron a todos al salón de la casa principal. Guy los hizo sentarse en el enorme sofá. Las miradas que se cruzaron las víctimas, sin saber, todavía, que eran víctimas.

–¿Qué nos vais a hacer? –preguntaba Gwen una y otra vez.

Scotty puso los ojos en blanco, abatido y sudoroso, y Gwen se echó a reír: tal vez comprendió, de repente, que Scotty no podría protegerla. Que no era más que un hombre joven, con las gafas empañadas, los labios temblando, y que ella estaba lejos de casa.

Rompió a llorar.

–Cállate –le dijo Guy–. Dios.

Gwen trató de contener los sollozos, sacudiéndose en silencio. Linda intentó que Christopher estuviese tranquilo, incluso cuando las chicas los ataron a todos. Donna le sujetó las manos a Gwen con una toalla. Linda abrazó a Christopher por última vez antes de que Guy los separara. Gwen estaba sentada en el sofá con la falda arremangada, lamentándose con abandono. La piel desnuda de los muslos, la cara mojada e inmóvil. Linda murmurándole a Suzanne que podían coger todo el dinero que hubiera en su bolso, todo, y que si la llevaban al banco, podía conseguir algo más. Su voz tranquila y monótona, un refuerzo de control, aunque por supuesto ya no tenía ninguno.

Scotty fue el primero. Se resistió cuando Guy le rodeó las muñecas con un cinturón.

–Un momento –dijo–. Eh. –Rabioso por la fuerte atadura.

Y Guy perdió los nervios. Lo golpeó con el cuchillo con tal fuerza que la empuñadura se partió en dos. Scotty se defendió, pero sólo pudo tirarse al suelo e intentar ponerse boca abajo para protegerse el estómago. Una burbuja de sangre brotó de su nariz y su boca.

El nudo de Gwen se había aflojado; tan pronto como la hoja del cuchillo se clavó en Scotty, se soltó de un tirón y salió corriendo por la puerta principal. Gritando con una desmesura de dibujos animados que parecía impostada. Ya casi había llegado a la verja cuando tropezó y cayó sobre el césped. Antes de que pudiera levantarse, tenía a Donna encima. Arrastrándose por su espalda, apuñalándola hasta que Gwen pidió, educadamente, si podía morir ya.

Mataron a la madre y al hijo los últimos.

–Por favor –dijo Linda. Sin más. Esperando todavía, aun entonces, algún trato de gracia. Era muy hermosa y muy joven. Tenía un hijo–. Por favor. Puedo conseguiros dinero.

Pero Suzanne no quería dinero. Las anfetaminas tensaban sus sienes, un pulso embrujador. El corazón de esa chica hermosa, latiendo a la carrera en su pecho; el ritmo narcótico y desesperado. Linda debió de creer, como creen las personas hermosas, que había una solución, que se salvaría. Helen la sujetó; las manos sobre los hombros, vacilantes al principio, como una mala pareja de baile, pero entonces Suzanne la abroncó, impaciente, y Helen apretó con más fuerza. Los ojos de Linda se cerraron, sabiendo lo que iba a pasar.

Christopher había empezado a llorar. Agachado detrás del sofá; nadie tuvo que sujetarlo. La ropa interior saturada del olor amargo de la orina. Los gritos daban forma a su llanto, despojándolo de todo sentimiento. Su madre en la alfombra, inmóvil. Suzanne se agachó. Le tendió las manos. –Ven aquí. Vamos.

Ésta es la parte que no se explica en ningún sitio, pero es la que más me imagino. Las manos de Suzanne debían de estar ya salpicadas de sangre. El hedor caliente y quirúrgico del cuerpo en la ropa y el pelo. Y me lo puedo imaginar porque conocía su cara hasta el último detalle. El aire místico y calmante que la rodeaba, como si se desplazase por el agua.

–Vamos –dijo una última vez, y el niño dio unos pasitos hacia ella.

Y enseguida estuvo en su falda, y Suzanne lo sujetó, el cuchillo como un regalo que le estuviese ofreciendo.

Para cuando terminaron de dar la noticia, yo estaba sentada. El sofá parecía desgajado del resto del apartamento, como si ocupara un espacio sin aire. Las imágenes borboteaban y se ramificaban como enredaderas de pesadilla. El mar indiferente al otro lado de la casa. Las secuencias de los policías en mangas de camisa, saliendo por la puerta principal de la casa de Mitch. No hacía falta apresurarse, comprendí: no había nada que hacer. No podían salvar a nadie.

Me di cuenta de que la noticia me superaba. De que sólo estaba asimilando el primer atisbo de soslayo. Torcí

310

hacia una salida, un resorte oculto: puede que Suzanne se hubiese separado del grupo, puede que no estuviera implicada. Pero todos esos deseos frenéticos llevaban consigo su propio eco en respuesta. Por supuesto que lo había hecho. Las posibilidades fueron discurriendo. Por qué Mitch no estaba en casa. Cómo podría haber interaccionado yo con lo que iba a ocurrir. Cómo podía haber desoído todas las advertencias. La respiración oprimida por el esfuerzo de no llorar. Me podía imaginar lo impaciente que se habría puesto Suzanne al verme tan afectada. Su voz fría. *¿Por qué lloras?*, me habría preguntado. *Si ni siquiera has hecho nada.*

Es extraño recordar el lapso de tiempo en el que los asesinatos estuvieron sin resolver. Que el hecho existiera en algún momento desligado de Suzanne y los demás. Pero para el resto del mundo, así fue. No los pillaron hasta meses después. El crimen –tan cerca de casa, tan despiadado– enfermó a todo el mundo de histeria. Los hogares se transformaron. Se volvieron de pronto inseguros, la familiaridad le dio en la cara a sus dueños, como riéndose de ellos: mira, éste es tu salón, ésta tu cocina, y mira de qué poco sirve, toda esta familiaridad. Mira lo poco que significa, al final.

Las noticias a todo volumen durante la cena. Yo no dejaba de volverme cada vez que veía algo moverse por el rabillo del ojo, pero era sólo el correr de las imágenes en la pantalla, o unos faros destellando en el ventanal del apartamento. Mi padre se rascaba el cuello, la expresión de su cara desconocida para mí: tenía miedo. Tamar no paraba.

–El niño... –decía–. No sería tan grave si no hubiesen matado al niño.

Yo tenía la embotada certeza de que lo notarían en mí.

Una fractura en mi cara, el silencio evidente. Pero no. Mi padre cerró con llave la puerta del apartamento, y luego volvió a asegurarse antes de meterse en la cama. Yo me quedé despierta, las manos muertas y pegajosas a la luz de la lámpara. ¿Hubo alguna mínima variación entre un desenlace y otro? Si las caras visibles de los planetas hubiesen orbitado dispuestas de otro modo, o una marea distinta hubiese desgastado la orilla esa noche... ¿Era ésa la membrana que separaba el mundo en el que lo había hecho y el mundo en el que no? Cuando intenté dormir, la película interna de violencia me hizo abrir los ojos. Y algo más, también, recriminándome desde el fondo: aun entonces, la echaba de menos.

La lógica de los asesinatos era demasiado esquiva para desenmarañarla; comprendía demasiadas facetas, demasiadas pistas falsas. Lo único que tenía la policía eran los cuerpos, esas escenas dispersas de muerte, como tarjetas desordenadas. ¿Había sido arbitrario? ¿Era Mitch el objetivo? ¿O fue Linda, o Scotty, o incluso Gwen? Mitch conocía a tantísima gente..., tenía el repertorio de enemigos y amigos resentidos propio de un famoso. El nombre de Russell salió a relucir, por parte de Mitch y de otra gente, pero fue uno de tantos. Cuando la policía registró el rancho por fin, el grupo ya había abandonado la casa y estaba recorriendo con el bus las zonas de acampada arriba y abajo de la costa, escondiéndose en el desierto.

Yo no sabía cómo de estancada estaba la investigación, dónde se había atascado la policía siguiendo nimiedades: un llavero tirado en el césped que terminó siendo de un ama de llaves, el antiguo manager de Mitch bajo vigilancia. La muerte imbuía lo insignificante de una preeminencia forzada, su luz confusa lo transformaba todo en una prueba. Yo sabía lo que había pasado, de modo que parecía que la policía también debía de saberlo, y esperaba que detuvieran a Suzanne, esperaba el día en que la policía se presentara buscándome a mí. Porque me había dejado la bolsa. Porque Tom, aquel estudiante de Berkeley, había relacionado los asesinatos con Suzanne despotricando de Mitch y había llamado a la policía. Mi miedo era real, pero infundado: Tom sólo sabía mi nombre de pila. Puede que sí que hablara con la policía, como buen ciudadano que era, pero no condujo a nada: estaban desbordados de llamadas y cartas, había todo tipo de gente reivindicando la autoría o afirmando tener alguna información confidencial. Mi bolsa era una bolsa cualquiera, sin ningún rasgo distintivo. Las cosas que contenía: ropa, un libro sobre el Caballero Verde. El pintalabios Merle Norman. Las posesiones de una niña que pretendían hacerse pasar por una acumulación adulta. Y desde luego las chicas ya la habrían registrado, habrían tirado el libro inútil y conservado la ropa.

Yo había contado muchas mentiras, pero ésta colonizó un silencio mayor que nunca. Pensé en decírselo a Tamar. En decírselo a mi padre. Pero luego imaginaba a Suzanne, la veía toqueteándose una uña, el latigazo repentino de su mirada al volverse hacia mí. No le dije nada a nadie.

El miedo que siguió a los asesinatos no es difícil de evocar. Apenas estuve sola la semana antes del internado: seguía a Tamar y a mi padre de cuarto en cuarto, iba mirando por las ventanas en busca del autobús negro. Despierta toda la noche, como si mi esforzada vigilia pudiera protegernos, mis horas de sufrimiento una ofrenda personal. Me parecía increíble que ni Tamar ni mi padre se dieran cuenta de lo pálida que estaba, de cuánto necesitaba

313

su compañía de repente. Esperaban que la vida siguiera adelante. Había que hacer cosas, y yo me vi arrastrada por su logística con el entumecimiento que había pasado a ocupar el lugar de lo que fuera que me convirtiese en Evie. Mi debilidad por los caramelos duros de canela, lo que soñaba: todo eso había sido intercambiado por este nuevo yo, una impostora que asentía cuando le hablaban y que aclaraba y secaba los platos de la cena, con las manos rojas bajo el agua caliente.

Tenía que recoger el cuarto en casa de mi madre antes de ir al internado. Mi madre había encargado el uniforme de Catalina: encontré dos faldas azul marino y una blusa marinera plegadas sobre la cama; la tela apestaba a detergente industrial, como manteles de alquiler. No me molesté en probarme la ropa, la metí en una maleta encima de las zapatillas de tenis. No sabía qué más llevarme, y no parecía importar. Me quedé mirando la habitación en trance. Todas las cosas que en su tiempo había amado –un diario con las tapas de vinilo, un amuleto con mi piedra natal, un libro de dibujos a lápiz– se me antojaban desdeñables y caducas, despojadas de vida. Era imposible imaginar a qué clase de chica le podían haber gustado alguna vez esas cosas. Qué chica podía haber llevado siquiera un amuleto en la muñeca o contado por escrito su día.

–¿Necesitas una maleta más grande? –me preguntó mi madre desde la puerta, sobresaltándome. Se le veía la cara arrugada, y podía oler cuánto había fumado–. Puedes coger mi maleta roja, si quieres.

Pensé que ella percibiría el cambio en mí pese a que Tamar y mi padre no lo hubiesen notado. Los mofletes de niña esfumados, la talla afilada de mis rasgos. Pero no había hecho ningún comentario.

–Ésta está bien –respondí.

314

Mi madre guardó silencio un momento mientras examinaba la habitación. La maleta casi vacía.

—¿Te va bien el uniforme?

Yo ni siquiera me lo había probado, pero asentí, constreñida por una conformidad nueva.

—Bien, bien.

Cuando sonrió, los labios se le agrietaron y me sentí conmovida de pronto.

Estaba metiendo libros en el armario cuando encontré dos Polaroids blanquecinas, escondidas bajo una pila de revistas viejas. La presencia inesperada de Suzanne en mi cuarto: su sonrisa salvaje, la carnosidad de sus pechos. Podía invocar repugnancia hacia ella, colocada de dexedrina y sudorosa por el esfuerzo de la matanza, y al mismo tiempo verme arrastrada por una deriva incontenible: ahí estaba Suzanne. Tendría que deshacerme de la foto, lo sabía, la imagen estaba ya cargada del aura culpable de una prueba. Pero no pude. Puse el retrato del revés y lo enterré en un libro que no volvería a leer jamás. La otra foto era la cabeza borrosa de alguien de espaldas, dándose la vuelta, y me la quedé mirando un buen rato hasta que caí en la cuenta de que esa persona era yo.

Cuarta parte

Sasha, Julian y Zav se marcharon temprano, y yo me quedé sola. La casa tenía el aspecto de siempre. Sólo la cama del otro cuarto, con las sábanas revueltas e impregnadas de olor a sexo, indicaba que hubiese pasado por allí alguien más. Lavaría las sábanas en la lavadora del garaje. Las doblaría y colocaría en los estantes del armario, y barrería la habitación para devolverla a su banalidad anterior.

Esa tarde paseé por la arena fría, salpicada de fragmentos de conchas, de agujeros cambiantes en los que se escondían los cangrejos de playa. Me gustaba sentir las ráfagas de viento en los oídos. El viento ahuyentaba a la gente: estudiantes del colegio universitario que gritaban mientras sus novios corrían tras la forma ondulante de una toalla. Familias que acababan dándose por vencidas y volvían a sus coches, con las sillas plegables a cuestas, las puntas torcidas de una cometa barata, ya rota. Me había puesto dos sudaderas y el grosor me hacía sentir protegida, volvía mis movimientos más lentos. Cada dos pasos me topaba con unas algas gigantescas y fibrosas, enredadas y gruesas como la manguera de un bombero. La purga de

319

una especie alienígena; no parecían de este mundo. Era kelp, me había dicho alguien, kelp cabeza de toro. Saber cómo se llamaba no la hacía menos extraña. Sasha apenas se había despedido. Acurrucada al lado de Julian, la cara con una expresión preventiva frente a mi lástima. Ya no estaba allí, comprendí, ya había desaparecido en ese otro lugar de su mente en el que Julian era dulce y cariñoso y la vida divertida, o, si no divertida, *interesante*, y ¿no era eso valioso?, ¿no significaba algo? Intenté sonreírle, pasarle un mensaje rápido a través de un hilo invisible. Pero yo nunca había sido lo que ella buscaba.

La niebla era más densa en Carmel, caía sobre el campus del internado como una avalancha. La aguja de la capilla, el mar cercano. Había comenzado las clases ese septiembre, justo como estaba previsto. Carmel era un sitio anticuado, y el resto de chicas parecían mucho más jóvenes de lo que eran. Mi compañera de cuarto, con su colección de jerséis de mohair ordenada por colores. Las paredes de la residencia, amortiguadas con tapices, los pasos furtivos después del toque de queda. El Quiosco, que llevaban las de último curso, donde vendían patatas fritas, refrescos y dulces; todas las chicas actuando como si fuera el colmo de la sofisticación y la libertad, que las dejasen comer en el Quiosco de nueve a once y media los fines de semana. Pese a toda su palabrería, sus fanfarronadas y sus cajas de discos, mis compañeras de clase me parecían unas niñas, incluso las que venían de Nueva York. A veces, cuando la niebla escondía la aguja de la capilla, algunas chicas no sabían orientarse y se perdían.

Durante las primeras semanas, las observé, hablando a gritos de una punta a otra del patio interior, con las mochilas a la espalda o colgadas de la mano. Parecía que se

movieran a través de un cristal, como esas granujillas re-
gordetas y populares de las novelas de detectives, que se
ponían cintas en las coletas y camisas de cuadros vichy los
fines de semana. Escribían cartas a casa y hablaban de ga-
titos queridos y adoraban a sus hermanas pequeñas. Las
salas comunes estaban tomadas por zapatillas y batas, por
chicas que comían barritas de Charleston Chew que en-
friaban en neveras diminutas y que se apiñaban junto al
televisor hasta que parecían haber sido psicológicamente
abducidas por los rayos catódicos. El novio de alguna murió en un accidente de escalada en Suiza: todas se arremo-
linaron en torno a ella, revolucionadas con la tragedia. Sus
teatrales muestras de apoyo tenían una base de envidia: la
mala suerte era lo bastante inusual como para resultar gla-
murosa.

A mí me preocupaba estar señalada. Un trasfondo te-
meroso que se hiciera visible. Pero la estructura de la escuela —sus particularidades, su ambiente casi de ciudad—
pareció traspasar las sombras. Para mi sorpresa, hice
amigas. Una chica de la clase de poesía. Mi compañera de
cuarto, Jessamine. Mi temor les parecía a las demás un
aura elevada; mi aislamiento, el aislamiento de la hastiada
experiencia.

Jessamine era de un pueblo ganadero cerca de Oregón. Su hermano mayor le enviaba cómics en los que las
superheroínas reventaban los trajes y se tiraban a pulpos o
perros de dibujos animados. A su hermano se los pasaba
un amigo de México, me contó Jessamine, y a ella le gustaba su violencia absurda; los leía con la cabeza colgando
del borde de la cama.

«Éste es una locura», se reía, y me lanzaba un cómic.
Yo intentaba ocultar la náusea difusa que me generaban
los estallidos de sangre y los pechos rebosantes.

«Estoy haciendo una dieta que consiste en compartir toda la comida», me había explicado, mientras me daba una de las nubes recubiertas de chocolate que guardaba en el cajón de su escritorio. «Antes tiraba la mitad de todo, pero luego hubo una plaga de ratones en los dormitorios y ya no pude.»

Me recordaba a Connie, la misma timidez al tirarse de la camisa para despegarla de la tripa. Connie, que estaría en el instituto de Petaluma. Cruzando los escalones bajos, almorzando en las mesas de pícnic astilladas. No tenía ni idea de qué pensar de ella.

Jessamine estaba ávida de mis historias de casa, se creía que yo vivía a la sombra del cartel de Hollywood. En una mansión del color rosa sorbete de los ricos de California, con un jardinero barriendo la cancha de tenis. Daba igual que yo fuera de un pueblo lechero y se lo hubiese dicho: otros datos eran más importantes, como quién fue mi abuela. En cuanto a todas esas suposiciones que hizo Jessamine sobre el origen de mi silencio al comienzo del curso: me metí en el papel. Le hablé de un novio, de uno de tantos. «Es famoso. No puedo decir quién. Pero viví con él un tiempo. Tenía la polla lila», le dije, riendo, y Jessamine rió también. Echándome una mirada toda envuelta en celos y asombro. La forma en que yo debía de mirar a Suzanne, tal vez; y qué fácil era mantener un flujo constante de historias, un relato fantasioso que cogía lo mejor del rancho y lo plegaba dándole una forma nueva, como si fuera origami. Un mundo en el que todo había salido como yo quería.

Daba clases de francés con una maestra guapa y recién prometida que dejaba que las chicas populares se probasen su anillo de pedida. Y también clases de arte con la señorita Cooke, seria por la ansiedad del primer trabajo. La línea de maquillaje que le veía a veces a lo largo de la mandíbula me hizo cogerle pena, aunque ella intentaba ser amable conmigo. No hacía ningún comentario cuando me veía mirando al vacío o con la cabeza apoyada en los brazos. Una vez me sacó del campus a tomar batidos y un perrito caliente que sabía a agua templada. Me explicó que se había mudado desde Nueva York para coger el trabajo, que el asfalto de la ciudad reflejaba franjas de sol, que el perro del vecino se había cagado por todas las escaleras del apartamento, que se había vuelto un poco loca.

–Me alimentaba solo de trocitos de comida de mi compañera de piso. Y cuando no quedó nada, me puse enferma. –Las gafas de la señorita Cooke le apretaban la nariz–. Nunca me he sentido tan triste, y no había ningún motivo real para estarlo, ¿sabes?

Esperaba, obviamente, que yo respondiera a la historia con otra a la altura. Un relato triste y razonable sobre el abandono de un novio del pueblo, o sobre una madre en el hospital, o los susurros crueles de una insidiosa compañera de cuarto. Una situación que ella pudiese ver desde una perspectiva más sabia de la que extraer para mí una lección heroica. La idea de contarle la verdad a la señorita Cooke me obligó a apretar los labios con una hilaridad increíble. Ella había oído hablar de los asesinatos aún por resolver, todo el mundo había oído hablar de ellos. La gente cerraba las puertas con llave e instalaba cerrojos de seguridad, compraba perros guardianes por encima de su precio. La policía, desesperada, no consiguió sacar nada de Mitch, que había huido atemorizado al sur de Francia, aunque la casa no sería demolida hasta el año siguiente. Habían empezado a llegar peregrinos que pasaban conduciendo por delante de la verja, con la esperanza de captar el horror como un vapor en el aire. Pasaban el rato metidos en el coche hasta que los vecinos, hartos, los echaban de allí. En ausencia de Mitch, los detectives iban siguiendo pistas de traficantes de drogas y esquizofrénicos, de amas de casa aburridas; hasta reclutaron a un parapsicólogo para que recorriera los cuartos de la casa, esforzándose por captar vibraciones.

«El asesino es un hombre solitario de mediana edad –lo había oído decir en una llamada a un programa de televisión–. Lo castigaron de joven por algo que no había hecho. Me llega la letra K. Me llega la ciudad de Vallejo.»

Pero aunque la señorita Cooke me creyese, ¿qué le iba a decir? ¿Que no dormía bien desde agosto porque le tenía demasiado miedo al territorio sin vigilancia de los sueños? ¿Que me despertaba convencida de que Russell estaba en el cuarto, jadeando con la boca pastosa, el aire inmóvil como una mano sobre mis labios? Llevaba encima la vergüenza del contagio: había un mundo paralelo en el que aquella noche no había sucedido, en el que yo le insistía a Suzanne en que dejara el rancho. En el que la mujer rubia y su hijo osito de peluche empujaban un carro por el pasillo de un supermercado, planeando la cena del domingo, arrogantes y cansados. En el que Gwen se estaba envolviendo el pelo mojado en una toalla y echándose crema en las piernas mientras Scotty limpiaba la suciedad de los filtros del jacuzzi, el arco silencioso del aspersor, una canción flotando en el jardín procedente de una radio cercana.

Las cartas que le escribía a mi madre eran actos teatrales deliberados, al principio. Luego empezaron a ser bastante ciertas.

Las clases eran interesantes.

Tenía amigas.

La semana siguiente íbamos a ir al acuario y veríamos

a las medusas hincharse y esquivarse en sus tanques iluminados, suspendidas en el agua como pañuelos delicados.

Cuando llegué al extremo de la lengua de arena más
alejada, el viento había arreciado. La playa estaba vacía,
todos los excursionistas y los paseadores de perros se habían ido. Me abrí paso por entre las rocas, de vuelta a la
franja principal de arena. Siguiendo la línea entre acantilado y roca. Había dado ese paseo muchas veces. Me pregunté por dónde irían Sasha, Julian y Zav a esas alturas.
Debía de quedarles aún una hora para llegar a Los Ángeles. Sin tener ni que pensarlo, supe que Julian y Zav irían
sentados en los asientos de delante y Sasha en el de atrás.
Me la imaginaba inclinándose de vez en cuando, pidiendo
que le repitiesen un chiste o señalando algún cartel gracioso. Intentando reivindicar su propia existencia antes de
darse al fin por vencida y tumbarse en el asiento. Dejando
que la conversación de ellos dos se fuera desvaneciendo en
un ruido sin sentido mientras ella contemplaba la carretera, los huertos pasando, las ramas lanzando destellos con
esos lazos plateados que ahuyentaban a los pájaros.

Estaba cruzando la sala de estudiantes con Jessamine,
de camino al Quiosco, cuando una chica me dijo: «Tu hermana te espera abajo.» Yo no levanté la vista; no debía de
decírmelo a mí. Pero sí. Me llevó un momento comprender
lo que podía estar pasando.
Jessamine parecía dolida.
—No sabía que tuvieras una hermana.

Supongo que sabía que Suzanne vendría a por mí.
El letargo algodonado que habitaba en la escuela no
era desagradable, del mismo modo que no es desagradable

325

que se te duerma un brazo o una pierna. Hasta que el brazo o la pierna se despiertan. Entonces llega el hormigueo, la punzada del regreso: ver a Suzanne apoyada a la sombra de la entrada a la residencia. Con el pelo sin peinar, los labios crispados. Su presencia abrió de golpe las placas del tiempo.

Todo volvió a mí. Mi corazón sincopó, impotente, por el azote metálico del miedo. ¿Pero qué iba a hacer Suzanne? Era pleno día, la escuela estaba llena de testigos. Vi que se fijaba en el ajetreo del paisaje, en las maestras de camino a las sesiones de tutoría, en las chicas que cruzaban el patio con bolsas de tenis y leche chocolateada en el aliento, la prueba andante de los desvelos de madres invisibles. Había una distancia curiosa, animal, en la expresión de Suzanne; calibrando aquel lugar extraordinario en el que se encontraba.

Se enderezó cuando me vio acercarme.

–Mírate –dijo–. Toda bien limpia.

Vi una aspereza nueva en su cara: una ampolla de sangre bajo una uña.

Yo no dije nada, no era capaz. No dejaba de tocarme las puntas del pelo. Lo llevaba más corto: me lo había cortado Jessamine en el lavabo, mirando de reojo un artículo de una revista que explicaba cómo hacerlo.

–Pareces contenta de verme –me dijo. Con una sonrisa.

Yo se la devolví, pero era una sonrisa vacía. Y eso, indirectamente, pareció gustarle. Mi miedo.

Sabía que debía hacer algo. Seguíamos allí plantadas bajo el toldo, lo que aumentaba las probabilidades de que alguien se parara a preguntarme algo o a presentarse a mi hermana. Pero era incapaz de moverme. Russell y los demás no debían de andar muy lejos. ¿Me estarían viendo? Las ventanas de los edificios parecían vivas, me puse a pensar en francotiradores, en la prolongada y fija mirada de Russell.

—Enséñame tu cuarto —dijo Suzanne—. Quiero verlo.

La habitación estaba vacía —Jessamine seguía en el Quiosco—, y Suzanne me apartó y cruzó la puerta antes de que pudiera detenerla.

—Es sencillamente encantadora —gorjeó con fingido acento inglés.

Se sentó en la cama de Jessamine. Dio unos botes en ella. Miró el póster pegado con celo de un paisaje hawaiano: una línea azucarada de playa atrapada entre un mar y un cielo irreales. Unos tomos de la enciclopedia World Book que Jessamine no había abierto jamás, regalo de su padre. Guardaba un fajo de cartas en una caja de madera tallada, y Suzanne levantó la tapa de inmediato y se puso a inspeccionarlas.

—Jessamine Singer —leyó de un sobre—. Jessamine —repitió. Dejó que la tapa se cerrara de golpe y se levantó—. Así que ésta es tu cama.

Pasó una mano burlona por la manta. El estómago me dio un vuelco, una imagen de nosotras entre las sábanas de Mitch. Ella, con el pelo pegado a la frente y el cuello.

—¿Te gusta esto?

—No está mal. —Yo seguía junto a la puerta.

—No está mal —repitió Suzanne, sonriendo—. Evie dice que el colegio no está mal.

Yo no apartaba la vista de sus manos. Me preguntaba qué habrían hecho exactamente, como si el porcentaje importara. Siguió la dirección de mi mirada: debió de saber lo que estaba pensando. Se puso de pie con gesto brusco.

—Ahora te enseño algo yo a ti —me dijo.

El autobús estaba aparcado en una calle lateral, justo al lado de las puertas de la escuela. Vi el trajín de figuras dentro. Russell y quienquiera que siguiese por allí: di por hecho que todo el mundo. Habían pintado el capó, pero el resto seguía igual. El autobús, bestial e indestructible. Mi súbita certeza: me rodearían. Me acorralarían en una esquina.

Si alguien nos hubiera visto allí en la cuesta, le habríamos parecido amigas. Charlando al aire sabatino, yo con las manos en los bolsillos, Suzanne tapándose los ojos del sol con una mano.

–Nos vamos un tiempo al desierto –anunció, observando el nerviosismo que debió de hacerse visible en mi cara.

Palpé los bordes exiguos de mi propia vida: una reunión del Club Francés esa noche, madame Guevel había prometido llevar tartaletas de mantequilla; la hierba rancia que quería fumar Jessamine después del toque de queda. Aun sabiendo lo que sabía, ¿quería irse una parte de mí? El aliento empañado de Suzanne y sus manos frías. Dormir en el suelo y masticar hojas de ortiga para humedecer la garganta.

–No está enfadado contigo –me dijo. Mirándome a los ojos con una intensidad constante–. Sabe que tú no dirías nada.

Y era verdad: no había dicho nada. El silencio me mantenía en el reino de lo invisible. Me había asustado, sí. Puede que el miedo tuviera la culpa de parte de ese silencio, un miedo que podía evocar incluso más tarde, cuando Russell, Suzanne y los demás ya estaban en la cárcel. Pero también había algo más. Las veces que pensaba en Suzanne sin poder evitarlo. Suzanne, que algún que otro día se pintaba los pezones con carmín barato. Suzanne, que iba por ahí como una salvaje, como si supiera que querías arrebatarle algo. No se lo conté a nadie porque quería mantenerla a salvo. Porque ¿quién más la había amado? ¿Quién la había abrazado alguna vez y le había dicho que el corazón que latía en su pecho estaba allí por algo? Me sudaban las manos, pero no me las podía secar en los vaqueros. Intenté encontrarle un sentido a ese momento, conservar una imagen de Suzanne en mi mente. Suzanne Parker. Los átomos reorganizándose la primera vez que la vi en el parque. Cómo había sonreído su boca en la mía.

Antes de Suzanne, nadie nunca me había mirado, no de verdad, así que ella se había convertido en mi definición. Su mirada me derretía con tanta facilidad que hasta las fotografías en las que salía parecían dirigidas a mí, ardían con un significado privado. La forma en que ella me miraba era distinta de la de Russell, porque lo contenía también a él: lo hacía empequeñecer, a él y a todos los demás. Habíamos estado con hombres, les habíamos dejado hacer lo que querían, pero no conocerían jamás las partes de nosotras que les ocultábamos: nunca percibirían esa carencia ni sabrían siquiera que había algo más que deberían estar buscando.

Suzanne no era buena persona, lo entendía. Pero mantenía esa información alejada de mí. Lo que había dicho el forense, que los dedos anular y meñique de la mano izquierda de Linda estaban seccionados porque había intentado protegerse la cara.

Suzanne me miraba como si pudiera haber algún modo de explicarlo, pero entonces un leve temblor tras el parabrisas cubierto del autobús atrajo su atención: incluso en ese momento estaba pendiente de cualquier movimiento de Russell. Un aire de eficiencia la invadió.

–Bueno –dijo, apremiada por el tictac de un reloj invisible–. Me largo.

Yo casi hubiese querido una amenaza. Algún indicio de que tal vez regresara, de que debía temerla, o de que podía hacerla volver con la combinación correcta de palabras. Sólo volví a verla en fotografías y en las noticias. Pero aun así. Nunca pude concebir su ausencia como algo permanente. Suzanne y las demás existirían siempre para mí, creía que no morirían nunca. Que rondarían por siempre en la sombra de la vida corriente, rodeando las autopistas y bordeando los parques. Movidas por una fuerza que no cesaría ni amainaría nunca.

Suzanne se encogió levemente de hombros, ese día, antes de bajar por la cuesta cubierta de hierba y desaparecer dentro del autobús. Un extraño recordatorio en su sonrisa, como si tuviéramos una cita, ella y yo, en un momento y un lugar acordados, y supiese que yo me iba a olvidar.

Quería creer que Suzanne me había echado del coche porque había visto una diferencia entre ella y yo. Que le había parecido obvio que yo no sería capaz de matar a nadie, que seguía estando lo bastante lúcida como para comprender que ella era la razón por la que yo iba en ese coche. Quería protegerme de lo que iba a ocurrir. Ésa era la explicación fácil.

Pero había un factor que lo complicaba.

El odio que debía de sentir para hacer lo que había hecho, para clavar el cuchillo una y otra vez como si intentara liberarse de una frenética enfermedad: un odio como ése no me era desconocido.

El odio era fácil. Las variaciones eran constantes a lo

330

largo de los años. Un extraño en la feria que me tocó la entrepierna por encima de los pantalones cortos. Un hombre que me embistió en la acera y se echó a reír cuando yo me acobardé. La noche que un hombre mayor que yo me llevó a un restaurante de lujo cuando yo ni siquiera tenía edad de que me gustasen las ostras. No había cumplido los veinte. El dueño se sentó a nuestra mesa, y también un famoso director de cine. Los hombres se embarcaron en una acalorada discusión en la que no había ninguna vía de entrada para mí: yo jugueteaba con la gruesa servilleta de tela, bebía agua. Mirando a la pared.

–Cómete la verdura –me espetó de pronto el director–. Estás en edad de crecer.

Quería hacerme saber lo que yo ya sabía: que no tenía poder alguno. Vio mi necesidad y la usó en mi contra.

Lo odié de inmediato. Como el primer trago de leche agria: la putrefacción acribillando las narices, inundando el cráneo entero. El director se rió de mí, y también los demás, el hombre que más tarde me pondría la mano en su polla mientras me llevaba en coche a casa.

Nada de eso era excepcional. Cosas así pasaban cientos de veces. Puede que más. El odio que palpitaba bajo la superficie de mi cara de niña: creo que Suzanne lo reconoció. Desde luego que mi mano fantaseaba con el peso de un cuchillo. Con la resistencia concreta de un cuerpo humano. Había mucho que destruir.

Suzanne me impidió hacer lo que tal vez habría sido capaz de hacer. Y me soltó en el mundo como a una especie de encarnación de la chica que ella no sería jamás. Suzanne nunca iría al internado, pero yo aún podía, así que me apartó pitando de ella, como una mensajera para su yo alternativo. Suzanne me dio eso: el póster de Hawái en la pared, la playa y el cielo azul como el mínimo común denominador de la fantasía. La oportunidad de ir a clases de poesía, de dejar las bolsas de la ropa sucia frente a la puerta y comer filete los días de visita de los padres, empapado en sangre y sal.

Fue un regalo. ¿Qué hice con él? La vida no se acumulaba, como imaginé en otro tiempo. Me gradué en el internado, dos años de universidad. Aguanté en Los Ángeles durante la década en blanco. Enterré primero a mi madre y luego a mi padre. El pelo se le volvió fino y ralo como el de un niño. Pagué facturas, hice la compra y me revisé la vista mientras los días se desmoronaban como detritos cayendo por la pared de un acantilado. La vida un continuo alejarse del filo.

Hubo momentos de olvido. Como el verano en que visité a Jessamine en Seattle después de que tuviera a su primer hijo: cuando la vi esperando en el bordillo con el pelo metido en el abrigo los años se destejieron y sentí, por un momento, a la niña dulce e inocente que fui una vez. El año con el hombre de Oregón, nuestra cocina compartida, con plantas colgantes de interior, y las mantas indias en los asientos del coche, tapando los rotos. Comíamos pan de pita frío con mantequilla de cacahuete y paseábamos por el campo verde y húmedo. Acampamos en las colinas que rodeaban el cañón de Hot Springs, bajando por la costa, cerca de un grupo que se sabía todas las letras de *El cancionero del pueblo*. La roca ardiendo en la que nos tumbamos a secarnos al salir del lago, el borrón conjunto que dejaron nuestros cuerpos.

Pero la ausencia se abría de nuevo. Cuando era casi una esposa, perdía al hombre. Cuando era casi reconocible como amiga, de repente ya no. Cuántas noches apagaba la luz de la lamparita y me quedaba en la oscuridad desatenta y solitaria. Cuántas veces pensé, con una mueca horrorizada, que nada de eso era un regalo. Suzanne obtuvo la redención que siguió a la condena, los grupos de lectura de la Biblia en la cárcel, las entrevistas en horario de máxima audiencia y el título universitario por correo. A mí me tocó la historia suprimida de la que pasaba por allí, una fugitiva sin crimen, medio anhelante y medio aterrorizada de que no viniera nunca nadie a por mí.

Fue Helen, al final, la que acabó hablando. Sólo tenía dieciocho años, estaba deseosa de atención. Aún me sorprende que evitaran la cárcel todo ese tiempo. A Helen la habían cogido en Bakersfield por usar una tarjeta de crédito robada. Una semana en la cárcel del condado y la habrían dejado marchar, pero no pudo evitar jactarse ante su compañera de celda. El televisor a monedas de la sala común emitía un boletín sobre las investigaciones que había en marcha.

«La casa es mucho más grande de lo que parece en esas fotos», dijo Helen, según su compañera de celda. Me la imagino: despreocupada, sacando la barbilla. Al principio, su compañera no debió de hacerle caso. Pondría los ojos en blanco ante aquella fanfarronada infantil. Pero Helen continuó, y de pronto la mujer comenzó a escucharla con atención mientras calculaba el dinero de la recompensa, la reducción de condena. Animó a la chica a que le contara más, a que siguiera hablando. Helen seguramente se sintió halagada por la atención y le soltó toda la película. Incluso puede que exagerara, alargando ese espacio hechizado entre palabras, como al recitar el embrujo de una historia de fantasmas en una fiesta de pijamas. Todos queremos que nos vean.

Los arrestaron a todos a finales de diciembre. A Russell, Suzanne, Donna, Guy y los demás. La policía se abalanzó sobre su campamento de tiendas en Panamint Sprints: sacos de dormir de franela rota y toldos de nailon azul, las cenizas apagadas de una fogata. Russell salió corriendo cuando aparecieron, como si pudiera dejar atrás a todo un escuadrón de policía. Los faros de los coches patrulla brillando en el rosa blanquecino de la mañana. Qué lamentable, la inmediatez de la captura de Russell, obligado a arrodillarse en los matorrales con las manos en la cabeza. Guy esposado, atónito al descubrir que la bravuconería que lo había llevado hasta allí tenía límites. A los niños los metieron apiñados en la furgoneta de los servicios sociales, envueltos en mantas, y les dieron bocadillos de queso. Tenían la barriga hinchada y la cabeza bullendo de piojos. Las autoridades no sabían quién había hecho qué, todavía, de modo que Suzanne era una más de aquel barullo de chicas flacuchas. Chicas que escupían en el suelo como perros rabiosos y se dejaban caer cuando la policía intentaba esposarlas. Había una dignidad demente en su resistencia: ninguna de ellas se echó a correr. Incluso al final, las chicas habían sido más fuertes que Russell.

Nevó en Carmel esa misma semana. Un levísimo toque de blanco. Se cancelaron las clases, la escarcha crujía débilmente bajo nuestros zapatos mientras cruzábamos con pasos pesados el patio con nuestras chaquetas vaqueras. Parecía la última mañana del mundo, y oteábamos el cielo gris como si fuese a continuar el milagro, aunque en menos de una hora ya se había disuelto todo y estaba hecho una porquería.

Estaba a medio camino del aparcamiento cuando vi al hombre. Venía andando hacia mí. Puede que a unos cien metros de distancia. Llevaba la cabeza afeitada, lo que revelaba el contorno agresivo de su cráneo. Iba con una camiseta; lo cual era extraño, la piel erizada por el viento. No quería ponerme tan nerviosa como me puse. Un repaso involuntario de los hechos: estaba sola en la playa, todavía lejos del aparcamiento; no había nadie más por allí salvo ese hombre y yo. El acantilado, nítidamente perfilado, cada estría y cada mota de liquen. El pelo me azotaba la cara, trastocada y vulnerable. El viento recolocaba la arena en surcos. Seguí caminando hacia él. Me obligué a mantener el paso.

La distancia entre nosotros era de cincuenta metros, ahora. Tenía los brazos surcados de músculos. La bruta realidad de su cráneo desnudo. Aflojé el paso, pero dio igual: el hombre siguió avanzando enérgicamente en mi dirección. La cabeza rebotaba al caminar, un balanceo rítmico y demente.

Una piedra, pensé, desquiciada. Va a coger una piedra. Me partirá el cráneo, mis sesos se esparcirán por la arena. Apretará mi garganta entre las manos hasta que mi tráquea ceda.

Las tonterías que pensé:

Sasha y su boca salada e infantil. Cómo daba el sol en las copas de los árboles que flanqueaban el camino de entrada de mi niñez. Si Suzanne sabía que pensaba en ella. Cómo debió de suplicar la madre, al final.

Tenía al hombre casi encima. Las manos muertas y sudorosas. Por favor, pensé. Por favor. ¿A quién le hablaba? ¿Al hombre? ¿A Dios? A quien fuera que se encargara de esas cosas.

Y de pronto lo tuve ya delante de mí.

Ah, pensé. Ah. Porque era sólo un hombre normal, inofensivo, moviendo la cabeza al ritmo de unos auricula-

335

res blancos metidos en las orejas. Nada más que un hombre paseando por la playa, disfrutando de la música, del sol brillando débilmente a través de la niebla. Me sonrió al pasar, y yo le devolví la sonrisa, como le sonreirías a cualquier extraño, a cualquier persona que no conocieras.

AGRADECIMIENTOS

Quisiera darles las gracias a Kate Medina y a Bill Clegg por su consejo inestimable. Gracias también a Anna Pitoniak, Derrill Hagood, Peter Mendelsund, Fred y Nancy Cline, y a mis hermanos y hermanas: Ramsey, Hilary, Megan, Elsie, Mayme y Henry.

ÍNDICE